Kromer · Arnold Lohrs Zigeunerfahrt

Heinrich Ernst Kromer

Das literarische Werk

Herausgegeben von
Jürgen Glocker und Klaus Isele

Band 3

Heinrich Ernst Kromer

Arnold Lohrs
Zigeunerfahrt

Roman

Mit einem Nachwort von Jürgen Glocker

Klaus Isele Editor

Dieses Buch erscheint bei KLAUS ISELE · EDITOR

Alle Rechte vorbehalten © Eggingen, 2021

Umschlagfoto: Klaus Isele

Herstellung und Verlag:
BoD – Books on Demand, Norderstedt
ISBN 978-3-7534-0904-7

ERSTES KAPITEL

An fast allen meinen Streichen, die man mir als unbeson-
nen vorwerfen mag, war nicht so sehr ein dummer Leichtsinn als vielmehr mein störrischer Eigensinn schuld, der
weder von meiner rechtzeitigen besseren Einsicht noch
von der Wohlmeinenheit meiner Angehörigen einen Rat
angenommen hätte. Sonst wäre wohl alles, was ich hier
zu berichten mich anschicke, vermieden und Vater und
Schwester manche Stunde des Grams, die sie um meinet-
willen durchlebt haben mögen, erspart geblieben. Aber in
einem unbedachten Augenblicke gab ich dem verdrehten
Kopfe nach, meine törichte Sehnsucht in die Ferne, die
ich im stillen einige Monate großgehätschelt hatte, wurde
Herr über mich, und der erste Schritt geschah, der mich
monatelang auf Abwege führte, oder wenigstens von dem
Wege ab, auf dem mich zunächst der Vater gerne noch
gesehen hätte. Danach sollte ich nämlich nach Dreikö-
nigstag wieder auf die Schule zurück, und warum? Aus
keinem andern Grund, als weil daheim niemand was von
meiner heimlich aufgenährten Wandersucht ahnte, mir
also in dieser Frage auch keinen Rat hätte geben können.
Dieser stillschweigenden vernünftigen Forderung der Angehörigen stand nun plötzlich mein Eigenwille entgegen,
der mit keiner Hirnfaser bedachte, welche Torheit und
Vermessenheit es war, einige Monate vor Abschluß der
Schulzeit davonzulaufen und alle Vorteile, die mir eine
fertige Ausbildung bot, dahinzugeben. Ließ sich etwas an
meinem Schritt entschuldigen – denn zu rechtfertigen
gab es nichts! –, so war es der unbesiegbare Drang nach
dem Land, dessen Sprache ich heimlich gelernt hatte und
nun nutzen und weiterüben wollte; wenn es nicht noch
mehr die Scham vor meinen Schulgenossen war, vor denen ich als Großsprecher dastehen mußte, da ich ihnen

meine Träume und Luftschlösser als eine fertige Sache vorgeprahlt hatte. Sollten sie mich da nicht fürder mit gutem Recht als den Spanier verhöhnen, der ins ferne Land ziehn wollte, und mir diesen Übernamen aufhängen, daß er noch jahrelang unter den nachrückenden Schülern herumgeworfen, mein wahrer Name aber zum Begriff eines einbildsamen Großsprechers und eines neuen Don Quijote wurde? Nichts anderes gab denn auch in meinen schwankenden Erwägungen den Ausschlag, und ich ging töricht dem eigensinnigen Kopfe nach.

Ich hatte mit dem Vater, der mich ins Städtchen begleitete, den Schulplatz erreicht, auf dem neben der alten Kirche gerade der Wochenmarkt abgehalten wurde, und wir brauchten diesen nur zu durchschreiten, so standen wir vor dem Tore der Schule und ich wieder mitten unter den Mitschülern, die mich nicht übel begrinsen und verspotten mochten. Der Vater ging voraus, als bahne er mir Zauderndem den Weg durch die Marktmenge. Hier überfiel mich der Gedanke an die Flucht. Ich blieb einen Augenblick stehen und sah dem etwas gebückt dahinschreitenden Manne nach, ob er sich nicht umsehe; es war mir nämlich beigefallen, von dieser Zufallsfrage meine Entschließung abhängen zu lassen. Da er nun sich nicht umblickte, drückte ich mich rasch seitwärts in die Menge, dann die eben durchschrittene Strecke zurück und bekam das Volk hinter mich. Jetzt wie der Wind um eine Hausecke und dann um eine zweite, so daß an eine rasche Aufspürung durch den verlassenen Vater nicht mehr zu denken war. Nach tausend Schritten, die ich innerlich fiebernd, äußerlich ruhig durchmaß, war ich über die Brücke und jenseits der Grenze, von wo keine Macht der Welt, wie ich meinte, mich zurückzwingen konnte. Ich sollte aber noch selbigen Tags eine andere Belehrung erfahren.

Es war ein frischer klarer Wintertag und die Straße,

die ich hinschritt, hartgefroren. Immer ansteigend kam ich durch einige kahle junge Buchenwäldchen zunächst in ein Dorf auf dem ersten Hügelrücken. Von da ging's mählich bergab durch ein sehr breites Tal, in dem ein verlorenes Dörflein und vereinzelte Bauernhöfe lagen und das ich langsam und nachdenklich, aber immer noch entschlossen und meiner Freiheit froh, durchwanderte. Einigemale blickte ich freilich um, ob mir niemand folgte: der Vater oder meine Mitschüler; aber wer sollte denn meine Fährte wissen? Endlich war, und zwar wie mir schien, auf den krümmsten Umwegen, der zweite Hügelzug erstiegen; ich durchschritt einen stillen Hochwald, dann eine Lichtung mit vielen einsam ragenden Föhren und erblickte nun ein noch breiteres Tal, durchzogen von einem gewundenen Flüßchen, woran ein großes Dorf oder eher ein Städtchen lag, das erste Ziel, wo ich auf der Flucht zu rasten dachte.

Mittag war lange vorüber, und ich fühlte Hunger; aber mein Weg dehnte sich endlos. Ich war etwa eine Stunde bergab gestiegen, fast immer durch Weinberge, und das Städtchen wollte noch immer nicht kommen. Auch hatte sich die Sonne fortgestohlen und der Himmel grau verschleiert, und es begannen vereinzelte Schneeflöckchen zag und schüchtern zu fallen und mir den Rock zu besternen. Ich sah einen Eisenbahnzug im Städtchen halten und wieder wegfahren, den ich gerne eine Strecke weit benützt hätte; weil ich nun aber fürchtete, zu lange auf einen andern warten zu müssen, auch daß Leute mich dort kennen könnten, da Bekannte meines Vaters manchmal in jener Gegend zu tun hatten, beschloß ich, das Städtchen liegenzulassen und ins nächste Dorf zu wandern, wo die Züge wieder anhalten mochten, das aber freilich noch ordentlich weit weg lag. Darüber brach allmählich die Dämmerung ein, und es begann ernstlicher

zu schneien, dicht und dichter, daß ich bald wie auf einem
weichen Teppich ging und durch den Schneeschleier das
Dorf nimmer zu sehen vermochte, obwohl dort längst die
Lichter brennen mußten. Als ich es endlich in einem pfeifenden und fegenden Schneesturm erreichte und erfuhr,
der Bahnhof sei erst im nächsten Dorf, ein Weiterwandern mir aber wegen der Dunkelheit und des Wetters,
auch wegen Unkenntnis der Wege wenig ratsam schien,
beschloß ich, im nächstbesten Wirtshaus unterzuschlüp-
fen, das ich anträfe. Ich hätte aber klüger getan, nicht so
voreilig zu sein und mir meinen ersten Rastort etwas wäh-
lerischer anzuschauen.

Auf ein trüb erleuchtetes Fenster im Schneesturm zu-
gehend, erkannte ich dort ein Wirtsschild und schritt das
tief verschneite schmale Trepplein hinan. Ich trat in einen dumpf riechenden dunklen Flur, was mich sogleich
hätte zurückschrecken sollen. Indes ertastete ich nach einigem Tappen die Tür und betrat die von einer Häng-
lampe matt erhellte Gaststube. Zwei Handwerksburschen
saßen am nächsten Tisch; in der Schenke hantierte ein
schwerfälliger Mensch, der Wirt. Ich dachte gleich: Klüger, du gingest wieder; denn von den groben Menschen
erwiderte niemand meinen Gruß; ich setzte mich dann
aber doch. Kaum daß ich mein Essen bekommen hatte
und mir's schmecken ließ, so merkte ich, es ging ein mu-
sterndes Lugen und Geflüster über mich bei den Handwerksburschen. Auch der Wirt sah mich so wunderlich
an, als er das Gastbuch zum Einschreiben brachte und
mich frug, ob ich übernachten wolle. Ja, sagte ich; der
Schneesturm habe mich auf einem Spaziergang überrascht, und ich wolle mich nicht nächtlicherweile zum
nächsten Bahnhalt weitermühen; trug mich denn auch
ins Buch wahrheitsgemäß mit Namen und Herkunft ein
und fragte nach der Zeit des nächsten Frühzugs, mit dem

ich weiterfahren wollte. Anderes gab ich ihm nicht preis; wenn ich damit aber alles in Ordnung wähnte, so hatte ich die Rechnung ohne den Wirt gemacht, oder vielmehr ohne die Landjäger, die bald hernach kamen und die von der Schweizer Freiheit wohl ein andres Bild in sich trugen als ich, der manchmal gar feierlich davon hatte läuten hören. Um bis zum Schlafengehen die Zeit zu kürzen, hatte ich ein Büchlein hervorgezogen, das ich damals immer bei mir trug, den Macbeth, und las, während die Handwerksburschen sich über kleine Wander- und Gesellenerlebnisse spaßhaft unterhielten, die schaurigen Sänge und Beschwörungen der Hexen und die Gewissensängste des Thans von Cawdor. Als ich von meinem Büchlein wieder aufsah, saß am Tisch bei mir, drohend und schweigend wie Banquos Geist, ein Landjäger, und gegenüber der zweite, wie sein leibhaftes Doppelbild. Ungefragt brachte der Wirt jedem seinen Schoppen Wein und das Gastbuch, worauf die zwei Zugeknöpften auftauten und von den Handwerksburschen die Papiere und die Vorweisung des Wandergroschens verlangten, der fünf Franken betragen mußte. Mich ließen sie fürs erste unbelästigt und sahen mich nur zuweilen so mit einem Streifblick an; schließlich aber fragte doch einer, was ich da tue und woher die Reise und wohin? Als ich ihn aufs Gastbuch verwies, worin ja alles vermerkt sei, meinte er, so ein Papier sei geduldig und lasse sich jeden Lug auf den Buckel schreiben. Darauf nahm ich trotz meinem schlechten Gewissen eine stolze Haltung an, war aber entschlossen, mich an die Wahrheit zu halten, die ich freilich zum guten Teil erst erdichten mußte. Sie waren damit aber nicht zufrieden, und was an Zweifeln der eine nicht fand, brachte der andere bei, worauf ich ihnen denn mein Schulzeugnis wies, das ich bei mir trug, und meinen Unterschlupf in dieser Herberge mit dem Schneesturm und der Ortsunkenntnis rechtfertigte. Andern Tags in der Frühe wollte ich weiterfahren, um zum Unterricht rechtzukommen. Über diese Rede, die ja nicht nach der Wahrheit ging, wurden sie stutzig. Wenn mit mir alles beim Rechten wäre, brauchte ich diese Frühstunde zum Reisen wohl kaum, meinte der eine, denn eine versäumte Schulstunde bräche mir den Hals nicht; und ich sollte einmal mein Geld vorweisen. Ich sagte, dessen hätte ich genug, um Zeche und Herberge zu bestreiten und dann heimzureisen; sie könnten mich aber auch, wenn es ihnen gutdünke, nur vor den Bürgermeister bringen, und das wäre mir sogar lieb, einer höflicheren Behandlung wegen, die ich mir von ihm verspräche. Damit rief ich den Wirt heran und zahlte, und zwar mit einem Zehnmarkstück, da er deutsches Silbergeld nicht annahm; bat ihn auch, mir mein Bett zu weisen. In diesem Augenblick kam ein wandernder Hausierer, der seinen ganzen Kramladen auf dem Rücken trug, und mir wurde bedeutet, ich müßte mit diesem die Kammer teilen, wenn ich nicht lieber ins nächste Gasthaus weitergehen wollte. Ja, das wäre das Beste! sagte dazu einer der Landjäger. Dort wäre ich unbehelligt, hier aber wohnte ich in der Herberge und wäre somit der Überwachung unterstellt. Ich blieb jedoch, zahlte meinen Peinigern jedem einen Schoppen, worauf die zwei Freiheitswächter sich zufrieden gaben, und ließ mir vom Wirt in die Kammer hinaufleuchten; ich wollte des Gefrages ein Ende und vor den Kerlen Ruhe haben.

So glimpflich fürs erste die Sache abgelaufen war, beunruhigte sie mich doch nicht wenig, und ich ging mit mir zu Rat, was tun. Zuerst überzählte ich mein Geld. Es waren noch einige hundertsiebzig Mark, wovon freilich zwei Drittel meinem Kostherrn gehört hätten. Das Übrige war mein Taschengeld. Das Sümmchen mochte wohl, bis ich irgendwo untergekrochen war, zunächst ausreichen. Was aber dann? Ich getraute mir nicht, an diese Frage näher hinzugehen; es war da wenig Garn zu spinnen. Der Vater, den ich durch meine heimtückische Flucht in Sorge gebracht, ja, wohl gar gekränkt und beleidigt hatte – denn er hielt was auf sein Söhnchen! –, blieb außer Rechnung. Nach Spanien aber, wie ich die letzten paar Monate mir immer geträumt hatte, reichten die Geldmittel nicht. War es nicht am Ende doch das beste, zurückzukehren und alles auf mich zu nehmen? Diese letzte denkbare Ausflucht beruhigte mich einigermaßen; ich kleidete mich langsam aus, verbarg aus Furcht vor meinem nachkommenden Kammergenossen mein Geld unterm Kopfkissen und schlief, trotz aller ungewissen Sorge, die mich in dieser trüben Herberge überfallen hatte, aus großer Müdigkeit bald ein.

An die zwei Stunden mochte ich geschlafen haben, da kam der Hausierer herein, und während es drunten in der Gaststube von den letzten Verrichtungen des Wirts still wurde, entkleidete mein Zimmergespan sich langsam, löschte die Kerze und legte sich nahe bei mir ins Bett, das dicht an meinem stand; denn die Kammer war rechtschaffen eng. Dann fing er, da er mich wach fand, ein Gespräch an und teilte mir ohne Schonung und Umstände mit, daß ich am klügsten täte, die Herberge zu verlassen. Die beiden Landjäger seien nämlich der Meinung, daß mit mir und meiner Reise einiges krumm stehe; mein Goldstück habe Verdacht erregt, und sie hielten mich für einen von Hause oder von der Schule entlaufenen Burschen, den man von Rechtswegen auf dem Schub heimliefern sollte, da man mein unrechtmäßiges Geld nicht dazu in Anspruch nehmen dürfe. Solche zarte Bedenken also hatten die Helden! Aber auch der Wirt habe mich nur lau verteidigt; er selbst, der Hausierer, dagegen habe alles aufgewandt, mich vor Ungelegenheiten zu bewahren; denn man müsse mir auf mein offenes Gesicht hin vertrauen, ich hätte doch sonst nicht vorgeschlagen, mich zum Ortsvorstand zu bringen. Ja – fuhr er wichtig fort –, die Landjäger wollten morgen im Amtsblatt nachsehen, ob nicht auf mich gefahndet werde und vorläufig meine Spur im Auge behalten. Ja, ohne seine Verteidigung hätten sie mich, trotzdem ich ihnen Wein bezahlt, noch heute nacht im Bett festgenommen. Deshalb fände er es denn nur gehörig und billig, ihn für diesen Dienst auch was verdienen zu lassen; er habe gute wohlfeile Waren: Hosenträger beispielsweise schon für eine Mark. Oder es sei mir auf der Reise etwa eine Zahnbürste vonnöten oder einige Papierkragen, da ich doch kein Gepäck bei mir habe, wie ihm Wirt und Landjäger bedeutet hätten. Ich solle ihm also was abnehmen; er werde Licht anfachen und mir seinen Kram vorlegen. Und er schickte sich allen Ernstes dazu an. Ich bat ihn aber, mich ruhen zu lassen; beim Frühstück wolle ich ihm gerne was abkaufen; ich hätte beschlossen, erst mit dem zweiten Zug wegzufahren, um den Landjägern zu weisen, ich fürchtete mich nicht. Doch wollte ich nur mein Geld nicht vor seinen Augen unter dem Kopfkissen hervorsuchen; denn ich mißtraute dem verdächtigen Gesellen, der sich vor mir so hübsch ins Licht rückte, nur um mir einen Papierkragen oder eine Zahnbürste aufzuhängen. Solcherweise vertröstete ich ihn im ehrlichsten Tone auf den kommenden Morgen und hörte ihn nicht lange hernach auch schon weidlich schnarchen, wie eine Waldsäge. Aber diese Schlafmusik und eine nicht geringe Sorge über den Verdacht der Landjäger vereinten sich treulich, mich selber um so gründlicher wachzuhalten.

Je länger ich aber in der dunklen engen Kammer so dalag, um so mehr drängte es mich zu einer Entschließung. Das Haus war still, mit Ausnahme meines Bettnachbarn. Und als ich jetzt aufstand und das Fenster öffnete, schlief auch das Dorf in seinem Schneetuch, an welchem die Nacht sich merklich erhellte. Ich kleidete mich so leis wie möglich an; als ich aber die Tür auftat, um auf die Treppe zu gelangen, machte sich drunten der Haushund durch Knurren vernehmbar, und ich zog mich rasch zurück und schloff angekleidet wieder unter. So wartete ich ein halbes Stündchen, bis ich alles wieder in Schlaf vermuten konnte. Dann stieg ich ins Fenster und sprang in den Garten hinab, der mich in seiner Schneedecke weich und sanft aufnahm. Mochte nun der Hund noch so wild anschlagen – und er tat es auch –, so war ich in flinkem Sprung über die Gartenhecke hinweg auf der Dorfstraße, wo auf der einen Seite alte Weidenstorzen am Bach hin Spalier bildeten und erst weit im Gelände draußen sich verloren. Diesen folgte ich und traf nach längerem Wandern durch tiefen Schnee endlich auf ein Gebäude, nämlich den Bahnhof des nächsten Dorfes, der aber weit vor diesem draußen liegen mochte. Um meine Fährte nach Möglichkeit zu verwischen, betrat ich dort das Gleis und schritt in den Fußspuren, die wohl von Bahnarbeitern stammten, weiter, und zwar einige Stunden lang, bis sich auf einem Bahnhof das erste Licht zeigte. Es mochte gegen vier Uhr morgens sein, als ich hinter mir in ziemlicher Entfernung die wandernden Augen eines Zuges erblickte. Nach einigen Minuten hatte er mich eingeholt, gerade an der nächsten Haltestelle. Ich bestieg ihn und fuhr unter wenigen mir völlig unbekannten Gesichtern in den dunklen Morgen hinein.

ZWEITES KAPITEL

Als ich auf deutschem Boden den Zug verließ, um den
Weg in die Hauptstadt, die mein Ziel war, zu Fuß zu machen, dachte ich beim Anblick der im fernen Blau ver-
schwimmenden Berge meines Heimatgaus noch einen
Augenblick an Umkehr; denn ich verhehlte mir nicht,
welch unsicherem Geschick ich entgegenging und was
ich an ruhigem Glück hinter mir ließ. Eine falsche Scham
indes und törichter Stolz – wenn ich meinen Eigensinn so
hoch betiteln durfte – riefen mir Vorwärts zu, und ich
folgte dem Befehl meines verblendeten Innern, um die
Lehre zu empfangen, die mir vorbestimmt war und schon
in einem der nächsten winterlich-öden Dörfer mit einer
ratlosen Reue ihre schulmeisternde Macht an mir übte.
Dann begann das Geldausgeben, und ich sann vergeblich
nach ausgleichenden Einnahmen. Was ich von dem Hausierer in der elenden Schweizer Herberge nicht hatte kaufen wollen – hier tat ich's: Zwei Gummikragen, drei Paar
Socken und ein neues Hemd erstand ich mir in einem
winkligen Dorfkramladen, wo das Erdölfaß neben dem
Mehlsack und der Zuckerhut auf dem Viehsalz stand und
die von mir erhandelten Waren ein kaum erdenkbares
Gemisch von Gerüchen an sich trugen, die sie freilich in
der kalten Winterluft bald verlieren mochten. Ich mußte
für das Ausschußzeug ein schönes Stück Geld hinlegen
und da es mir auch an einem Kofferchen fehlte, in meiner
Verlegenheit dem Krämerweib einen Rest von Wachstuch abnehmen, und zwar wieder kostspielig genug, das
ich dann mit einer Schnur zuband und in der Hand trug.
So war mein Wanderzeug beschaffen. Diese Ausgabe
wieder wettzumachen, legte ich mir eine Hungerbuße
auf, indem ich unter Tag während des Wanderns nichts
zu mir nahm und abends im Gasthaus nur ein Geringes

verzehrte, unter dem Vorgeben, ich hätte keinen Hunger, während er mir doch bitter im Magen biß und grau genug aus den Augen schauen mochte. Diese Bußfahrt setzte mir um so schärfer zu, da ich bei jedem Wetter täglich wohl zehn Stunden unterwegs und des Hungerns von Haus aus auch nicht eben geübt war.

Aber wenn mir unterwegs dieses Erwünschte abging, so hatte ich um so mehr Zeit, über mein künftiges Beginnen nachzugrübeln, wobei ich freilich nicht ins Reine mit mir kam. Am meisten leuchtete mir der Gedanke ein, bei einem Maler einzutreten, natürlich nur für die erste Zeit der Not; ich zeichnete ordentlich und wußte auch mit der Farbe ein wenig umzugehn und zu klexen. Auch erfüllte mich das stolze Bewußtsein, wenn man mir nur was Tüchtiges zumuten würde, es auch tüchtig zu leisten, besonders wenn die Not mir auf den Fersen brannte, vor mir aber Lohn und Rettung winkten. Ferner vermochte ich etwa als Schreiber meinen Mann zu stellen: Ich konnte leidlich Englisch und Französisch neben den alten Sprachen und schrieb eine gute Hand. Oder ich erteilte Unterricht in gewissen Schulfächern, worin ich nicht so übel beschlagen war, um geringeren Schülern nicht nachhelfen zu können. Dies waren nun ganz hübsche, tröstliche Aussichten, wenn ich nur erst in der Hauptstadt war; aber meines Wesens war auch, statt die Dinge fest anzufassen, wie sie vorlagen, lieber über wunderbare Rettungen und fabelhafte Wohltäter nachzusinnen (da ich mich für weiß Gott wie wertvoll als Mensch hielt!) und sah ihrer bereits eine ganze Zahl in immer neuer Gestalt, die es nicht erwarten konnten, mich Unglücklichen an einer Straßenecke verhungernd aufzufinden und unter ihre schützenden Fittiche zu nehmen, genau so, wie ich es in gleichem Falle ihrer einem machte, wenn ich nur dazu erst ordentlich in der Lage wäre.

Unter solch schönen Hoffnungen, die freilich leicht in Befürchtungen drückendster Art umschlugen, besonders bei leerem Magen, gelangte ich endlich in die Nähe der Großstadt und sah ihre vielen Türme, die in eine graubraune Dunstwolke hinausragten und keineswegs mit sonnenglühenden Kuppeln und Helmen in einen rosenroten Himmel stachen, wie mir die Stadt nicht eben selten als ein immer heiteres Paradies geschildert worden war. Das ernüchterte mich nicht nur, es erschreckte mich auch, und ich wagte die nächsten Tage noch nicht, dem Untier zu Leibe zu rücken, blieb vielmehr zwei Stunden davor in einem großen Dorfe, so daß wir einander gegenüber lagen, wie der Jäger einem gefährlichen Wild, und keins wagt sich aus seinem leidlich geschützten Lager. Endlich aber – mein Geld wurde weniger, und die Entschließung mußte kommen – wagte ich den Angriff, indem ich hineinfuhr und mich den ganzen Tag schauend und staunend in dem Gewühl umtat, desgleichen ich nie gesehen, erschreckt und ratlos, wie ich in diesem Maschinenwerk als erhebliches Rad, als Wellbaum oder Lager, als Hebel oder Sperrwerk mich würde nützlich machen oder etwa selber fortbewegen können. Und als die Winternacht früh auf die Stadt fiel und ich unter den aufflammenden Lichtern, die den Straßen ein neues fremdes Gesicht gaben, ohne Ziel umherging, war ich froh, unversehens wieder an den Bahnhof zu geraten und fuhr in mein stilles Dorf hinaus, um neuerdings mit mir Rates zu pflegen.

Schon den folgenden Tag nahm ich einen Anlauf, Beschäftigung zu finden. Ich rückte mich mit allen meinen Fähigkeiten in die größte Zeitung der Stadt ein und legte für einen fünfmaligen Abdruck meines Selbstlobs einige Silberstücke hin, die mir schwer genug aus der Tasche gingen. Am zweiten Tag sah ich nach Angeboten. Aber auf mich hatte die große Stadt gerade gewartet! Tag um Tag ließ mich der Beamte der Zeitung im Gedräng der Nachschiebenden davongehn, das letzte Mal mit Angst im Gesicht und einer Zornträne im Auge. Sollte ich noch weiteres Geld an solche Anpreisungen wenden, vielleicht ebenso erfolglos, oder von Haus zu Haus mich um Arbeit müde laufen? Denn eines war sicher: Ich hatte keine Zelt mehr zu verlieren.

Ich verließ das Dorf und mietete in der Stadt ein billiges Zimmer, und zwar in der Nähe der Gemäldesammlungen, wo ich mich gewöhnlich vormittags herumtrieb, während der Nachmittag meinen Gängen um Arbeit galt, freilich fürs erste ohne besseren Erfolg als bei der Zeitung. Ein einziger Malermeister wollte mich einstellen; er verlangte indes Zeugnisse über meine Leistungen, und als ich mich da nur bescheidentlich rühmte, zu allem anstellig und willig zu sein, lachten seine Gesellen mich aus, und ich ging beschämt aus der Werkstätte, daß ich vor Zorn hätte heulen mögen.

Da so die Menschen meinen guten Willen zurückstießen, nahm ich einen Wink des Himmels wahr, der in jenen Tagen einen ausgiebigen Schneefall veranstaltete, und griff zu niederer Arbeit, weil sie mir wenigstens für den Tag das Brot einbrachte und ich mein Geldchen nicht weiter abbröckeln mußte. Man wurde in der Stadt kaum des Schnees Herr, um so weniger, als plötzlich die angeworbenen Arbeiter ausstanden, um höhere Löhne zu erzwingen. Da verdiente ich denn mit elfstündiger Arbeit täglich zwei Mark zwanzig, wovon ich in jener wohlfeilen Zeit mich ordentlich sattessen konnte. Für fünfunddreißig Pfennig bekam man in bescheidenen Wirtschaften Mittagessen, nämlich Suppe und Rindfleisch oder Braten; das Bier kostete zehn Pfennig, und die Kellnerin war mit einigen Pfennigen Trinkgeld zufrieden. Da nun der

Ausstand länger dauerte und der Himmel immer wieder Schnee herabwarf, hatte ich einen Monat hindurch ehrlichen Verdienst und befand mich soweit ganz wohl dabei, abgerechnet, daß ich nimmer wie zuvor in die Galerien kam. Aber was verlangte ich Besonderes? Waren nicht allen Arbeitern ob der Fristung ihres Daseins die bescheidensten Genüsse, schon allein wegen mangelnder Zeit, versagt?

In dieser für mein bisheriges Wohlleben sehr ungewohnten, für mich selbst aber etwas beschämenden Lage wäre ich eines Morgens beinahe entdeckt worden, oder wurde es wirklich. Ich hörte im eifrigsten Schneeschaufeln von wohlbekannter Stimme meinen Namen rufen, faßte mich aber sogleich und beschloß, keinen Bescheid darauf zu geben, arbeitete vielmehr im Takt der Mitarbeitenden weiter. Mein Name erklang dringender, und als ich wie zufällig ein wenig seitwärts schielte, sah ich den Bekannten sich durch den tiefen Schnee heranschieben, in Frack und Angströhre – er kam wohl von einem Faschingsvergnügen – und gerade auf mich lossteuern. In diesem Augenblick fuhr die Straßenbahn heran; ich schwang mich mit meiner Schaufel hinauf, als hätte ich an einen andern Arbeitsort zu fahren, und sah noch, wie der Befrackte mit den andern Schneeschauflern sprach, die aber nur die Köpfe dazu schüttelten. Denn sie kannten mich nicht bei meinem wahren Namen. Als ich hernach zurückkam, erfuhr ich, der Herr habe in mir einen gewissen Arnold Lohr vermutet, der von Haus entlaufen sei, niemand wisse, wohin. Ich lachte ob dieser Mitteilung und log frisch heraus: Wenn ich noch ein Elternhaus hätte, wüßte ich Besseres zu tun als Schneeschippen bei zwei Mark Taglohn. Dem stimmten die andern lachend bei; nur einer machte ein scheeles Gesicht und wollte mir nicht recht trauen.

Solange also zeitweilig Schnee fiel, hatte ich zu essen und wahrte meinen alten Geldbestand. Aber wie der Himmel sich meiner erbarmt hatte, so wurde er plötzlich dem Stadtsäckel gnädig und stellte das Schneien ein, wie er's denn nicht jedem recht machen kann. Ich bot mich wieder durch die Zeitung an, indes nur zu Abschriften, und erhielt auch wirklich ein Angebot und zwar von einem Schriftsteller, einem spargelgleichen, duftenden Herrchen, das mich zu sich bat und mir die Handschrift eines Romans zur Abschrift gab. Er bot mir für den Tag drei Mark, wollte aber jeden dritten Tag die Leistung abholen lassen, um zu sehn, ob ich nicht faulenze und auch fehlerfrei abschreibe. Ich schlug ihm vor, das Werk in zwanzig Tagen abzuliefern, fehlerlos und wie gestochen, wenn er mir einen angemessenen runden Betrag zusichere. Doch ging er nicht darauf ein. Er habe Zeit! sagte er. Oder ob ich meinte, die Unsterblichkeit entlaufe ihm? Mir könne doch wenig daran liegen, rasch fertig zu werden; für mich genüge es, eine Zeitlang einen ordentlichen Taglohn zu haben. Damit händigte er mir einen Packen Schreibpapier ein, feines Schöpfpapier, das ein Diener herbeitrug, ferner einige Fläschchen Tusche, womit das Werk zu schreiben war, auch Purpurfarbe und einige Muscheln mit echtem Gold, beides zum Ausmalen der Kapitelzahlen und der Eingangsbuchstaben. Diese versprach er mir besonders zu zahlen. Ich übernahm den Auftrag, und so kam denn jeden dritten Abend, Schlag sechs, ein Diener, zählte auf ein silbernes Tellerchen neun Mark, die er mir in die Hand schüttete, und legte zwei Quittungen auf den Tisch; in der einen vermerkte er die empfangene Seitenzahl und unterschrieb; die andre hatte ich zu unterschreiben, worauf unter unsern Verbeugungen jede in die ihr bestimmte Hand überging.

Ich las ein oder das andre Mal von dem Herrchen, daß

er Gedichte oder kleine Erzählungen öffentlich vorgele-
sen habe; über den Roman aber, den ich ihm abgeschrie-
ben, hörte ich nie was; hingegen bald über ihn selbst, daß
er in das große Bankgeschäft seines Vaters eingetreten
sei. Es mochte ihm also im Blute liegen, daß er auf solche
Ordnung in Geschäftsurkunden hielt.

DRITTES KAPITEL

Vergönnten diese beiden Beschäftigungen mir zu nichts Erfreulichem noch Ersprießlichem Zeit, da sie nur meiner Erhaltung gewidmet waren, so hatten sie mich über der scheinbar nutzlosen Arbeit um so ernstlicher den Wert der Stunde ermessen lassen. Anderthalb Monate hatte ich mit Schneeschippen und Bücherabschreiben vertan, und ich fragte mich verschämt, ob solches das Ergebnis meiner Studien und einer sorgfältigen Erziehung sein sollte, die mein Vater wohlmeinend auf mich verwandt hatte. War es ein Zufall, daß ich an den gespreizten Dichtergecken geraten war, der mir mit seiner Narretei auf einige Zeit die Lebensmöglichkeit gewährte, oder trieb die Natur solche Verschwendung mit Zeit und Menschengaben? Ich sah, daß ich verdarb, wenn ich nicht das Äußerste versuchte, meine Begabung auf ein ihr angemessenes Fortkommen zu verwenden. Es mochte in Großstädten manche schöne Befähigung im Broterwerb verkommen, und vielleicht hatte ich selbst auf diesem Wege eben die ersten Schritte getan. In dieser Angst, die mich plötzlich befiel, ließ ich mir einfallen, unverweilt auf die Kunstschule gehen zu wollen; nur bedachte ich über diesem schönen Ziel gar nicht die Mittel. Ich verfiel zwar einen Augenblick auf den tröstlichen Gedanken an die Hilfe meines Vaters; aber statt ihm sogleich meine Lage und meine Pläne darzulegen, nachdem ich ihm seit meiner Flucht nicht das kleinste Lebenszeichen gegeben, und ihn einfach um Verzeihung zu bitten, ward ich ihm kindischerweise plötzlich gram, als wenn er an meinem Elend die Schuld trüge und Vorwürfe verdiente, weil er mich im Dunkel meines unbekannten und unrühmlichen Daseins sitzen ließ. Und weil kein Wunder vom Himmel herab mir vor die Füße fiel, wurden wieder Eigensinn und verstockter Trotz über mich Herr, und ich beschloß auszuharren und mich trotz allem durchzusetzen, nur eben auf andere Weise als bis dahin. Wenn ich dabei aber vom Vater weder Hilfe erbitten noch ihm Kunde von meinem Aufenthalt geben wollte, so geschah dies nur, weil ich seine Maßregeln fürchtete oder doch, daß seine Bitten mich zur Rückkehr auf die Schule zu bewegen vermöchten. Und diese Furcht heizte mir denn auch eines Tages ordentlich ein.

Ich fand nämlich zufällig in der Zeitung einen Aufruf, und zwar unter den Anfangs- und Endbuchstaben meines Namens, unterschrieben aber mit dem vollen Vornamen meiner Schwester. Nicht minder verriet auch der Inhalt, daß er mir galt: Ich möge der Schwester Nachricht geben über Aufenthalt und Befinden, auch über die Gründe der Flucht, oder aber unverweilt heimkehren. Es fehlte nur noch die übliche Zusicherung, es sei alles verziehen! Kein Zweifel: Jener Bekannte, der mich einst beim Schneeschaufeln angerufen, mußte zu Haus geplaudert haben! Ich schwieg natürlich; der Aufruf erschien aber noch dreimal, und jedesmal klang er mir dringender in die Ohren, und ich wurde schließlich unruhig über den Gedanken, die bekümmerte Schwester in Ungewißheit zu lassen oder eines Tages unverhofft von zu Hause Besuch mit wohlbegründeten Vorwürfen zu erhalten. Der Aufruf verhallte, und bald fühlte ich mich wieder geborgen in der großen Stadt, wie Robinson auf seiner Insel, und hatte, wie dieser, nur zu sorgen und sinnen, wie ich mein Leben durchbrächte.

Ich hatte bisher ein nicht eben freundliches Zimmer bewohnt: eher eine enge Schlafstelle als einen Raum, wo man sich hätte aufhalten und freudig arbeiten mögen. Auch lag es in dem von der Treppe abgeschlossenen Wohnungsflur, und die Wirtin konnte mein Kommen und

Gehen überwachen, was mich immerhin etwas beengte, obschon ich sie tagüber nie zu sehen bekam. Eines Tages kündigte sie mir das dürftige Räumchen, bot mir dafür aber das vor der Treppe liegende hübsche Zimmer an, nur zwei Mark teurer als das andere, aber ganz ungestört; ja, noch mehr! und sie nannte mit zwinkernden Augen eine ortsübliche Bezeichnung zur Empfehlung des Zimmers: Da ich diese aber ahnungslos nicht verstand, fügte sie hinzu: Nun, was ich nicht weiß, macht mir nicht heiß, verstehen Sie? Ich bezog den neuen Raum, ein heiteres, gegen Westen liegendes Zimmer, und fühlte mich sogleich heimelig darin. Es enthielt außer dem Bette einen Kleiderschrank, ein altgemustertes, etwas zusammengesessenes Sofa, einen Waschtisch mit gelber Kommode und einen alten Spiegel. Überm Sofa hingen in breiten Goldrahmen zwei Öldrucke, die ein Schweizerhaus an einem Alpensee darstellten, und zwar so, daß hier das Haus links am Wasser, auf dem andern Bild aber rechts lag. Eine junge Älplerin bewirtete auf jedem einige Gäste. Ins Zimmerfenster herein lugten mir die obersten Zweige von Kastanienbäumen aus dem zum Haus gehörenden Biergarten herauf. Über sie hinweg sah ich auf ein Grabsteinlager jenseits der Straße und in einen großen Friedhof hinter langen roten Ziegelmauern. Jeden Nachmittag bimmelte dort das Totenglöckchen, und klagende Trauermärsche klangen zwischen den kahlen Gräbern heraus. Zuweilen schreckten mich auch unverhoffte Gewehrsalven in der Stille meiner Arbeit. Jenseits des Friedhofs dehnte sich die Ebene gewaltig hin, da und dort mit einem Baum, weißen Kirchtürmchen oder dunklen Wälderstreifen gesprenkelt. Sie gewährte einen Ausblick wie in die Unendlichkeit und regte denn auch, besonders an schönen Tagen, meine Wandersehnsucht mächtig auf.

Mein bißchen Selbsterworbenes hatte mich leidlich

der Freiheit zurückgegeben; ich begann also zu arbeiten, und zwar ganz nach meinem besseren Gefallen, wie es mir in der Zeit des Schneeschippens oft lockend und vorbildlich erschienen war. Das Törichte dabei war nur, daß ich mir träumen ließ, für meine Handzeichnungen, nämlich Kinderbildnisse und Landschaften, sogleich auch zahlende Liebhaber zu finden. Da ich rasch Blatt um Blatt im Erwerbseifer herstellte, rechnete ich bereits eine hübsche Summe aus, wie wohlfeil ich, um sie sicherer zu verkaufen, die Blätter auch zu bewerten dachte. Immer, ehe ich zum Essen ging, breitete ich das erträumte Vermögen über Bett, Sofa und Waschtisch aus und überzählte es; bald hing es auch noch an Reißnägeln an den Wänden, und einige Blätter staken gar in den Goldrahmen und verdeckten die Alpenwirtschaften mit ihren Gästen; kehrte ich heim, so hielt ich eine neue Heerschau ab, ordnete dann alles in eine Mappe und überzählte abends nur, was neu hinzugekommen war. Es wäre jedoch immer ein schöner Tagesverdienst gewesen, hätte mir's nur einer ausmünzen mögen.

In dem Maße aber, wie die Blätter sich vermehrten, schrumpfte mein Vermögen allmählich zusammen, und ich erkannte, daß der Erzeuger der Kunstwerke sich dazu verstehen müsse, auch den Geschäftsreisenden für seine Ware zu spielen. Ich dachte nun Austräger zu werben, denen ich von jedem verkauften Blatt einen schönen Gewinn geben wollte, nur um die demütigenden Gänge nicht selber machen zu müssen. Durch eine Zeitungsanzeige gewann ich auch wirklich einige herbei; doch liefen sie wieder davon, als sie die Arbeit sahen, bei der nichts zu holen sei; und einer machte mir sogar Grobheiten: Ich solle ehrliche Leute nicht zum Narren haben und für das Pimpelzeug, wie er meine Kunstwerke hieß, nur selber den Austräger spielen; so fließe der ganze Gewinn in meine Tasche, die ihn wohl fassen werde. Und er wünsche mir Glück dazu! fügte er bei.

Ich besann diesen herben Ausspruch einige Tage, während ich indes eifrig weiterzeichnete, dann fand ich dessen Nutzanwendung wenigstens wohlgemeint und machte mich auf den Weg zu Kunstgeschäften, Schacherern und Trödlern, wobei ich zu diesen dunkleren Wesen von Anfang an größeres Vertrauen hatte. Sie wiesen mich denn auch nicht wie jene im vorhinein ab, sondern nahmen wenigstens Augenschein von meinen Blättern; zum Ablehnen bot sich dann immer noch Gelegenheit. Gegen Ende des zweiten Tages meiner Geschäftsreise fand ich endlich einen, der zugreifen wollte, freilich für kaum ein Zehntel der von mir geträumten Preise. Es war ein kurzes nullbeiniges Männchen mit rundem Kopf und herausquellenden grauen Augen, die mich an die einer erwürgten Katze aus meiner Knabenzeit erinnerten; er schien auch geschmeidig und lauernd wie so eine jagende Miez und immer bereit zum Sprung. In der inneren Stadt, in einer engen grauen Gasse hatte er seinen Laden, einen schmalen, aber tiefen Raum mit allerlei wohlfeilem Gerümpel alter wie neuerer Zeit im Schaufenster: Kupferstiche, Münzen, wertlose Zeichnungen. Darüber ragten hölzerne Ritter und Heilige mit ihren Waffen oder Marterwerkzeugen heraus und hielten Heerschau über den Plunder zu ihren Füßen: Tabaksdosen, alte Pistolen, Spindeluhren, Ringe, Geldbeutel, Pulverhörner, Hirschfänger, Wallfahrtsbildchen, alte Taler, Armbänder und was sonst Erdenkliches da aufgestapelt war. In dem darmartigen Raum aber schaltete der Katzenkopf selbst, immer wie ein Jaguar im Käfig umhergehend zwischen alten Schränken, Tischen, Fahnenfetzen, Meßgewändern, Altardecken, Schützenscheiben, Flinten und gebräunten Gemälden, die die grauen Wände bedeckten. Dieses Männchen also – Kistenfeger hieß er, Sebastian Kistenfeger – schnupperte an meinem Köder und schien anbeißen zu wollen. Er trat mit den Blättern unter das Hoffenster in der Tiefe des Raumes, drehte und wendete sie, hob sie gegen das Licht, um hindurchzusehn, und legte schließlich fünf oder sechs beiseite auf den alten Schreibtisch, den er an jener Lichtluke stehen hatte. Auf diesem stand sein hölzerner Schutzheiliger, ein pfeilgespickter Sebastian mit vergoldetem Lendentuch und brandrotem Haar, und schaute, statt gottergeben himmelan, mit brechenden Blicken auf unsern Handel herunter, den Kistenfeger vorläufig wortlos führte. Ich las unterdessen wohl fünfzigmal die auf den Schreibtisch bezügliche Inschrift zwischen den Füßen des Heiligen, mit ihrer eigenartigen Rechtschreibung:

»Echder Stiel Louis quinz. Verkeufliech. Ser preißwährd!«

Endlich tat Kistenfeger den Mund auf. Er nannte kurzweg einen Betrag, den er für die sechs ausgewählten Blätter geben wollte. Als ich auf mehr drang, sagte er, neuere Handzeichnungen seien sehr schwer zu verkaufen, und er müsse doch was dran verdienen. Wenn ich mich indes dazu verstünde, die Jahreszahl zu entfernen, so wolle er für jedes Blatt zwei Mark mehr geben; er könne sie dann eher für alt verkaufen, nur dürfe er selbst sich einen solchen Eingriff in ein Blatt nicht erlauben. Ich beging die kleine Fälschung – denn so erschien mir in etwa die Sache! –, um die Zeichnungen wegzubringen und mir für künftig den Händler gewogen zu erhalten. Merkwürdigerweise kaufte er gerade jene, die ich auf altes, zum Teil stockfleckiges Handpapier gezeichnet hatte; es stammte dieses aus einem großen, von meiner Hauswirtin mir überlassenen Heft, das, nach den ersten paar Blättern zu schließen, einst einem Baumeister gehört haben mußte, mir aber für Zeichnungen sonderlich zusagte. Die übrigen Arbeiten bat er mich dazulassen, merkte sich meine Wohnung auf und versprach, mir bald Bescheid zu geben. Damit beinelte er neben mir her zur Tür und ließ mich ins Freie. Ich aber besann mich draußen meines ersten Erfolges und wie das wohl weiter werden sollte. Und kam mir dabei vor, wie ein meerbefahrender Kaufmann, der zwar sein Leben vorläufig gerettet, sein reiches Schiff aber verloren hat.

VIERTES KAPITEL

Einige Tage nach diesem Kunsthandel machte ich zu Haus eine freundliche Entdeckung. Auf der Treppe kam mir die lieblichste Erscheinung entgegen, die ich hätte verhoffen mögen: ein sechzehn- oder siebzehnjähriges Mädchen, das ins Haus zu gehören schien; sie ging nämlich in einfachem Schürzenkleid und ohne Hut einher. In meiner Überraschung mochte ich sie etwas stierend angeschaut haben, weil ich mich mit dem feinen Gespenstchen nicht gleich zurechtfand; sie grüßte darauf anmutig-verlegen und mit schüchternem Lächeln, das in ihren frischen Backen zwei Grübchen hervorbrachte, und ich griff nun auch noch grüßend an den Hut, obgleich sie schon an mir vorbei war. Auf dem Treppenabsatz blieb ich stehen und sah ihr nach, und unsere Blicke begegneten einander; dann verschwand sie durch die Tür der Wirtschaft, die zu ebner Erde der unter mir wohnende Hauseigentümer führte. Ich hatte diese noch nie betreten, seit ich im Hause wohnte, und daher mochte es kommen, daß ich vom Schönsten, was es beherbergte, noch keine Kenntnis hatte.

Dieses Schönste war nun zwar eine ganz einfache Sache, aber für mein Empfinden eine gar feine Sammlung von Reizen, an der ich so leichten Kaufs nicht vorüberkommen sollte. Sie trug auf dem mittelhohen Gestältchen einen schlanken weißen Hals, dem ein mit blonden, kranzweis aufgelegten Zöpfen geschmücktes Köpfchen eine heitere Krönung schuf. Die vollen Arme, die sie trotz der Winterzeit nackt hielt, wiesen am Ellbogen gleichfalls Grübchen auf, nicht minder reizend als die der Bakken, und ich trug das Bild dieser rosigen Fleischtrichterchen mit mir die Treppe hinauf als ein Sternbild, wovon immer eine Hälfte sichtbar blieb, mochte der junge Himmel sich drehen, wie er wollte, der es trug. Mund und helle Augen aber waren mir ein Dreigestirn besonderer Art, über dessen Lichtschein ich nichts zu setzen gewußt hätte.

So kam ich die Treppe hinauf. Mir war, ich trage einen Zentner Sonnenluft, der mich drückte und zugleich hob, und er entlade und dehne sich in meinem Zimmer, bis er alle Ecken füllte. Auf dem Fenster, das die Nachmittagssonne erhellte, tauchte, kaum daß ich hingesehn, wie eine junge Heilige auf goldnem Grund, das Mädchenbild auf, wandelte hindurch, verschwand und erschien von der andern Seite wieder, um den Weg vor meinen Augen neu abzuschreiten. Das geschah unter den Klängen eines Trauermarschs draußen, eines wehen und holden Begleitwerks, das aber nicht das Herz zerriß, sondern wie eine sanfte Klage um ein frühlingshaft verklärtes Mädchenleben hinschwebte. Und Glück und Wehmut trieben in mir ihr Wesen und hoben und beschwerten mich mit einem unerklärten Schmerz, dem ich nur über das aufsteigende Augenwasser hin einen Ausweg schaffen konnte.

So saß ich wehselig auf dem Sofa, das hilflose Bild eines jungen Verliebten, der über ein unbegreifliches Geschehnis seines Daseins nachsinnt und nichts damit anzufangen weiß, oder nur soviel, daß er sich davon seine nächste Zeit und Tätigkeit verwirren lassen muß.

Unterdessen suchte ich aber die Störerin und Verwirrerin selbst wieder zu treffen. Ich lief vier-, fünfmal jeden Vormittag die Treppe hinab, ich Narr! in keiner andern Absicht, als ihr zufällig zu begegnen; einigemale ging ich auch nachmittags in die Wirtsstube hinunter, wenn die Speisegäste weg waren; doch fand ich dort eine andre vor und wagte nun wieder nicht, diese nach der zu fragen, der mein Besuch eigentlich galt. Eines Morgens endlich, auf meinem Gang zum Frühstückskaffee, sah ich sie wieder. Sie kam aus der Kirche; ein Trüpplein Soldaten, die zur Übung zogen, holten sie ein und gingen an ihr vorüber, geschulterten Gewehrs und lässigen Tritts. Indem ich ihr näher kam, sah ich, wie sie von einigen lachend gegrüßt wurde und lächelnd wiedergrüßte; es waren Einjährige, die sie kennen oder nur in soldatischer Keckheit necken mochten. Unterweilen kam ich selbst an ihr vorbei, und sie dankte nicht minder freundlich auch für meinen Gruß; darüber geriet mein Herz wieder in so unruhige Manöver, daß ich sie nicht anzureden wagte; und kaum war sie vorüber, so schalt ich mich wegen der dummen Versäumnis einer solchen Gelegenheit; indes trug ich doch die liebe Erscheinung nun so klar mit mir, daß ich im Kaffeehaus sogleich mit aller Inbrunst ihr Bild hin zu wühlen unternahm, und von einem Dutzend Versuchen, über denen ich den Vormittag beim Kaffee vertat, gerieten einige recht nahe an das Urbild hin, und es wies jeder seinen geglückten Teil auf, so daß ich durch Vereinigung schließlich ein sehr ähnliches zustande brachte und mit dieser Nummer dreizehn mich zufrieden gab. Ich schied sie aus den übrigen aus und brachte sie daheim auf blaugrauem Grund in rotem Rähmchen unter Glas, als ein Weihgeschenk, das mein Zimmer zu einem Kapellchen umschuf und das ich fortan auch fromm genug anzubeten gesonnen war.

Zu dieser schmerzlich-süßen Beunruhigung, die mich mit der Liebe befallen hatte, kam aber in jenen Tagen eine andere und gefährlichere, von der ich nicht wußte, wo sie hinauszielte oder was ich daran verschuldet hatte. Ich erfuhr dies zunächst auch nicht, hauptsächlich wohl, weil ich die ganze Geschichte bald vergaß, und konnte nur später, als das Blatt sich ganz gegen mein Erwarten wendete, gewisse Mutmaßungen schöpfen. Es trat mir nämlich unverhofft eines Nachmittags ein Schutzmann ins Zimmer und stellte ein Verhör an: wie lange ich schon bei dieser Hauswirtin wohne, was ich treibe und ob meine Beschäftigung mich vorwiegend auswärts oder aber zu Hause halte. Wegen der beiden ersten Fragen konnte ich den Behelmten auf meine Anmeldung verweisen, die ich bei meinem Einzug nicht unterlassen, obschon die Wirtin sie mir für unnötig erklärt hatte; die letzte aber schien mir befremdlich, und ich fragte den Mann denn auch nach ihrem Grund. Er sagte mir aber, ich solle nur der Wahrheit gemäß Bescheid geben, weil ich sonst vielleicht vor dem Untersuchungsrichter dazu gezwungen werde. Ich meldete darauf, daß ich anfangs, als ich noch innerhalb des Flurs wohnte, meist auswärts tätig gewesen sei; nachdem mir aber die Wirtin dieses freundlichere Zimmer angeboten habe, hielte ich mich mehr zu Hause auf. Auf seine Frage endlich, wer in der Wohnung verkehre, im besondern ob öfters Weibsleute aus- und eingingen, wußte ich nicht Bescheid; er vermerkte aber mit besonderem Nachdruck in seinem Büchlein meine Aussage, daß ich meine Wirtin fast nie zu sehen bekäme. Damit schloß er das Verhör, legte den Bleistift ins Buch und steckte dieses ein, setzte aber zugleich auch eine ganz andere Miene auf. Er ging, wie mir schien, mit Teilnahme an meinen aufgehängten Zeichnungen umher, fand die meisten sehr gut und sprach überhaupt wie ein Kenner. Er habe nämlich ein Urteil darüber, sagte er. Bei seinen Eltern habe jahrelang ein Kunstmaler gewohnt – so nannte er diese Leute –, dem er oft bei der Arbeit zugeschaut, weil er auch gerne Maler geworden wäre. Auf den Stein zeichnen habe er denn auch noch gelernt, da der Künstler oft die Miete, die er nicht zahlen konnte, durch diesen Unterricht abverdient habe. Und so wäre er vielleicht jetzt auch ein Maler, wenn es nicht das Schicksal anders mit ihm vorgehabt hätte. Durch drei Jahre Soldatenleben seien ihm nämlich andere Begriffe vom Wert des Lebens gekommen, und er sei Feldwebel, hernach aber Schutzmann geworden, wie es denn das Leben mit seinen Launen manchmal drechsle. Seine Liebe zur Kunstmalerei, wie er sich ausdrückte, tauche jedoch ab und zu wieder auf, was aber ganz gut sei; denn der Mensch brauche zuweilen einen höheren Schwung, sonst müßte er im Sumpf des Alltagsdaseins verkommen. Unter solchen Reden vollendete er den Umgang vor meinen Blättern; ich aber freute mich seiner merkwürdigen Neigung zur Kunst, die mir gespendete Anerkennung aber schmeichelte mir so, daß ich ihn bat, sich eines der Blätter auszuwählen, abgerechnet das Bild meines Schätzchens. Er nahm ein Kinderbildnis, rollte das Blatt zusammen und ging damit, wie mit dem Marschallstab grüßend, hinaus; die Klinke aber gab er einem andern Kömmling in die Hand; es war Sebastian Kistenfeger, mein Kunsthändler.

Dieser kam mir erwünschter. Er brachte einige der ihm zurückgelassenen Zeichnungen und das Geld für die übrigen, die er behalten hatte, diesmal freilich etwas weniger als für die ersten Blätter. Jene seien nämlich besser gewesen. Er ermunterte mich, ihm weiterhin meine Arbeiten vorzulegen, und zwar sollte ich mich einmal in Kohle oder Kreide versuchen. Als besonders geeignete Gegenstände riet er mir junge Katzen oder Hunde an, vor allem Dachshunde; für dergleichen Tierpossen gebe es immer Käufer; es sei dies auch das beste Übungsfeld für Künstler, da sich in der Malerei nicht wohl etwas Schwierigeres darbiete als die anmutigen und schnurrigen Bewegungen dieser Wesen. Ich sollte, da hieran Mangel herrsche, eigentlich meinen Ehrgeiz daran wenden, ein Katzenraffael zu werden; da wäre ich in zehn Jahren ein reicher Mann, könnte mich von der Kunst zurückziehen und Wagen und Pferde halten. Nach dieser Belehrung ging er, wie sein Vorgänger, prüfend an meinen neueren Arbeiten herum, nahm mir auch ein Kinderköpfchen um ein Billiges ab. Das Bild meines Schatzes aber wollte er ohne weiteres einpacken, indem er zehn Mark dafür bot. Es war mir aber nicht feil, selbst für zwanzig, ja, für fünfzig nicht; so hieß er mich denn einen närrischen Menschen, stand vom Kaufe ab und ging. Da fiel mir ein, daß das Bild auf das nämliche alte Handpapier gezeichnet war wie jene sechs Blätter unseres ersten Handels. Ich setzte mich also gleich hin und zeichnete es noch einmal auf solches Papier, um ihm's zu gelegener Zeit hinzutragen. Es reichte aber nicht an die freie Lieblichkeit des andern hin, das die Wärme eines liebenden Herzens ausstrahlte, während aus diesem die schnelle Arbeit heraussah und wohl auch ein wenig die Zurichtung für den Verkauf.

Unterdessen trat ich aber auch dem Urbild selbst näher, ich speiste seit einigen Tagen unten in der Wirtschaft, wo Tessa gewöhnlich damit beschäftigt war, die aus der Küche gereichten Speisen vom Schenktisch aus in Umlauf zu setzen. Wir gestanden einander bald, wie gut wir uns seien; als ich aber diesem Glück Dauer zu geben versprach und fürs erste nichts Besseres vorzuschlagen wußte als eine zeitige Heirat, lachte sie mich fröhlich aus. Zu solchem Unternehmen seien wir doch noch zu dumm und zu jung, sagte sie; dafür schlug sie zunächst einen Ausflug vor, und zwar auf den nächsten Donnerstagnachmittag, wenn gutes Wetter wäre. Ich war einverstanden, seligen Herzens wie ein beschenktes Kind, und Ort und Stunde, wo wir uns treffen wollten, wurden die folgenden Tage noch umständlich beraten und festgesetzt.

FÜNFTES KAPITEL

Nun hatte ich wohl nie einen Tag sehnsüchtiger und mit froheren Hoffnungen erwartet, aber auch nie einen mit größerer Enttäuschung verabschiedet als diesen Donnerstag. Und dieser hätte auch kaum in einem prächtigeren Aufzug erscheinen können: gerade als käme er nur zur Ehre und Verherrlichung unseres ersten Stelldicheins. Ich aber stand drei Viertelstunden vor der vereinbarten Zeit am abgeredeten Ort, um Tessa, die mir doch wohl mit gleicher Erwartung zustreben mußte, nicht im Trubel des Platzes und im Gedräng der Stunde zu verfehlen, wo alles wieder den Nachmittagsgeschäften zutrieb. Die Bahnhofsuhr und die einer nahen Kirche wiesen mir ihre Zifferblätter und tönten mir die Viertelstunden herab; acht Straßen aber, recht zur Auswahl, hätten mir Tessa zuführen können; und wenn schon ich nur die einzige vereinbarte zu überwachen hatte, stand ich doch wie der Platzschutzmann auf meinem Posten, gewärtig, die liebe Gestalt durch einen der Zugänge auftauchen zu sehen und sie mit einem Wink auf mich zuzulenken. Aber obschon ich mich in diesen erwartungsvollen Minuten wohl hundertmal, wie ein Leuchtfeuer, um die Achse drehte, so fiel mir doch das helle Kleid und der große Frühjahrshut, die das Gestältchen wie eine lustige Lenzfahne auf den Platz einführen sollten, nicht ins Auge; auch die noch in meine Rechnung eingesetzte Möglichkeit, daß der kleine Feind mich von rückwärts anschleichen und überrumpeln könnte, blieb aus; aber erst, nachdem mir die Uhren sechsmal ihre Viertelstunden zugetönt hatten, gab ich meine Hoffnung auf. In langsamem Weggehn sah der Genarrte noch nach allen Windrichtungen, die die Erwartete vielleicht im letzten Augenblick heranwehten, dann ging er mit aufsteigendem Zorn vom Platz und reihte sich in die langen Ausflüglerzeilen, die sich wie Ameisenzüge ins Freie ergossen.

Doch war mein innerer Zustand zu erregt, als daß ich es in diesem Gewusel ausgehalten hätte, das mir die trüben Gedanken noch völlig durcheinanderwarf. Ich drückte mich abseits und ging zwischen der springenden Jugend, die sich auf den Vorstadtwiesen mit Spielen ergötzte, und dem herumhockenden Alter, das sich in der ersten warmen Sonne auftaute, einsiedlerisch hindurch; ich mied jeden Weg, der mich noch neben Menschen herführen konnte, und hatte bald um mich her nur noch die ungemessene Ebene, in der die paar Menschlein verschwanden, und über mir den Himmel mit seinen trillernden unfindbaren Lerchen. Doch war mir in dieser schwarzgalligen Verfassung die Einsamkeit ein bittersüßes Glück, und ich wußte, der Tag hatte sich nur so prächtig angetan, um zum Düster meines Innern einen wirksamen Gegensatz zu stellen; die aber dies alles veranstaltet hatte, die böse Allmächtige, war ein feines blondes Mädchending und saß in diesem Augenblick meinen Sinnen verborgen, wie der große Allmächtige, der ihr verstattet hatte, diese Wehsal anzurichten. In solchen Gedanken ließ ich mich vor einem Wald ins dürre Gras nieder und übersann mein widriges Geschick, bis mich endlich lang niedergedrückte Tränen erleichterten. Darüber schlief ich in der warmen Sonne ein und saß auch sogleich in einem Traum; die Welt aber mochte meinethalben nach Gutdünken weiterkugeln.

In einer unaussprechlich heiteren Landschaft sah ich einen seltsam fremden und doch wieder geheimnisvoll bekannten Hof, von dem mein Vater langsam auf mich zukam. Er hatte eine Schaufel geschultert und ließ sie immerfort in der Sonne blitzen, wie einen beweglichen

Spiegel; sie wuchs zusehends auf seiner Schulter, je näher er herankam, und hatte schließlich wohl die Größe eines Scheunentors, so daß sie mir die Sonne verbarg. Damit war aber auch alles ringsher verwandelt; ich fand mich in einer dämmerigen Straße wieder, wo der Vater wortlos neben mir Schnee schaufelte, dabei aber sehr eindringlich mit tadelnder Miene auf mich niederblickte; ich lehnte nämlich nebenan untätig an einen Schneehaufen und sah seinem tätigen Wesen zu. Endlich nahm er das Wort mit einer ganz aus der Ferne tönenden Stimme, als wenn jemand andrer spräche: Ich wartete lange vergeblich auf dich! sagte er. Aber kein Wunder, daß du so kalt gegen mich bist; du wirst auf deinem Schneehaufen noch anfrieren, wenn du dich nicht rührst. Warte, ich rufe deine Mutter. Auf seinen Pfiff, der ganz in der Weise des Amselsangs ging, erschien in fernster Ferne ein wanderndes Pünktchen, das rasch näherrückte, und jetzt erkannte ich in ihm die Mutter. Es ging von ihr aber, als wäre sie ganz von Licht erfüllt, ein Schein aus, der rings alles aufhellte, wobei ich die vorige Gegend mit dem Hof wiedersah. Indes wandelte sich auch schon das Gesicht der Mutter und war nun der Schwester ähnlich, die mir schweigend, dann aber mit kaum hörbarem Flüstern zuwinkte; sie meinte wohl damit, ich solle kommen. Indem ich mir überlegte, unschlüssig, was tun, war aber auch die Schwester wieder verwandelt; ich sah nunmehr Tessa vor mir mit einer feinen Gerte in der Hand, die sie wie zum Schlag gegen mich erhob, dann mir aber langsam vors Gesicht brachte, indem sie sagte: Heiraten brauchen wir nicht, aber ein wenig liebhaben will ich dich. Sie trug einen hellen Strohhut; doch bestand er nur aus dem Rand, der, wie der Ring um den Saturn, ihr um den Kopf schwebte; auf diesem aber türmten sich die Zöpfe wie zu einem Blumentopf, und jetzt tauchte aus diesem blonden

Gefäß ein buntes Teufelchen auf, das aber immer wieder verschwand. Sie sagte: Du sollst darum nicht weinen; komm! ich will deinen Tränen forthelfen! und berührte mir jetzt mit dem Rütchen den einen Augenwinkel, fuhr dann langsam längs der Nase herunter und kitzelte mich an den Nüstern, worauf sie unter perlendem Lachen verschwand.

In diesem Augenblick erwachte ich und fühlte wirklich eine nachzüglerische Träne mir am Nasenflügel niedergleiten. Vor mir aber sah ich einen älteren vornehmen Herrn stehen, der mich im Traume beobachtet haben mochte, jetzt aber lächelnd grüßte und mich ansprach. Ich sprang auf die Füße, grüßte ebenfalls und gab ihm Bescheid.

Er hatte sich verirrt, und ich wies ihm den Weg in ein Dorf auf der Flußuferhöhe, wo er zur Heimkehr die Bahn benützen wollte. Dort traf ich ihn dann in einem Wirtsgarten wieder. Man überschaute da weithin das gewundene Tal eines grünen Wassers, das aus den Schneebergen zur Stadt hinab vorbeiströmte. In den hellen Lüften wimpelte der Müßiggang über einem unbekümmerten Völklein, das trotz dem Werktag hier in der milden Nachmittagssonne saß, Bier oder Kaffee trinkend, und sich von ein paar leicht angeheiterten Musikanten die letzten Grillen wegdudeln ließ. Und ich war wohl der einzige weiße Rabe unter ihnen, oder vielmehr unter lauter heitern Vögeln der einzige dunkle, wenn man uns nach der inneren Verfassung maß.

Der Unbekannte lud mich an seinen Tisch ein, fand aber fürs erste einen einsilbigen Gast an mir. Erst als er das Gespräch ins Feld der Kunst hinüberlenkte, wobei er mich ohne weiteres für einen Maler zu nehmen schien, hielt ich mich aufmerkender zur Sache und vergaß darob Stelldichein und Traum und Tessa und ihre Gerte, die ich mir schon als Zuchtrute gedeutet hatte; fand ich doch den Mann in Dingen bewandert, die mir größer dünken und vorläufig auch näher ans Herz rücken mußten als ein ärgerliches Mißgeschick aus Mädchenlaunen.

Er schien mir ein Kenner oder ein Sammler älterer Kunstwerke; seine Neigungen galten indes vornehmlich der Landschaft, unter ihren Meistern aber Claude dem Lothringer, über den er mit weitem liebendem Verständnis sprach und mir so den Mann, den ich mir längst auch zum obersten Heiligen gesetzt, noch um eine Staffel erhöhte. An den Schluß seiner Lobpreisung fügte er die Meinung, der Künstler habe aus dieser Gegend, in der er einige Jahre zugebracht, vielleicht das Beste genommen, was seine Werke auszeichne, nämlich die feine Luft und noch erkennbarer den silbergoldnen Glanz der Nachmittage, der so unsäglich locke und auch zu ebendieser Stunde über unserer Landschaft webe. Und diesen Worten, die fast wehmütig ab seinen Lippen zitterten, schloß er das Bedauern an, daß von den vielen Malern der Stadt keiner die Fährte Claudes aufnehme und sich diesen feinen und gewaltigen Bezirk zueigne; doch hoffe er den Künstler noch zu erleben, der diese Landschaft deute und ewig mache.

Hier hätte ich dem Mann gern ein geheimes Winkelchen meines Herzens geöffnet, wo mir sich unablässig ein Ziel spiegelte, wie er mir's da eben an den Himmel Claude Lorrains gemalt hatte. Aber durfte ich's unternehmen? War ich doch nicht keck genug gewesen, ihm auch nur anzudeuten, ich triebe mich auf den holperigen Straßen der Kunst herum, als ein sehnsüchtiger Pilger zu diesem Ziel.

Sechstes Kapitel

Die Worte des fremden Manns über meinen Lieblings-
maler fielen mir andern Tags beim Erwachen wieder aufs
Herz, wie sie mir nachts bis in die Träume nachgegangen
waren; aber wenn sie mich gestern erhoben und ermutigt
hatten, warfen sie mir jetzt ein Bleigewicht ins erregte
Gewissen. In dieser Bedrängnis erhob ich mich sogleich,
raffte mein Skizzenbuch und einige größere Blätter Papier zusammen und wanderte in die Ebene hinaus, die
ich vom Zimmer aus weithin überschauen konnte und
die mir längst Wanderlust und Malerneugier erregt hatte.
Das Wetter blieb mild und schön, trotz der Frühe des
Jahres, und so setzte ich mich die nächste Zeit ungestört
ins Land hinaus und füllte Blatt um Blatt, freilich alle nur
in großen Strichen, um bloß den Haupteindruck zu er-
raffen und zu bergen. Ich setzte die Wagrechte der Blicksgrenze als Richtlinie hin und zwar ziemlich tief, unter-
brach sie etwa hier mit einem Baum, dort mit einem
Haus, einem windschiefen Schuppen oder einem ragenden Turm; Äcker und Wiesengrenzen ließ ich in der
Ferne zusammenlaufen, wand, wo sich's bot, einen Bach
zwischendurch und spannte über diese so skizzierte Erde
als deckende Glocke den hohen Himmel, besetzt mit runden Wölklein oder langen Streifen, je nachdem sich die
launenhaften Dunstgebilde zu dieser Jahreszeit eben dar-
boten. Meist ging ich schon vor der Sonne hinaus und
erst nach Untergang wieder zurück, übte draußen weidlich Aug und Hand und brachte dabei ziemlich rasch eine
Anzahl gefälliger Arbeiten zuwege, die ich zwar nur als
gröbere Risse und Skizzen betrachtete, ohne andern Wert
und Bedeutung, als etwa dienlich zur genaueren Ausführung in Öl oder in farbigen Stiften, aber doch vielleicht
auch eins oder das andre zum Verkauf tauglich, wie ich

denn oft die flüchtigsten Skizzen in Kunstläden ausge-
boten gesehn. Gab sich dann die Gelegenheit, sie einmal
meinem Kunstfreund und Ermunterer vorzulegen, so
sollte es von seinem Urteil abhängen, ob ich mit meiner
Begabung auf diesem Wege zunächst weiterginge oder
mich zu andern Stoffen wandte, die mir treuer und freier
aus der Hand flössen. Denn bei all meiner hilflosen Aus-
geschiedenheit wollte ich mich nicht nur wirtschaftlich
auf anständiger Stufe halten, sondern mir auch im Maß
und in der Ehrlichkeit meiner Ziele nichts vergeben.

Diese Gelegenheit bot sich sehr bald, als ich eines
Nachmittags meine Malerfahrten abgeschlossen hatte und
mit meinen neuesten Blättern in die Stadt kommend
gleich bei meinem Kunsthändler forschen wollte, ob er
nach einiger weiterer Ausführung vielleicht etwas davon
erwerben möchte. Aber als ich durch seine Gasse wan-
dernd noch einen letzten prüfenden Blick auf die Arbeiten tat und sie mir zwar alle kräftig und von lobenswerter
Strichführung, aber doch für einen, der dafür Geld aus-
legen sollte, allzu skizzenhaft und leer erschienen, wandte
ich mich und ging die Gasse zurück, lief aber dabei unverhofft meinem Kunstfreund in die Hände, was mir hier
soviel hieß als wie vom Regen in die Traufe. Denn ich
wollte nicht, daß er von meinen Handelsbeziehungen zu
Kistenfeger, mit denen wenig Ehre einzulegen war, Kenntnis bekomme. Er aber hielt mich an, drehte mich auf den
Absätzen um und fragte auch gleich nach dem Muster-
buch meiner Arbeiten, das ich da mit mir führe. Mit hal-
bem Zögern lieferte ich's ihm aus, und während er damit
in eine Türnische trat, um es ungestörter zu mustern,
blieb ich zwei Schritte abseits und beobachtete ihn auf-
merkend, aber in nicht eben hoffnungsvoller Verfassung.

Aber wie mußte mich erst sein absonderliches Urteil
erstaunen! Schade – sagte er vor sich hin –, daß die Blät-

ter nicht alt sind; denn sie sind gut! Und auf meine Verwunderung über solche Gedankenverbindung fügte er bei: Es sei so, wie er gesagt. Und was ich denn mit den Arbeiten vorhabe? Weiter ausführen! sagte ich verdrossen – und dann um einen Käufer schauen. Da riet er mir jedoch eindringlich, die Skizzen zu schonen und lieber aufs neue vor die Natur hin zu gehen und sie von Anfang ab genauer und ausführlicher zu fassen; so würde ich frische taugliche Blätter gewinnen und gewiß auch Abnehmer dafür finden. Und fügte schließlich bei, was ich denn für diese da verlangen würde.

Mir wirbelte es vor den Augen ob dem Gedanken, daß ich wohl gar die Blätter, da der Strich noch warm war, schon an den Käufer bringen sollte, obendrein an einen Kenner, und ich wußte fürs erste nichts hervorzubringen. Aber als wir drei Minuten später uns dem Trödlerladen näherten, sagten mir die Papierscheine, die ich in der Tasche aneinander rieb, daß ich keine Kistenfegerpreise gefordert hatte und der Käufer doch auch nicht unzufrieden sein konnte, da er mir für das halbe Dutzend Skizzen neunzig Mark in die Hand gesteckt hatte. So kamen wir vor der Trödlerhöhle an.

Ihr Inhaber erschien an der Tür, dienerte uns vor den Füßen herum und ließ uns eintreten; doch hatte ich drinnen kaum meinem Begleiter den Vortritt gelassen, als Kistenfeger mir listig zuzwinkerte, was zu besagen schien, ich möge über unsere Beziehungen reinen Mund halten. Dann eilte er mit dem Herrn, den er fortwährend Herr Graf anredete, in die Tiefe des dämmerigen Raums, wo er aus einem Kistchen ein altes gewaltiges Buch zutag förderte und dann fünf oder sechs bemalte Teller dichten weichen Hüllen entwickelte und sie wie Sterne um das Buch herum anordnete, über das sich mein Begleiter bereits mit Eifer hergemacht hatte. Ich ging derweil im

41

Raum herum und musterte ziemlich gleichgültig die alten Plundersachen, die mir vom früheren Besuch her zum größten Teil bekannt waren und mich mit ihrem Schmutz und Wurmstich auch kaum locken konnten. Da kam Kistenfeger herangebeinelt, rieb sich die Hände und grinste wie ein vergnügter Kater, als wollte er sagen, eine feistere Maus hätte ihm nicht wohl unter die Krallen kommen können. Dann begann er zu förscheln, ob ich den Grafen schon länger kenne und ihm von unsern Beziehungen schon habe verlauten lassen. Und ich möge darüber weiterhin schweigen; der Herr wünsche noch einige meiner Zeichnungen, die er für alt halte, zu kaufen. Nun müsse man Leuten, die Geld hätten und es in Umlauf brächten, nicht in den Arm fallen und selbst wenn sie Dummheiten machten, ihnen die Meinungen und unschuldigen Launen nicht verderben, sonst ginge weder Handel noch Wandel in der Kunstwelt, und es könne mir ja nur zum Vorteil gereichen, wenn ich dem Herrn seinen harmlosen Glauben lasse.

Zwei meiner Blätter sah ich in der Tat eingerahmt auf einem Schrank stehen, scheute mich aber, sie anzusehn, als Gegenstände des Betrugs, wie sie mir nun doch erscheinen mußten. Weitere seien bereits soviel wie verkauft, fuhr Kistenfeger fort; wer könne da wissen, ob ich nicht noch sein bester Lieferant würde? Wenn ich also wieder was Gutes hätte, möge ich's ihm nur vorlegen. Und ob ich ihm wohl da in der Mappe schon was zeigen könne? Zum Glück wurde er in diesem Augenblick vom Grafen gerufen und kugelte auf seinen Dackelläufen sogleich den Raum entlang; ich aber ging wieder an dem aufgestapelten Gerümpel hin; es konnte indes in dem Trödelladen kaum ein gründlicheres Durcheinander herrschen als in meinem Kopf mit seinen widereinander stürmenden Gedanken.

Denn konnte ich wohl die Schätzung, die der Graf für meine Blätter eben erst gezeigt, erhöhen oder mußte sie sich nicht eher vermindern durch mein Geständnis, daß er an jenen früheren Arbeiten zwar altes Papier, aber eine brühwarme neue Zeichnung erwerbe? Ich verletzte damit doch mindestens seinen Kennerstolz, setzte aber zugleich auch meinen Kunsthändler in Nachteil, von dem ich, wer weiß, vielleicht bald wieder bitter abhängig wurde. Und ob trotz alledem beim Grafen nicht der Verdacht sich festhakte, ich sei bei der Täuschung doch nicht ganz unbeteiligt gewesen? Ja, wenn ich von der Sache nichts erfahren hätte! Denn was ging mich's an, was der Händler mit seinem redlich erstandenen Eigentum unternahm, auf das ich keine Anrechte mehr hatte? Einer mußte schließlich – dachte ich – beim Handel immer der Betrogne sein; und dem Reichen tat eine kleine Abzapfung nicht so weh wie dem Ärmeren das bißchen Gewinn gut. Nur wuschen leider solche Erwägungen mich von der Mitwisserschaft nicht rein, und wie stand ich dann vor dem Mann da, den ich von heut ab als Wohltäter und Förderer ansprechen durfte?

Unterdessen war dieser unbemerkt neben mich getreten und legte auf den Schrank, wo ich stand, drei Lederbändchen, die mir sogleich gewaltig in die Augen stachen. Ich begann sogleich darin herumzublättern, während der Graf mit Kistenfeger sprach. Es war eine alte schöne Ausgabe der Geschichte des Don Quijote in der Ursprache. Ich hatte das Werk längst, freilich immer vergebens, aufzutreiben gesucht; nun fand ich es da unverhofft, und zwar im klarsten Druck und mit mehreren Kupfern geziert, die den sinnreichen Junker in den ergötzlichsten Lagen wiesen. In meinem spanischen Lehrbuch hatte ich einige Auszüge davon nicht allzu schwierig befunden, durfte also hoffen, das Werk mit einem guten Wörterbuch wohl bewältigen zu können. Und das eben erworbene Geld erlaubte mir ja, die Hand darnach auszustrekken, wenn das Buch nicht bereits dem Grafen gehörte; sah ich in dieser zufälligen Entdeckung doch Mahnung und Sporn, die schöne Sprache wieder zu pflegen, die mich einst mit der geplanten Fahrt in ihr Land auch zu einem donquijotischen Abenteuer hatte ermuntern können.

Da sprach mich der Graf an und fragte, ob mir die Bändchen gefielen. Ich erwiderte, daß ich auf der Suche nach einer Ausgabe des Werkes sei, von dem ich erst einige Bruchstücke kenne; eine so feine, wie diese, werde sich aber so leicht nicht wieder finden.

Leider hat für mich bloß die Ausstattung Wert, sagte er darauf; denn ich kenne die Sprache nicht. Wenn aber Sie sich an dem schönen Einband und den paar Kupfern genügen lassen könnten, wäre mir's ein Vergnügen, Ihnen das Buch zu schenken.

Ich kann es zur Not lesen, Herr Graf, erwiderte ich.

Da faßte er mit schlankem Griff die drei Bändchen wie einen seltenen Schatz zusammen. Sie sind ein Tausendkerl! sagte er; da nehmen Sie's! Und drückte mir die Bücher in die Hand.

Siebentes Kapitel

Tessa hatte ich seit jenem Donnerstag nicht mehr gesehn. Aber wenn ich ihr wegen unseres mißratenen Stelldicheins grollte und eine süße Genugtuung darin fand, ihr meinen Anblick zu entziehen, so trippelte doch bereits der Wunsch nebenher, mich mit ihr wieder auszusöhnen; denn es wollte mir bald bedünken, meine Rache treffe mich selber schmerzhafter als die, der sie galt. Auch hatte ich für ihr Fernbleiben (weil ich immer ein wenig darnach suchte) bald eine gewisse Rechtfertigung gefunden, die mir die Versöhnung nur erleichtern konnte. Es war ihrem Hause gegenüber ein Neubau begonnen worden, von dem die Arbeiter zahlreich in die Wirtschaft strömten; da mochte sie dort unentbehrlich gewesen sein. Sie schien übrigens ihre Schuld gar nicht so kindisch wichtig zu nehmen, wie ich erwartet hatte; ja, wahrscheinlich würde sie kein Wort darüber verloren haben, wäre ich nicht wieder darauf zu sprechen gekommen. Auch hatte sie ihre gute Entschuldigung; ihre Schwester war in der Frühe jenes Donnerstags plötzlich erkrankt und lag noch diesen Tag zu Bett, so daß Tessa neben einer ungeschickten Aushilfsperson alle Arbeit auf sich liegen hatte, dieweil ihr Vater unwirsch und brummig umherging, ohne einen Finger zu rühren, und wenn er schon in seiner Wortkargheit einmal den Mund auftat, höchstens über das faule Wesen des Weibervolks murrte. So war denn, wie mir Tessa sagte, an ein neuerliches Zusammenfinden vorläufig nicht zu denken, und damit beschied ich mich denn auch bis auf weiteres; war ich doch schon glücklich, wieder in alter Liebe im Dunstkreis des angebeteten Mädchens zu atmen und von neuen Möglichkeiten und Gelegenheiten unserer Neigung träumen zu können.

Indes wandelte ich nicht immer in diesen blumigen

Gebreiten, sondern empfand nebenher auch mit jedem Tage mehr das Unbefriedigende meiner Tätigkeit, und zwar um so tiefer, da ich doch Tessa zu erringen gedachte, ohne vorläufig absehn zu können, was ich ihr je zu bieten haben würde. Aber auch ohne dieses besondere Ziel wäre ich mit mir unzufrieden gewesen und vom Drange umgetrieben, meine jungen Jahre mit etwas Würdigerem als dem Abschreiben von Landschaften oder von Menschengesichtern auszufüllen und zu nutzen. Meine Sehnsucht nach wohlgegründetem und gerundetem Wissen war mit dem Entlaufen aus der Schule nicht gewichen, ja, eher gewachsen, und das Wort meines Vaters, der Mensch müsse alles können, galt mir heute soviel wie je; es war nicht bloß eine mir zufällig angeflogene Mahnung, nach der ich zu leben beschlossen, sondern schien mir vom Vater aus seinem unruhig-strebenden Blute vererbt, ja, ein wesentlicher Teil meiner selbst zu sein. Ich brauchte mich nicht zu fragen, wieviel mir mit dem Verzicht auf die alten Sprachen an augenblicklichem Genuß wie an dauerndem Gewinn und Glück verlorengeng. Die jüngst vergangnen Monate war ich dieses Mangels schmerzlich inne geworden und sehnte mich nach der aufgegebenen Beschäftigung zurück. Ich erwarb für geringes Geld die wichtigeren Bücher wieder: den besonders vermißten Homer, einige andere Griechen und die paar Römer, die wir auf der Schule lasen, und nahm sie abwechselnd beim Frühstück im Kaffeehaus vor, wo ich sonst die Zeit mit Zeitungslesen verdorben hatte. Der weitere Vormittag galt schriftlichen Sprachübungen, ganz als säße ich noch auf der Schulbank, und schwerlich hatte ich dort diese Arbeiten je so ernsten Eifers betrieben wie jetzt; an Stelle der Naturwissenschaften aber, die mir nicht wenig mangelten, nahm ich neben englischen und französischen Schriftstellern das Spanische wieder auf, wozu mir der

Besitz des Don Quijote Stachel genug war; denn ein Buch galt mir erst als zueigen, wenn ich es mit allen Fasern in mich eingesogen hatte. Während mir aber die Werke der Alten als Pflichtbücher, also zur Beruhigung meines selbsterzieherischen Gewissens dienten, nahm ich den sinnreichen Manchaner zu Genuß und Freude auch in den müßigen Stunden vor und trug immer eines der drei feinen Bändchen, sorglich in der Brusttasche versenkt, bei mir. Der Nachmittag mußte zeichnerischen Arbeiten dienen, von denen ich mir fürs erste den Unterhalt versprach.

Diese Tätigkeit, der ich ziemlich regelmäßig oblag, brachte mir eine leidliche Versöhnung mit meinem etwas anspruchsvollen Innern, und ich genoß einen Frieden, wie ich mich eines ähnlichen als Flüchtling kaum hätte versehen mögen. Doch hatte ich nur begonnen, mich seiner zu freuen, da rückte man mir auch schon über die Hecke, und die ersten Friedensstörer saßen mir im Garten.

Eines Nachts nämlich, als ich gegen meine Übung ziemlich spät heimkam – es war Mitternacht vorüber, und die Wirtschaft lag bereits im Dunkel –, hatte ich eine Begegnung, die mich in eine peinliche Unruhe warf. Ich war, wie gewöhnlich, rasch aber geräuschlos die Treppe emporgegangen, als ich an Tessas Flurtür vorüberkommend eben des lieben Mädchens lebhaft gedachte und mich ihren Träumen empfahl, da ging leise die Tür, und heraus trat nach kurzem Abschiedsflüstern ein Mann, und zwar, wie ich glaubte, ein Soldat; wenigstens meinte ich selbst im Dunkel Knöpfe und Kuppelschloß undeutlich schimmern zu sehen. Auf meinem Stockwerk angelangt, schloß ich meine Tür auf und klinkte sie zum Schein wieder zu, als sei ich hineingegangen; blieb aber außen stehen und horchte ins dunkle Treppenhaus hinab, ob unten wirklich die Haustüre gehen und der Unbekannte hinaustreten werde, der bei unserer Begegnung sogleich die Stiege gewonnen hatte. Das geschah; man riegelte von außen zu, und die Schritte verschollen; ich aber, in meiner einmal wachgestörten Eifersucht, blieb auf meinem Posten, neugierig, ob sich weiter was Verdächtiges begeben werde. Doch war alles still, mein Herz ausgenommen, das hörbar klopfte und sich über die nächtliche Begegnung nicht beruhigen wollte. Da ging unten die Haustür aufs neue; ich lief die Treppe hinab und entflammte ein Streichholz, entschlossen, dem heimlichen Besuch gründlich ins Gesicht zu leuchten; denn mir galt für gewiß, es sei der eben Weggegangene. Es war aber Tessas Vater, der mürrischen Grußes an mir vorüberging und sich langsam die ächzende Treppe hinanwälzte; ich jedoch trat in die Nacht hinaus, umgetrieben und aufgerührt durch die Frage, wer Anlaß haben konnte, zu so später Nachtstunde gerade aus Tessas Wohnung sich davonzustehlen.

Mich schüttelte eine nicht gelinde Eifersucht. Und obschon das Mißlingen unseres Stelldicheins sich kürzlich sehr einfach und ungezwungen aufgeklärt hatte, warf ich heute einen noch düsterern Verdacht auf Tessa als an jenem unschuldigen Nachmittag; denn meine Leidenschaft witterte scharf, und die Fährte schien nur allzudeutlich. Zuerst fielen mir jene Einjährigen wieder ein, die sie einst lachend und winkend aus der Truppe heraus gegrüßt hatten. Einige davon hatte ich zuweilen in der Wirtschaft beim Essen gesehn – ihre Kaserne lag nämlich in der Nähe –, und sie hatten die beiden Wirtstöchter ziemlich zudringlich umschwärmt; freilich war Tessa dabei immer knapp angebunden und zurückhaltend gegen sie gewesen. Auch durfte ich bedenken, daß vielleicht ihre Schwester den Besuch verabschiedet oder das Dienstmädchen ihren Schatz hinausgelassen haben konnte. Und daß Tessa möglicherweise vom ganzen Begebnis keine Ahnung hatte. Oder es stellte sich die Geschichte, die sich mir nächtlicherweile so geheimnisvoll ausnahm, bei hellem Tag in der unschuldigsten Weise dar. Ja – hatte sie nicht einst eines Vetters Erwähnung getan, der eben bei der Waffe diene und zuweilen Besuch mache? Es sah also nicht wenig danach aus, als ob ich in meiner Eifersucht noch einmal beschämt werden und darüber schließlich noch die Neigung Tessas verlieren könnte. So beruhigte ich mich allmählich, nachdem ich in meinem Gestürme einige fünfmal den Häuserblock umkreist hatte, und als ich wieder gegen das Haus hinkam, hatten sich meine Vermutungen ganz zu Tessas Gunsten gewandelt; ich bat ihr den Verdacht im stillen ab, und indem ich mich mit dem liebevollsten Gedanken an sie zum Eingang wandte, war aus dem kleinen Teufelsbild, das ich von ihr gemalt, ein lichter junger Engel geworden, den ich fortan nur in Gold und Schimmer auf meinem Liebesthron halten wollte. Aber da trat mich ein anderes Bild an, und ich war in neue dunkle Unruhe geworfen.

Unbemerkt hatte sich mir ein junges hübsches Mädchen genähert, dessen Anrede ich in meinem Gedankensturm überhört hatte. Ich fragte sie nach ihrem Begehr, worauf sie mich bat, mit ihr heimzugehen; sie sei ohne Mittel und habe kommenden Morgen ihren wöchigen Mietzins zu zahlen, sonst werde sie ohne Umstände auf die Straße gesetzt, und es sei für ihresgleichen schwer, ja, fast unmöglich, wieder Unterschlupf zu finden. Anfänglich verstand ich ihr Ansinnen nicht, wie mir denn ein solches zum erstenmal gestellt wurde; als sie aber ihre Bitte wiederholte, erkannte ich, daß mich da eine junge Dirne ansprach, die zu so später Nacht noch auf Verdienst ausgehen mochte. Ich war unterdessen mit ihr unter der Straßenlaterne angelangt und sah in deren Schein die große Jugend des Mädchens. Sie sei noch nicht volle siebzehn Jahre, sagte sie auf meine Frage, und so sah sie wirklich aus, eher noch jünger. Sie war ordentlich und einfach gekleidet, nur der große Hut war etwas auffällig. Unter diesem hatte sie ihr hellblondes Haar reich und hübsch angeordnet und schaute mich mit blauen Augen unbefangen an, aber mit bittenden Blicken, als erwarte sie von meinem Einverständnis die nächste nötige Hilfe. Mich jedoch hielten vorerst Erregung und Staunen und nicht minder der Zweifel, ob ich ihr bei meinen geringen Mitteln werde helfen können, noch gefangen, und ich schwieg, worauf sie mich denn aufs neue einlud und bat, die ganze Nacht bei ihr zuzubringen, mir auch den Liebespreis sagte, ruhig und frei, wie eine Verkäuferin den Preis einer verlangten Ware nennt. Mir war aber unterdessen eine andere Frage wichtiger geworden. Ich glaubte nämlich plötzlich, ein mir von längst irgendwoher bekanntes Gesicht vor mir zu sehn, ohne mich aber seiner sicher erinnern zu können. Auch klang ihre Mundart der meinen verwandt, und dieser Umstand allein, noch mehr aber ihr Vorname, den sie mir nannte, hätte mich auf die rechte Fährte führen müssen, nämlich, daß sie die Tochter eines Kaufmanns aus unserm Nachbarstädtchen war, wo ich sie in meiner frühen Knabenzeit zuweilen gesehen hatte; sie gab sich aber, ihrer Sprache nach, als Schweizerin aus, und zwar als Zürcherin, wobei sie nun sicherlich log und auf mein Erstaunen hin denn auch zugab, nur einige Jahre in Zürich gewesen zu sein; hier selber lebe sie aber noch kaum ein Vierteljahr. Zu weiterer Beichte außer der Nennung ihres Vornamens Golly, oder eigentlich Olga, war sie nicht zu bewegen; sie bat vielmehr jetzt ein drittes Mal, und zwar noch dringlicher als zuvor, um meine Begleitung, da sie keine Zeit habe, sich hinhalten zu lassen; mir aber ging es in diesen paar Sekunden, wo das arme Mädchen mich zur Entscheidung drängte, wie Sturm und Wirbelwind im Gemüt um.

Ich hätte dabei nicht der Liebe Tessas zu gedenken brauchen, der ich eben erst mit meinem Verdacht glaubte zu nahe getreten zu sein, noch der heimatlichen Erinnerung durch die verwandte Mundart, noch der eignen Unerfahrenheit in den Schrecken der Großstadt und des entsetzlichen Schicksals eines jungen Geschöpfs, dessen Ende sich, wer weiß, in welchem Dunkel verlieren mochte, um willens zu sein, ihr über Wochen drohenden Elends und der Demütigung wegzuhelfen. Aber der kurze hochherzige Entschluß blieb auf halber Strecke stehen. Ich gab ihr, was ich gerade bei mir hatte, es mochten an die zwei Mark sein, und ging dann ins Haus mit der Ausrede, nachzusehn, was ich etwa noch entbehren könne. Aber als ich an der Flurtür Tessas vorüberging, war jene Arme drunten auch schon verabschiedet. Ich sah sie noch geraume Zeit, vom unerleuchteten Fenster aus, hin- und hergehen und mit den Blicken das Haus absuchen, wo ich wohl wohnen mochte; hätte auch zwei oder drei Taler recht wohl entbehren können, die für einen Bücherkauf vorgesehen waren: Da sah ich sie unten langsam davongehn. Aber die paar geretteten Silberstücke wogen nicht die quälende Empfindung auf, daß ich das arme Wesen nicht so feig ohne Hilfe hätte wegschicken dürfen.

Jugendlicher Art gemäß vergaß ich freilich in der Folge die Sache schnell, bis ich auf merkwürdigen Wegen wieder daran erinnert werden sollte.

ACHTES KAPITEL

Seit ich von den Ankäufen des Grafen, der kurz nach unserer Begegnung noch einiges von mir erwarb, sowie von denen meines Kunsttrödlers her einige Goldstücke in der Tasche trug, bewegte ich mich etwas freier und sorgloser und vertat manche Stunde in den Gemäldesammlungen, wo ich aus den Bildern so viel zu lernen hoffte, als für mich bescheidnen Stiftführer aus dem Pinsel- und Farbenhandwerk der Meister abzugucken sein mochte. Auf diesen Lernpfaden machte ich die Bekanntschaft eines Malerchens, eines Deutschtirolers mit dem welschklingenden Namen de'Pellegrini. Es war ein schmächtiges Männchen – oder eher ein Bürschchen; denn obschon älter, war er doch nicht so kräftig wie ich – und sah aus einem feinen blassen Gesichtchen immer etwas hungrig heraus; seine Blässe wurde noch gesteigert dadurch, daß alles an ihm dunkel war: der schwarze Samtrock, die wehende Halsbinde, die Augen, die Locken, der breitgerandete Filzhut, ja, selbst das Schnurrbärtchen, wie skizzenhaft es auch unter seiner Nase hingestrichen war. Ich ahnte damals nicht, was hinter solch schwarzem großfaltigem Äußeren für eine leere Künstlereitelkeit steckte und hielt sogar eher dafür, daß ein Mensch, der sich so auffällig tragen konnte, etwas ganz Absonderliches leisten müsse und dies auch in Kleid und Gebärde zum Ausdruck bringe.

Er hatte zuweilen eins der kleinen Rubensbilder, einigemale auch eine niederländische Trinkerei oder einen Prügelauftritt zu malen, was alles er stets mit einer frechen Untermalung begann und dann durch einige ausgesprochene Farben rasch zu guter Wirkung führte, so daß ich von dem Handwerk und auch von der Kunst des schwarzen Kerlchens etwas hielt; dann aber führte er es verquält und ängstlich aus, als wenn ihm die Geschichte nach der ersten frischen Laune verleidet wäre, und ließ schließlich die Bilder vor der letzten Vollendung verschwinden. Wohin er diese Arbeiten lieferte, sagte er so wenig, wie er sonst bei der Ausführung darüber redete; er schien sie als Frohnwerke zu betrachten und zu verachten. Stets aber, wenn er ein solches Bild hatte verschwinden lassen, verschwand er selbst auf eine Woche hinaus, wie von der Erde eingeschlürft; tauchte er dann im Wohnbezirk wieder auf, so wich er mir immer aus oder brachte allerlei Ausflüchte vor, besonders, wenn ich ihm vorschlug, gemeinsam zum Essen zu gehn. Da hatte er entweder schon gespeist, oder es fehlte ihm am Hunger oder war ihm nicht ganz wohl; eine Einladung zu Tisch jedoch nahm er trotzdem immer an und dankte mit etwas gesuchter Rechtfertigung, indem er verbindlich meinte, er dürfe meiner großen Liebenswürdigkeit doch nicht ablehnend begegnen, sonst müßte er ja keine Lebensart haben. Nach dem Essen, besonders beim Kaffee und der Zigarette, die er sehr liebte, wurde er dann gesprächig, munter und unternehmend und redete volltönig von der Kunst, besonders von seinen eignen Werken, lauter großen Bildern, die er alle im Geiste des Rubens oder des Buonarotti male, nicht im äußerlichen Sinne nachahmerisch, wie er stets betonte, sondern innerlich in der Art der großen Meister empfunden. Die kleinen Nachbildungen in den Galerien male er nur der handwerklichen Übung halber; denn auf dem Umweg der äußeren Mache, wie sein Lehrer auf der Kunstschule immer richtig gesagt habe, dringe der junge Künstler zum inneren Wesen und zur Auffassung der Meister vor. Ich ließ solche Reden, deren Hohlheit ich noch nicht ermaß, freudig gelten und hätte nur gern einmal seine Bilder zu sehen bekommen, besonders wenn er von ihren Maßen sprach, die ganze

Wände seines Raumes deckten, und dann von den Vorwürfen gar! Denn da wechselten Höllenstürze mit Himmelfahrten, Titanen- mit Lapithenkämpfen und Welterschaffungen mit Sintfluten in unerhörter Auffassung. Was Wunder, wenn ich mir daneben mit meinen Landschaftsskizzen etwas winzig und erbärmlich vorkam und zuweilen tagelang verzagte, als ein Malerchen, das sich noch nicht an Leinwand und Farbe hingetraute, während schmächtige Bürschchen mächtige Wände mit Gestalten und Sinnbildern deckten. In solcher Zeit des Verzagens war dann die Reihe des Aus-dem-Wege-Gehens an mir, und es bedurfte der eifrigsten Arbeit und Schulung vor der Natur, bis ich wieder Vertrauen zum eigenen Schaffen fand. Nicht zum wenigsten meine Bewunderung für ihn erregte seltsamerweise der Freimut, oder vielmehr die Frechheit, womit Pellegrini meine Landschaften geringschätzig abtat. Der einzig würdige Stoff der Malerei, ja, die Krone des Kunstwerks – sagte er – fehle ihnen: nämlich die menschliche Gestalt. Dazu schiene ich ihm nun freilich keine Anlage zu haben, sonst hätte ich mich nicht so einseitig auf dieses Gebiet geworfen. In unserem Alter müsse der Künstler bereits den Akt – so nannte er den nackten Körper – von Grund aus innehaben und meistern, im einzelnen wie auch in Gruppen. Später könne er dies nimmer einholen und müsse dann eben, wie ich, die Landschaft, ein kleines Sondergebietchen, ein mageres Kohlgärtchen, wie er's verächtlich nannte, bebauen und sich für alle Zelten daran genügen lassen.

Solche Dämpfung meiner Künstlerlust machte mich nun vollends begierig, einmal seine Arbeiten zu sehen, um wenigstens einen Maßstab zu haben und meinen Abstand von einem Vorbild zu ermessen, das so hoch hinauszustreben schien. Er lehnte aber meine Bitte ab. Das entstehende Werk müsse, sagte er, wie ein wertvolles Geheimnis vor jedem vorzeitigen Anblick behütet werden. Der Meister solle sich mit ihm einschließen, bis es vollendet aus seiner Werkstatt hervorgehe, um fortan der ganzen Menschheit zu gehören; nur so bleibe ihm der feine Duft und der Blütenhauch künstlerischer Beseelung bewahrt, der ihm ewige Dauer verbürge.

Wenn ich solch hochtönendes Geschwätz neben die Worte des Grafen gehalten hätte, wäre mir bald bewußt worden, was davon zu halten war; aber ich dachte in meiner Einfalt: wo es töne, da müsse auch eine Saite sein, und horchte nun darauf. Immerhin mahnten mich solche Tonkünste, meine Arbeiten fortan niemand mehr zu zeigen (Käufer, wie billig, ausgenommen!), gewiß aber solchen Pellegrinern nicht, die mich nur entmutigen konnten. Unterdessen machte ich mich aber heimlich daran, nachzuholen, was mir nach der Meinung des hochredenden Meisterleins noch so völlig abging.

Bei meinem Trödler erstand ich mir einen ältern guten Atlas der menschlichen Gestalt und ging mit stürmendem Eifer dahinter, die verschiedenen Stellungen alle, von den großen Gruppen an bis zum einzelnen Muskel herab, nachzuzeichnen, bis ich ihre Lage, Beziehungen und Zwecke kannte. Dies etwas trockne Tun unterstützte ich durch die Betrachtung des eignen Leibes vor dem Spiegel, wobei ich auf Tonpapier das Licht mit Kreide tüchtig aufsetzte, die Schatten etwas übertrieb und die Muskeln nach meiner Kenntnis deutlich durch die deckende Haut durchblicken ließ. Leidlich mit diesen Leistungen zufrieden, ging ich zu einem in der Zeitung sich anbietenden Maler, einem Sachsen, der aus den vorgelegten Arbeiten Fleiß und Begabung erkannte und mich für wenige Mark monatlich an seinen Übungen nach lebendem Modell teilnehmen ließ. Dieser war nicht im strengen Sinn Maler, sondern tagsüber in einer Steindruckerei gegen Taglohn tätig, hielt seine Zeichenschule abends zwischen sieben und neun Uhr bei Licht und arbeitete unter seinen anderthalb Dutzend Schülern, von denen ich der jüngste, er selbst aber noch nicht der älteste sein mochte, mit strengem Fleiße mit, wobei er alles sogleich auf dem Stein festhielt, entweder mit fetter Kreide, mit der Tuschfeder oder mit der Nadel in Asphaltgrund. Er arbeitete alles gewissenhaft bis zu Ende durch und kam so allmählich zu einer Anzahl trefflicher Blätter, die er in den Handel brachte, um sein Einkommen damit zu mehren. Es war ein untersetztes Kerlchen, fast um den Kopf kleiner als ich, mit einem rötlichen Spitzbärtchen, klugen grauen Augen, einem schon männlich-gereiften Ausdruck und einem voll ausgebildeten Oberschädel, unter dessen gewölbter Decke Tatkraft und höheres Sinnen wohl Raum fanden. Den menschlichen Körper beherrschte er vollkommen, ungefähr so, wie ich mir's nur noch von Pellegrini vorstellen konnte, und schien mir als Lehrer vorbildlich. Er ging die Zeichnungen seiner Schüler jeden zweiten Abend durch, tadelte, wo es nötig war, bestimmt aber höflich; wo er jedoch etwas nachbesserte, geschah es immer mit der Frage: Sie erlauben doch gütigst? Hatte er ernstlicher zu tadeln, so tat er's auf einem Umweg: Wenn ich das gemacht hätte, mein lieber Herr, so würde ich mir sagen: Mein gutester Egon, das ist Schwindel. Nun hieß er aber nicht Egon, sondern Bruno, und wollte wohl sagen: Mein bester ego! was er unverstandenermaßen irgendwo aufgeschnappt haben mochte. Seine Schüler hießen ihn deshalb den gutesten Egon, unter welchem Übernamen er, wie ich hörte, in der ganzen Malerschaft bekannt war.

Ich hatte nicht allzulange in seiner Schule gezeichnet, als er mich eines Abends beim Heimgehen beiseite nahm. Entschuldigen Sie – sagte er –, wenn ich Ihnen leider mitteilen muß, daß ich Ihnen nicht weiter Unterricht geben kann. Ich würde Sie nur unnütz bei mir festhalten und um Zeit und Geld bringen. – Ich glaubte sogleich, ich leistete ihm nicht genug, und doch hatte er selten an meinen Arbeiten ernstlich etwas ausgesetzt, da fuhr er aber schon fort: Mißverstehen Sie mich nicht; ich kann Ihnen nichts Ersprießliches mehr beibringen und rate Ihnen deshalb, gehen Sie auf die Kunstschule oder suchen Sie sich sonstwie weiterzuhelfen; Fleiß, Fleiß und noch einmal Fleiß – das ist die Hauptsache; für Sie besonders.

Bei all dieser Wohlberatenheit stand ich etwas ratlos vor ihm, und er mochte dies bemerkt haben. Er sagte nämlich: Nun, wenn Sie glauben, an meinem Unterricht noch Gewinn zu haben, so nehmen Sie ruhig daran teil. Aber vielleicht darf ich Ihnen einen guten Rat geben: Wollen Sie es nicht als Bildhauer einmal versuchen? Ihre Art zu zeichnen weist auf diese Begabung hin; Sie sind noch ein junger Mensch, und man kann Sie nicht früh genug auf den Weg weisen, der Sie vermutlich am raschesten vorwärts führt.

Damit sagte er nun bloß, was mein Vater auch immer gemeint hatte. Ich versuchte also meine Aufgaben bildhauerisch zu bewältigen, worin er mich in der Folge nur noch bestärkte, während die Malschüler über mein Unterfangen spöttelten, wie es denn wohl nicht leicht irgendwo so viel Mißgunst und erbärmliches Wesen geben mag wie unter den Malern, wenn sie andere bevorzugt sehen. Unterdessen sah ich die Zeit nah und näher kommen, wo ich wieder alles einsetzen mußte, um zu leben zu haben.

Pellegrini hatte ich in dieser Zeit kaum noch von ferne zu sehen bekommen. Als ich ihn eines Tages mit einem Paket aus einem Haus, vermutlich seiner Wohnung, treten sah, winkte ich und folgte ihm eilends. Er aber sprang

plötzlich, wie um mir zu entwischen, in einen Straßenbahnwagen und entschwand mir. Ins Innere der Stadt ge-
langt, blieb ich zufällig vor einem Gemäldeladen stehen
und besah ein paar Bildchen. Indem ich aber tiefer in den
Raum blickte, entdeckte ich zu meinem Erstaunen Sebastian Kistenfeger im Gespräch mit einem jungen Menschen, in welchem ich Pellegrini erkannte, obschon er
mir den Rücken zudrehte. Mein Trödler hielt ein kleines
Gemälde in der Hand, das er eine Zeitlang betrachtete
und dann in Pellegrinis Hände zurückgab. Doch schob
ihm's dieser mit vielen freigebigen Gebärden dringend,
ja, flehentlich wieder zu. Kistenfeger fischte ein Geld-
stück aus der Westentasche, warf es ihm auf den Tisch
und stellte das Gemäldchen am Boden an die Wand; der
andre aber stürmte der Türe zu und hinaus, ohne meiner
am Schaufenster gewahr zu werden.

Ich folgte ihm langsam und sah ihn in einer kleinen
Speisehöhle untertauchen. Er saß am Fenster, den Rükken hergekehrt, und fuhrwerkte in einem Teller herum,
als ob er acht Tage gehungert hätte, weshalb ich ihn denn
auch nicht stören wollte.

Den Weg zurückgehend, fand ich im Fenster des Ge-
mäldeladens ein kleines Früchtestilleben, das zuvor nicht
dortgewesen war: in breitem Goldrahmen eine blaue und
eine gelbe Traube, eine Zwetschge und ein Glas Rotwein;
alles oberflächlich, aber geschickt auf braunen Grund
hingepinselt. Zwei Maler standen neben mir. Da hat er
wieder eins! sagte der eine. Zehn Mark zahlt er dem armen Hungerleider; hundert, auch hundertfünfzig nimmt
er dafür. Und daraus schafft sich der Halsabschneider einen Kunstladen in dieser Geschäftslage! Vor sieben Jahren war er noch Dienstmann Nr. 17 und hat mir die
ersten Bilder in den Kunstverein getragen und riß mir
einen Knix, wenn ich ihm ein Trinkgeld gab! Trödler

sollte man werden oder sich die Seele aus dem Leibe pressen, statt sie so großschnauzig und eingebildet, wie wir, auf die teure Leinwand hinzustreichen! Mit altem Kram hat er den Schwindel angefangen, mit neuen Bildern zweifelhaftester Güte bringt er ihn zur Reife; wir Maler aber hungern daneben nach Brot. Sind wir aber doch selber schuld daran.

Mit solch tröstlichen Aussichten meines Berufs, die ich da aus erfahrenem Mund vernahm, verließ ich das Schaufenster weiland des Dienstmanns Nr. 17, der Notwendigkeit gewärtig, bald seinen Besitzer wieder aufzusuchen, wofern meines Bleibens in der Stadt länger sein sollte.

NEUNTES KAPITEL

Eines Tages hatte ich mich denn auch angeschickt, wieder zu Kistenfeger zu gehn, als mich unverhofft der Graf besuchte, den die Beerdigung eines ehemaligen Kameraden auf den nahen Friedhof geführt hatte. Als er so an den Zeichnungen dahinging, durfte mir in meiner Lage wohl der stille Wunsch aufsteigen, er möchte etwas davon erwerben; denn ich trug die letzten armen Märklein in der Tasche. Indes blieb er bloß vor Tessas Bildchen einige Augenblicke aufmerksamer stehen; meine beim gutesten Egon gezeichneten Blätter pries er zwar sehr, doch klang sein Lob schließlich wie ein Hohn auf meine Erwartungen aus, indem er mir riet, diese Blätter recht sorgfältig beisammenzuhalten und nicht nach Art vieler Maler zu verschenken oder zu verschleudern; sie könnten mir einst noch von großem Nutzen sein, fügte er bei. Hätte er nur gewußt, wie gering ich im Augenblick den Wert dieser Zeichnungen einschätzen mußte neben einem rettenden Goldstück, das ich mir so sehnend von einem Kaufe erhofft hatte!

Aber auch der ehemalige Dienstmann Nr. 17, den ich einige Tage später aufsuchte, wollte nichts von meinen Sachen wissen. In meiner Not bot ich ihm das Bildnis Tessas an, das Urbild, das er mir einst hatte abschwatzen wollen. Er horchte kaum auf mein Erbieten, las dabei einen Brief, den er mißmutig in die Tasche versenkte, und sagte dann abwehrend: Nein, das nicht; gerade das nicht! Sie können auch die andere Fassung davon wieder haben! sagte er höhnisch und ging grimmig in seinem langen Trödelflur ab und ab, nicht anders, denn als wollte er mich mit seinem Schweigen hinaustreiben.

Die Mappe unterm Arm und die Türklinke schon in der Hand, wartete ich wie ein weggeschickter Musterreisender, ob wir nicht zuguterletzt doch noch ein Geschäft zusammen machen würden, da lief er in die Tiefe seiner Bude, wo der Schreibtisch mit dem hl. Sebastian stand, nahm aus dessen Nische ein kleines Gemälde, steuerte damit auf mich zu und hielt mir's unter die Augen, indem er von rückwärts auf die Leinwand trommelte. Malen Sie denn sowas nicht? sagte er. Dergleichen findet zuweilen Liebhaber. Viel zahlen kann ich freilich nicht dafür; die Käufer wollen ja auch alles halbgeschenkt. Zehn Mark für diese Größe; zwanzig, höchstens fünfundzwanzig für größere Stücke von mindestens einem Meter; den Rahmen besorge ich selbst, damit die Sache nach etwas aussieht; denn das verlangt der Käufer. Also bringen Sie mir einmal sowas!

Es war ein Stilleben, ein rechter Zwillingsbruder jenes andern, über das die zwei Maler so vertrauenerweckende Glossen gemacht, nur daß hier der Rotwein durch ein Glas Weißen ersetzt war, und ich hätte mir recht wohl getraut, ein ebensogutes zu malen, wenn schon vielleicht nicht so glatt und handfertig wie dieses zweifelhafte Musterbild. Ich stand vor einer Verheißung und Rettung, wozu auch mein bester Wille vorhanden war; aber wenn ich gleich von dieser Sorte Malerei nicht eben hoch dachte, so hätte ich mir gerne von einem Wunder des Himmels zehn Mark erbitten mögen, um zu solch rettenden Kunstwerken auch nur das nötigste Handwerkszeug erwerben zu können. Mit einer Träne zwischen den Lidern verließ ich den weiland Dienstmann, der über die Künstler den Gönner und Gewaltigen spielte, und machte mich hoffnungslos auf traurige Tage gefaßt. Die Hilfe kam zwar bald, indes doch so spät, daß ich zu Schluß des Monats die Miete nicht hatte zahlen können: das erste Mal, seit ich bei dieser Vermieterin wohnte.

Ich fand nämlich eines Nachts, als ich mit hungrigem

Magen heimkam (ich hatte mich über den Abend mit einem einzigen Glas Bier und dem Don Quijote hinweggetrogen) einen Brief auf dem Tisch, wo er wie ein heller Fleck in der Dunkelheit noch mein Aufmerken erregte. Ich las ihn, da meine Hausfrau die verbrauchte Kerze nicht erneuert hatte, im Schein der heraufleuchtenden Straßenlaterne. Er war vom Grafen und lautete:

»Ihr kleines Bildnis eines Mädchens hat meinen Beifall; getrauen Sie sich, meines ebenso tüchtig zu fertigen, so erwarte ich Sie morgen oder an einem der nächsten Tage; bitte aber: vor Tisch.«

Diese erfreuliche Hilfsbotschaft ließ mich die Nacht hindurch kaum schlafen. In jagenden Träumen fuhren die verworrensten Bilder und Vorgänge wie treibende Wolken über meine Seele weg. So kam mir an dem Waldrand, wo ich zuerst mit dem Grafen geredet, jene junge Zürcherin entgegen, und ich bot ihr, ohne daß sie mich darum gebeten hatte, einige Goldstücke an; sie riß sie mir aus der Hand, und als ich sie jetzt näher ansah, wurde sie plötzlich alt und völlig häßlich und war meine Hauswirtin, die mich kichernd nach Tessa fragte und mir für das überreichte Geld ein auf ein blaues Herz gemaltes Bildnis meiner Angebeteten übergab. Das Traumbild zerfloß, und ich lag wach. – Dann sah ich mich im Schulraum des gutesten Egon und zeichnete den nackten Körper des Grafen; da trat der kleine Sachse auf mich heran, sah in meine Arbeit und zerriß sie mit den Worten: Pfuschwerk! Alles verloren, mein Sohn! Indem ich mich aber gegen diese Gewalttätigkeit und die vertrauliche Anrede auflehnen wollte, faßte er mich zermalmend am Handgelenk, wand mich mit leichter Mühe nieder, und ich lag zu Füßen meines Vaters, der sich mit einem unsagbar verächtlichen Blick von mir abwandte, worauf meine Mitschüler in ein höllisches Gelächter ausbrachen, grinsend mit den

Fingern auf mich wiesen und im Paradeschritt davongingen, alle als nackte Teufel mit Achselklappen und Einjährigenschnüren geziert. Das Bild entschwand, und ich lag wach. – Nunmehr kam meine Schwester auf einer Sturmwolke hergefahren, ließ sich auf dieser zu meinem Zimmerfenster nieder, wo ein Schutzmann unverhofft mit mir einstieg und das luftige Fahrzeug in rasendem Zeitmaß über eine ungeheure Ebene steuerte. Andere Wolken fuhren uns entgegen, und jede brach wie ein platzendes Bündel auseinander und schüttete ein Geschwader von Zeichenblättern in unser Fahrzeug, aus welchem sie, plötzlich auftauchend, mein Kunsthändler hinausschaufelte, während der Schutzmann, der noch immer da war, aber nicht mehr steuerte, sie in seine Tasche zu haschen suchte. Darüber fuhren wir mit dem Wolkenschiff an eine hochragende Pappel und stürzten zur Erde; nur meine Schwester schwebte davon, glänzte fern und fernerweg und stand endlich als Morgenstern am Himmel. Dann wich das Bild, und ich war wach. – Des Fernern sah ich mich in einem ungeheuren Tempel mit ebensolchen ungemessenen Marmorgestalten, die ich ähnlich schon irgendwo gesehen haben mußte. Einem dieser nackten Kolosse flogen aus der Kuppelhöhe Kleidungsstücke zu, und er wurde allmählich Stück um Stück bekleidet bis hinauf zur flatternden Halsbinde und dem breiten Hut; da stieg er von seinem Sockel herab, trug als Männchen gar zierig ein kleines Gemälde in der Hand, und als er an mir vorbeischritt, blickte er zur Seite; auf dem Gemälde aber sah ich lauter Zehnmarkstücke, die eins ums andere herabtropften und am Tempelboden wie dürftige Kupferpfennige matt schimmerten. Als der Bildträger hinaus war, suchte ich die Münzen aufzuraffen und zu schlukken, denn ich war sehr hungrig; je gieriger ich aber danach haschte, desto weniger erraffte ich, indem sie vornezu wie Tropfen auf einem heißen Stein verschwanden; da erscholl vor dem Tempel ein Murren, das gleich in ein scharfes Schelten überging; darüber entschwand mir allmählich das Bild, ich lag wach, und in die Wirklichkeit herüber war nur das Schelten noch vernehmbar geblieben. Während die eine Stimme zwar nur murrend antwortete, nämlich die meiner Hauswirtin, war die der Gegnerin so scharf, daß ich sie beim besten Willen nicht hätte überhören können. Doch vernahm ich nur ihre letzten Worte noch, die hießen: Mit Ihnen red' ich da außen nicht; wir reden anderswo miteinander, Sie ausgeschämtes Mensch! Darauf erfolgte keine Erwiderung mehr; ein brummiges Selbstgespräch verlor sich treppan; dann fiel im oberen Stock eine Tür ins Schloß, schwer und tatkräftig, daß das ganze Haus erzitterte. Erfolgreicher hätte ich kaum geweckt werden können, wenn ich nicht schon wach gelegen wäre.

Ohne etwas gefrühstückt zu haben – denn ich besaß gerade noch einen Nickel –, ging ich in die ziemlich entfernte Wohnung des Grafen. Sie lag in der Tiefe eines alten Gartens, war nicht sehr groß, hatte aber hohe helle Fenster in den gelben Mauern und glich einer großen Schatulle. Der Diener, der von meinem Kommen unterrichtet sein mochte, wies mich in ein Zimmer mit dem Bemerken, der Graf werde mich sogleich empfangen. Unterdessen kam aus einem offenstehenden Raum der Befehl: Packen Sie das Bild wieder ein und lassen Sie's zurückgehen! Das Bild nun, von dem die Rede war, hatte bei meiner Ankunft der Diener in der Hand gehabt, und es war mein eigenes Machwerklein, nämlich das minder gute Bildnis Tessas, von dem mir tags zuvor Kistenfeger gesagt, ich könne es wieder haben. Diese unerwartete Begegnung im Haus meines Gönners brachte mich in keine geringe Verlegenheit, und am liebsten wäre ich wieder weggegangen, um dem Verhör auszuweichen, das ich nach solchen Vorzeichen befürchten durfte. Doch gingen mich schließlich die Handelsgeschäfte Kistenfegers nichts an, und ich konnte ruhig abwarten, ob der Graf darauf zu sprechen kam oder nicht.

Der Raum, worin ich meine Arbeit vornahm, war ganz einfach, die Möbel, wie mir der Graf mitteilte, aus der Erbschaft seiner Schwester, lauter gute ältere Stücke, die Bilder an den Wänden aber, fast nur Stiche und Handzeichnungen, von ihm selbst gesammelt. Eines der Fenster trug das glasgemalte Wappen; an der einen Wand, gerade mir gegenüber, hingen zwei Landschaften, die mir der Graf abgekauft hatte; mir zur Linken aber, am Fensterpfeiler, wo ich saß, entdeckte ich weitere zwei von meiner Hand; sie schienen sich hier vor mir verborgen zu haben, sahen mir aber immer über die Schulter in die Arbeit. In einer Pause sah ich einmal genauer hin; da fand ich ein fremdes Namenszeichen darunter; auch waren die Blätter, die unter Glas auf größere Bogen aufgezogen waren, an den Rändern brüchig oder ausgerissen, die Zeichnungen selber aber etwas schmutzig und verwischt, wie wenn sie lange in Mappen umhergefahren waren. Der Trödler hatte also auch sein Teil Arbeit an ihnen getan, und ich konnte annehmen, die verdächtigen Zutaten seien vom Grafen höher bezahlt worden als vordem von Kistenfeger die Urschrift meiner unzulänglichen Künstlerhand.

Ich begann mein Werk. Indem ich aber den Stift ansetzte, schärfte mir der Graf ein, auf strenge Zeichnung und die ehrlichste Wiedergabe der Form auszugehn, nicht minder als bei dem Mädchenbildnis, das er gerade auf Grund dieser Vorzüge schätze; er werde mir denn auch in die werdende Arbeit nicht hineinreden und nur das fertige Stück entweder gutheißen oder ablehnen. Damit gefiel er mir, während ich, was er weiterhin sagte, nicht durchweg billigen konnte, zum Teil wohl auch nur ahnenderweise verstand: so seine Meinung, das Zeichnen mit der Kohle verdürbe die heutigen Künstler; es führe zwar rasch zu einer bestechenden Wirkung, doch laufe dabei viel Hand- und Blickfertigkeit mit unter, die man noch nicht Kunst nennen könne und die vielfach bloß Selbstbetrug der Künstler sei. Ja, er stand nicht an, sie mit dem harten Wort Schwindel zu belegen. Der Maler besitze nichtsnütze Nerven, die nicht mehr, wie bei den Alten, einen ganzen Tag oder noch länger über einer wohl-ausgeführten Zeichnung aushielten; und doch müsse er, wie kein anderer Mensch, den ganzen Mann bei jedem Werk einsetzen; denn er habe in die Zeiten hinaus fort-zuwirken. Nach halbgetaner Arbeit das Werkzeug weg-zuwerfen, wie es heute üblich werde, sei Pöbelart und Betrug, und die Künstler hätten keinen Grund, sich was darauf einzubilden. So und ähnlich sprach er fort, wie um mich gut zu warnen. Ich wollte seinen Ausführungen, die ich oft nur halb verstand, nicht mit Widerspruch begeg-nen, schon weil ich dies dem Erfahrenen gegenüber für unhöflich gehalten hätte, und zuweilen auch ziemlich mit ihm übereinging. Als ich aber des weiteren sein Urteil doch etwas zu allgemein und zu hart finden wollte, fragte er, ob ich auch schon zu den Genügsamen neigte oder etwa nur listig die Bequemlichkeit der Schwächeren gut-hieße, um einst leichter über sie Meister zu werden. Ich nahm diese strenge Lehre stillschweigend mit Dank auf und zeichnete still, aber eifrig vorwärts, bis mir alles plötzlich vor den Blicken schwamm. Der Graf bemerkte es glücklicherweise nicht, und zufällig, aber eben noch rechtzeitig, brachte der Diener eine Stärkung, die mich vor dem Geständnis bewahrte, noch nichts im Leibe zu haben. Die Arbeit ging dann rasch zu Ende, und knapp vor dem Essen, das auf zwei Uhr bestellt war, konnte ich sie dem Grafen zum Urteil überreichen.

Er betrachtete das Blatt, auf das er während der Arbeit keinen Blick getan hatte, einige Minuten ernst und ohne das leiseste Mienenspiel, und ich machte mich schon auf Aussetzungen gefaßt, wie sie die Dargestellten gewöhnlich vorzubringen lieben. Doch kam nichts dergleichen, und er sagte nur: Jetzt noch säuberlich Ihren Namen und das Jahr darunter, mit Blei hier in die rechte Ecke, bitte; dann noch mit Tinte auf die Rückseite, ordnungshalber. Und nun Ihre Rechnung!

Es war kein Preis vereinbart worden, und ich stand ohne eine Ahnung, was ich fordern durfte. Auch fehlte mir eine sichere Meinung über die Güte der Arbeit; und so bat ich den Grafen, den Preis nach seinem besseren Urteil selber zu bestimmen.

Sie sind ein wunderlicher Arbeiter! sagte er. Man ist mit Ihrem Werk zufrieden, und da wissen Sie nicht, was Sie zu fordern haben. Das müssen Sie schon noch lernen, junger Mann. Und nun kommen Sie zu Tisch!

ZEHNTES KAPITEL

Ein Besuch versetzte mich in jenen Tagen in neue Unruhe. Ich war einige Tage, um Landschaften zu zeichnen, auswärts gewesen und die Nächte über nicht heimgekommen. Da erzählte mir die Hauswirtin mit gewichtigem Wesen, ein Mann habe mir mehrmals nachgefragt, wußte aber nicht, wer er war, auch nicht, was er wünschte, noch ob er wiederkommen werde, da sie ihm gesagt habe, ich schiene verreist zu sein. Ihrer Schilderung nach konnte ich auf den Grafen schließen; aber der würde gewiß eine Nachricht hinterlassen haben; oder ich mußte an den Vater denken, dessen Besuch zu scheuen ich allerdings meine Gründe hatte, wäre es auch nur der eine gewesen, daß sein Flüchtling von Sohn ihm nicht als fahrender Maler und als wurzelloses Pflänzchen, das noch dem ungewissesten Schicksal ausgesetzt war, unter die Augen treten wollte.

Ich hielt mich also die nächsten Tage von früh bis in die Nacht von der Wohnung fern und kehrte erst nach drei oder vier Tagen, während deren sich der Besuch nicht wieder gezeigt hatte, dorthin zur gewohnten Tätigkeit zurück. Aber ich beschloß zugleich, endlich etwas zu unternehmen, was zu einem festen Ziel führen und mich vor dem Vater, der mir immer ein lebender Vorwurf blieb, rechtfertigen konnte. Ich machte mich also, da ich mit den Mitteln des gräflichen Auftrags studieren zu können hoffte, auf den Weg zur Kunstschule, und bald stand ich vor ihrem Vorstand, einem berühmten Maler, und trug ihm mein Anliegen vor, natürlich mit hinreichendem Selbstbewußtsein, wovon ich mir schon einigen Erfolg versprach. Der Mann lächelte über die etwas hochgeschraubte Meinung von meiner Begabung, auch über meine guten Absichten und die tönende Versicherung, die Schule als eine Leiter zu höheren Zielen betrachten zu wollen, und was dergleichen Sprüche waren, bei denen ich mir denn auch etwas pellegrinisch vorkam. Er aber ging gar nicht auf meine hergesprudelte Überzeugung ein und fragte nur nach meiner Vorbildung. Ich sprach ihm von meinen Landschaften und mit besonderer Betonung von den Zeichnungen nach dem menschlichen Körper, die ich beim gutesten Egon zu dessen hoher Zufriedenheit gefertigt hätte. Da legte er mir die Hand auf die Schulter: Sie sind ein junger Mensch – sagte er –, knapp achtzehn. Was wollen Sie da bei uns? Ich lege Wert auf einen guten Schulsack. Sind Sie Einjähriger? Haben Sie das Gymnasium durchgemacht? In diesem Falle, lieber Herr, wären Sie mir willkommen, vorausgesetzt natürlich, daß Ihre Arbeiten eine ordentliche Begabung erkennen lassen. Wir betrachten uns hier zwar nicht als unfehlbar, bilden uns auch nicht ein, an der Entstehung eines Genies großes Verdienst haben zu können; aber wenn wir geringe und mittelmäßige Begabungen abweisen, so tun wir das nur zum Vorteil der jungen Anstürmer, die sich dann noch rechtzeitig einem tüchtigen Beruf zuwenden, statt dem Hungerleiderheer der Maler neue Rekruten zu stellen. Wer aber von tief innen her ein Künstler ist, kommt auch aus fremden Gebieten wieder zu uns zurück; und nie zu spät. Also bedenken Sie sich die Sache noch einmal! Immerhin könne ich ihm – fuhr er dann freundlicher fort – einmal meine Arbeiten vorlegen, möge dann aber auch gleich meine Schulzeugnisse und die übrigen Schriften mitbringen, die die Anstalt verlange.

Damit lag mir denn der erste Stein im Weg. Und ich fragte verwundert, ob denn das alles nötig sei.

Wo kämen wir sonst hin? fragte er dagegen. Die Behörde muß doch wissen, mit wem sie's zu tun hat, um sich für alle Fälle mit der Heimat in Verbindung setzen zu können. Die Maler sind ein besondres Völklein, junger Mann, und es geht so manches bei den Schülern vor, wofür man doch die Schule nicht haftbar machen kann.

Hier mochte ich ein wenig die Nase gerümpft haben, als meinte ich, diese Reden könnten doch wohl nicht mich betreffen; er wartete mir aber gleich auf. Er meine gewiß nicht mich – sagte er –; aber die Jugend sei nun einmal unberechenbar. Da sei beispielsweise erst vor wenigen Tagen ein Herr zu ihm gekommen, ein ruhiger, verständiger Mann, um nach seinem Sohne zu fragen, den er dann freilich gar nicht auf der Kunstschule habe finden können, wo er ihn doch als Schüler vermuten mußte. Das sei ein vom Gymnasium entlaufenes Bürschchen, das seither nirgends mit Bestimmtheit aufzuspüren sei, und so habe er den Mann mit seiner Sorge um das Früchtchen leider unverrichteter Sache wieder abtrotten lassen müssen.

Damit reichte er mir die Hand. Ich aber fand es ratsam, so rasch wie möglich die Treppe zu gewinnen; denn es war hier allzu sicher die Fährte des besorgten Jägers zu wittern, der sein Füchslein nur zufällig nicht hatte im Bau aufstöbern können.

Aber wenn ich mich nun erst recht zurückzuziehn und zu verstecken trachtete, so brachten die nächsten Tage schon Ereignisse, die geeignet waren, mich um so mehr ins Licht zu ziehn.

Ich war, da ich vorläufig nicht mehr zur Kunstschule gehn, mich aber doch weidlich in Übung halten wollte, zum gutesten Egon zurückgekehrt. Beim Betreten seines Arbeitsraums erstaunte ich nicht wenig, zum ersten Mal ein weibliches Modell, ein nacktes junges Mädchen, stehen zu sehen. Nun hatte ich wohl Gelegenheit genug gehabt, dergleichen in den Schaufenstern der Kunsthändler im Bilde zu sehn, ebenso in den Galerien; gleichwohl überraschte mich der nackte weibliche Leib in der Natur höchlich, und es lief bei seinem Anblick ein seltsames Grausen durch mich. Wenn ein gut Teil wollüstiger Neugier dabei sein mochte, die das Auge auf das ungewohnte Bild hinzog, so war doch ein mir undeutbarer Schauder davor noch größer, und ich war versucht, nach einer Erklärung des gemischten Gefühls zu forschen. Ich fand, die Nacktheit sei nicht unseres Wesens noch unserer Gewohnheit. Im Marmor der Alten und in den Gemälden sahen wir sie und nahmen sie ungestört hin, wer weiß, vielleicht auch nur aus langer Gewöhnung; oder aber die Griechen sahen sie, als südliches Volk, wirklich unbefangener als wir; hier in der Natur war es aber nicht Nacktheit, sondern Entkleidung, die einer Sitte entgegen war und so, selbst beim Liebesreiz, noch Befremden erregen mußte. Aber gewiß war daran nicht minder die Farbe des Fleisches schuld. Ihre frostige welke Gelbheit in der Natur ging nicht überein mit der gewohnten schimmernden warmen Farbe, die die Gemälde zeigten; ich sah den lebenden, von Blut durchströmten Leib gleichsam frierend, während die Bilder in tieferer Wiedergabe der Wahrheit ein lebendes Menschenöfelein, das nicht erloschen war, darstellten und dessen warmer Zauber uns natürlich locken mußte.

Aber indem ich solchen Fragen nachhing und mich mit den ungewohnten weiblichen Formen abplagte, die auf meinen Blättern zunächst noch ziemlich männlich anmuteten, gewahrte ich etwas Unerwartetes, wenn mich die Erinnerung nicht täuschte. Die Nacktheit freilich und das aufgelöste Haar, das dem Mädchen über die linke Schulter fiel, entstellte noch das Bild; doch wurde mir's bald mehr und mehr klar, daß es das junge Mädchen war, das sich mir in jener Nacht angeboten und das ich vergebens auf die versprochene Hilfe hatte warten lassen. Sie schien mich nicht wiederzuerkennen, und da ich mich meines Gebarens jetzt erst gründlich schämte, so hütete ich mich, mit ihr zu reden, um mich nicht durch die Stimme zu verraten. In den Pausen wich ich ihr aus, was mir um so leichter fiel, da sie immer von den andern belagert war, die nicht die anständigste Unterhaltung mit ihr führten. Freilich wußte sie ihnen gründlich herauszugeben, aber die oft schamlosen, beißenden Worte verrieten nur, daß sie unter diesem Gewerbe nicht minder litt als unter ihrem früheren und im Gemüt eine unverharschte Wunde trug. Ihre Lage mochte auch nicht die beste sein; denn zu Schluß des Unterrichts ging sie immer bei den Malschülern herum und bat um das ortsübliche Trinkgeld der Modelle, das als Kaffeezwanziger bezeichnet und auch selten verweigert wurde, wenn der Angebettelte selbst noch über diesen Frühstücksbetrag verfügte. Ich aber reichte ihr's jedesmal unaufgefordert, als könnte ich die feige Handlung jener Nacht in etwas damit gutmachen.

Eine Woche hindurch hatte ich sie beim gutesten Egon gezeichnet und trug ihren Körper in den verschiedensten Stellungen in meiner Mappe. Als ich sie dann für eine besondre Arbeit, die ich plante, zu mir bitten wollte, war sie verschwunden, und keiner wußte, wo sie geblieben. Bald hernach begegnete sie mir auf der Straße, gut gekleidet, ja, ziemlich aufgedonnert. Sie sprach mich wie früher um den Kaffeezwanziger an, obschon sie jetzt wieder lohnendere Arbeit habe als beim gutesten Egon, sagte sie. Da ich keine kleine Münze hatte, nahm sie mir in aller Ruhe ein Zweimarkstück ab, mit der Bemerkung, daß ich dabei ja noch recht billig fahre, da es auch goldene Kaffeezwanziger gebe. Allerdings bei entsprechender Gegenleistung – fügte sie hinzu – und nannte dabei das Wort Nachtschicht, etwa wie ein Arbeiter, der für besonderen Lohn auch eine besondere Arbeit verheißt.

Vor goldenen Kaffeezwanzigern hatte ich aber neuerdings einige Achtung. Pellegrini hatte mir eines Tages zwei abgenommen, in augenblicklicher Verlegenheit, wie er sagte, und mit sonstigen gewichtigen Gründen, auch mit dem Versprechen, sie mir andern Tags wiederzubringen. Um so sicherer kannte er seither meinen Wechsel und wußte ihn zu meiden. Das nächste Mal aber, da ich ihn wiedertreffen sollte, hatte ich Ernsteres zu denken, als wie ich von dem Malerchen die zwei Goldfüchse wieder herauslockte.

ELFTES KAPITEL

Eines Nachmittags kam ich von meinem Ausflug vorzeitig nach Hause, eilte in die Wirtsstube hinunter und fand Tessa allein. Sie hatte geschrieben, versteckte aber bei meinem Eintritt das Kärtchen in der Briefhülle und verschloß sie. Ich setzte mich zu ihr und grüßte sie in gewohnter herzlicher Weise. Doch trat ein Schweigen zwischen uns, das Tessa mir auf die Rechnung setzte und als Verstimmung, ja, als Beweis einer törichten Eifersucht auslegte. Ich zuckte die Achseln. Sie sei mir eine tapfere Eifersucht wohl wert; wen man ernstlich liebe, den wolle man eben eigensüchtig allein besitzen. Sie verzog nur spöttisch den Mund; mir aber fuhr jetzt der Eifer vollends in die Krone. Die Sache ist ja ganz einfach – sagte ich; wenn du ein gutes Gewissen hast, so brauchst du mir den Brief nicht zu verbergen. So aber muß ich glauben, er geht an einen Liebhaber, von dem ich nichts wissen darf.

O, wohl darfst du's wissen! sagte sie und schlug mich auf die Hand, die ich nach dem Briefchen ausstreckte. Jetzt aber zuleide nicht! Ich will dich von deiner dummen Eifersucht heilen, oder du magst gehen, wohin du willst. Schon einmal hätte ich ihr – fuhr sie fort – ganz ohne Grund einen solchen Auftritt gemacht, und sie fange noch an mich zu hassen, wenn ich nicht locker lasse. Einen Zornekel und Quälgeist wolle sie nicht zum Liebsten; da sei es schon gescheiter, sich einen andern zu suchen, und sie sei dazu entschlossen, heute lieber als morgen, wenn das so weitergehe.

Ich war von diesen gesprudelten Worten nicht übel zusammengedonnert, zwang mich aber zum Lachen, um meine Betroffenheit zu verbergen. Denn ihre Drohung ging mir näher, als ich mir gestehen wollte, und am liebsten hätte ich sie auf den Knien um Verzeihung gebeten, sie mochte fordern, was sie wollte; alles das, um nur die Liebe wieder auszurichten, von der ich nicht ahnte, wie gründlich sie bereits zusammengebrochen war und daß es für mich nichts mehr dabei zu retten gab.

Ich langte, um sie zu begütigen, nach ihrer Hand, die sie mit dem Brief in den Falten ihres Kleides verborgen hielt. Sie entzog sie mir, erhob sich und ging mit dem Tintenzeug hinter den Schanktisch, wo sie die Aufschrift schrieb und die Marke aufklebte. Dann kam sie wieder heraus, sah mich fest an und trat trotzig vor mich hin.

Jetzt – wenn du's in den Briefkasten werfen willst: meinetwegen! sagte sie. Nur damit du siehst, daß ich nichts vor dir zu verstecken habe. Wäre mir schon zu dumm. Aber du in deiner Narrheit und Eifersucht glaubst wohl gar, daß ich einen Schatzbrief an ein Mädchen schreibe!

Ich frohlockte nun zwar im Herzen über die Gewißheit, einen vermeinten Nebenbuhler versinken zu sehn, schwieg aber in meiner Beschämung noch. Dies schien sie zu mißdeuten, denn sie rückte jetzt noch kräftiger vor. Brich es halt auf! sagte sie – und lies es; mir soll's gleich sein. Tust du's aber und mußt dein Unrecht bekennen, so hörst du die nächsten vier Wochen kein Sterbenswörtlein von mir. Oder besser: Du gehst gleich zu einer andern; dann hast du keinen Liebeskummer um mich! Da! Da! Versuch's!

Sie hielt mir den Brief unter die Nase und rückte näher und näher damit, als ob sie mich kitzeln wollte, und es fiel mir jetzt auch der Traum jenes Donnerstags wieder ein und ihr Spiel mit der Gerte, mit der sie mich geneckt und gekitzelt hatte. Doch war diese Erinnerung nicht geschaffen, daß ich lang dabei verweilte, und ich entschlug mich ihrer sogleich, in Ansehung der lieben blaugeäugten Wirklichkeit, die da vor mir stand.

In ihrem Blick war ein Siegesglanz aufgeglommen; der Mund zitterte noch zürnend unter ihrem Hauch, wie zwei frische Himbeeren im Morgenwind, und das ganze Gestältchen stand auf seinem Posten, fest und geklatscht, und machte sich breit und plusterte sich wie ein Puter auf, als ob sie mich schrecken und ihre Stellung verteidigen wollte. Ich war freilich bereits ihr Gefangener; doch in der gewissen Meinung, es sei auf beiden Seiten ein schmollendes Liebesspiel und unter der Form des Widerstands strebe eins dem andern nur um so sehnsüchtiger zu, wagte ich auch gleich wieder den Angriff. Mit beiden Händen fuhr ich nach den ihren; das Briefchen fiel zu Boden, ich aber zog die kleinen Greifzangen an meine Brust, riß auch die Ellbogen nach und bekam so das ganze Mädchenwesen in die Gewalt, das denn auch, zwar halb noch zürnend, schon zu lächeln begann; die atmende blonde Krönung des schlanken Halses rückte näher, schwankte vor meinem Gesicht und fiel mir endlich zu.

Doch war es, als ahnte ich, daß dies unser beider einziger Liebeserfolg sein sollte. Und ich glaubte in diesem Augenblick alles zusammenraffen, ja, selbst das mißratene Stelldichein nachholen zu müssen, um doch zu einem Bruchteil des Glücks zu kommen, das ich mir ersehnt hatte. Sie überließ sich willenlos dem Augenblick und erwiderte doppelt, was ich gab; und wir hätten an den jagenden Pulsen die Sekunden unseres wilden Scharmützels zählen können, wenn das Herz kein so zweifelhaftes Uhrwerk wäre. Von Pendelschlag zu -schlag teilte sich die Minute in Ewigkeiten; die Stille um uns wurde noch stiller, und wenn zwischen unsern Küssen ein Laut das Ohr traf, so war es, vom Garten her, jedoch wie fernab verloren, der feine Singversuch eines Vogels, der unser Lippenspiel zu begleiten schien. Endlich hoben wir von der kleinen Liebeswelt weg die Augen in die große Welt zurück, die uns umgab. Da stand im hellen Grund des Türrahmens, wie der Engel am Paradiesestor, hochaufgerichtet ein Soldat. Er schlug die Hacken zusammen, nickte grinsend und legte die Hand zum Gruß an die Mütze. Wir aber fuhren auseinander, als habe er mit seinem Pallasch zwischen uns hineingeschlagen.

Noch einen Augenblick stand ich vor Tessa, der ich die Hand gab, dann schlich ich über dieselbe Schwelle hinaus, über die der Reiter gekommen war. Aber wenn ich dabei nimmer auf Tessa zurückzuschauen wagte, so sollte ich sie doch in der kommenden Nacht wiedersehn, wenn schon unter andern Umständen, als die mich jetzt von ihr wegtrieben.

ZWÖLFTES KAPITEL

Die Überraschung durch den Reiter beschämte und beunruhigte mich. Er galt mir als der bevorzugte Nebenbuhler; törichterweise; denn es wäre mir doch freigestanden, bei Tessa zu bleiben und ihm den Platz streitig zu machen, den ich ihm ganz ohne Kampf überlassen hatte. Ich wußte nicht, sollte ich mehr an mein Glück glauben, das ich doch eben noch so tapfer im Arm gehalten, oder eher an das Unglück, wie mich's nun einmal betroffen hatte. So wanderte ich der Stadt zu, um in meiner Unruhe, wo an keine ersprießliche Arbeit zu denken war, wenigstens die Augen auf die Weide zu führen, wenn der Nachmittag doch einmal vertan sein sollte.

Aber damit besserte sich nichts. Denn wohin ich auch kam: In den stillen Galerien wie im belebten Park und den Straßen ging mir das Bild des bunten Nebenbuhlers nach, und ich brauchte mir das der Geliebten nur heraufzurufen, so stand auch schon der Baumstamm von Reiter davor, den ich nicht wegräumen konnte, und verdeckte mir's. Ich lief schließlich in ein Weinhaus, um mit einem Trunk meine Unruhe zu betäuben; kaum aber hob ich das Glas in die Sonne, so wies mir das gespaltene Licht die Farben des Widersachers, und die Erregung, die der Wein geschaffen, verdoppelte die Gefahr des Unholds und halbierte oder vierteilte die Zuversicht auf mein Glück und den Glauben an Tessa. Mein Zustand schien so unheilbar wie verdrießlich, und ich war schließlich froh, als beim Weggehn sich mir ein Gast anschloß und mit gleichgültigen Reden die Grübeleien abtrieb, mit denen ich mich weiterzuplagen im Begriff stand.

Allmählich aber setzte sich mein Inneres wieder einigermaßen ins Gleichgewicht, und ich verankerte mich auf den Abend in einer Wirtschaft, um nach dem Essen noch ein wenig zu lesen. Es waren viel Gäste da, und in ihrem Stimmengewirr, das wie das Meer brandete, saß ich wie auf einer verlorenen Insel nur auf mich selbst verwiesen. Ich zog meinen Don Quijote hervor, versenkte mich in die ruhig fließende Sprache, und bald spiegelte sich die zwischen den zwei Lederdeckeln eingefangene Welt buntscheckig an meinem Himmel und war mir auch auf einige Stunden eine schönere Wirklichkeit, als die sich da im Gesumm und Geschiebe der Gäste um mich her auftat. Ich machte alle Gänge dieses Schwärmerhirns, das von Dulcineen, Rittertaten, ungeheuren Plänen und Abenteuern träumte, meiner selbst vergessen willig mit. Was hießen aber Träume und Schwärmereien? Wer weiß: Vielleicht nahm der Narr ihr luftiges Wesen mit gleichem Recht als wirkend und gegenwärtig hin, wie jene, die da an der festen Richtschnur des Lebens zu wandeln glaubten, während sie sich doch auch nur um Gespinste rauften und balgten und keinen Deut größeren Glücks, wohl aber ebensoviele Beulen und Hiebe abbekamen wie der fahrende Ritter, den sie als närrisch verlachten. Ja, das Lachen war so wohlfeil! Wußte denn der Dichter selbst auch, was er geschildert hatte, während er vielleicht nur die Torheit eines Menschen zu verspotten glaubte? Schein und Wesen, Traum und Wirklichkeit liefen auf der Schneide eines Rasiermessers, und wer konnte für sicher sagen, nach welcher Seite jedes bei seinem Tanze fallen mochte? So konnte mein bunter Reiter recht wohl, sofern ich ihn als Widersacher nahm, auch nur ein böses Hirngebild sein, Tessas Liebe aber, an die ich als an etwas Wesenhaftes glaubte, eine bloß von meinem törichten Herzen ins Rollen versetzte Welt: Und welche Sorge machte ich mir darum! Ja, möglicherweise sah mir unbemerkt ein feister Sancho lächelnd über die Schulter und hätte mir das Dasein schildern können, wie es war oder

79

wie ich es wenigstens nicht auffassen durfte, wenn ich mich nicht an allen seinen Ecken wundstoßen sollte. Aber Selbstbetrug und -täuschung, wenn nur der Glaube mit ihnen geht, wirken mit mehr Schöpferkraft der Wahrheit als die graue Erfahrung, die man dem Leben als fördernde Freundin aufreden möchte, während sie ihm nur die Wurzeln annagt und die erste Ermunterung zum Selbstmord wird.

Über solchen Gedanken und über dem wechselnden Bilderspiel des Buchs verging mir unversehens der Abend; ich schloß das Bändchen, versenkte es in die Brusttasche und rüstete mich zum Aufbruch; denn es war unterweilen Mitternacht geworden, und bis zu meiner Wohnung, die fast am Umkreis der Stadt lag, war ein weiter Weg.

Die innere Stadt zeigte noch einiges Leben. Aber schnell wurden die späten Nachtgänger und -schwärmer spärlicher, die Straßen ruhiger, und bald wanderte ich auf weithin als einziger dahin, höchstens etwa noch von einem Pferdebahnwagen gemächlich überholt. Ich erreichte die letzten Straßen, die schweigend und dunkel lagen. Das dünne Spalier ihrer Laternen wies knapp noch die Wegrichtung; wohl ebensogut hätte man sich am Stand der Gestirne zurechtfinden mögen, die in Pracht und Klarheit niederleuchteten.

In der Nähe meines Hauses noch war ich in versonnenem Hintrotten um einige Querstraßen zu weit gegangen und kam nun, als ich abschwenkte, statt zur Wohnung an den nahegelegenen Friedhof, wo ich mich gleich zurückwandte. Ein oder zwei späte Menschenwesen drückten sich im Halbdunkel die lange Backsteinmauer entlang, standen still oder gingen wartend hin und her; ich aber zielte gemächlich heim; der Weg und das genossene Bier hatten mich müde gemacht.

Unbemerkt mußte man mir gefolgt sein. Denn ich

schrak plötzlich zusammen und hatte jemand mir zur Seite. Es war eine Dirne, ein häßliches Geschöpf, das mich ansprach mitzugehn und sich mir auch ohne Umstände, als wären wir Liebesleute, an den Arm hängte. Sie hatte ein gedunsenes Gesicht, wie eine Schnapstrinkerin, und sah mich frech und begehrlich an. Ich war unterdessen am Wirtsgarten des Hauses angekommen und hatte, wenn ich um die Ecke war, noch einige sechzig bis siebzig Schritte bis zur Türe.

Ein Zimmer – es mochte etwa Tessas Schlafzimmer sein – zeigte noch Licht, das matt durch die Vorhänge kam. Es erlosch, und das Fenster war wie ein totes Auge. Wenn sie mich jetzt da unten mit der Dirne sah, mochte sie sich ein seltsames Bild von meiner Treue und von der Eifersucht machen, mit der ich sie vor einigen Stunden noch gequält hatte! Ich löste etwas schroff den Arm der Zudringlichen aus meinem, mit dem Bedeuten, sie möge ihres Weges gehn. Sie hing sich aber sogleich wieder ein, drückte sich enger heran und drang in mich, sie zu begleiten, nannte mir auch unter anzüglichen Reden ihre Preise, über die sie, in Ansehung meiner frischen Jugend, mit sich reden lassen wolle, obschon das Geschäft schlecht genug gehe. Das mochte wahr sein; denn es erschien in kurzem Abstand auch schon eine zweite Bewerberin, die nur auf den Mißerfolg ihrer Liebesschwester zu warten schien. Ich aber ging etwas rascher der Haustür zu; dort wollte ich dem Weibervolk dann schon den Laufpaß geben.

Aber mein Anhängsel sperrte sich gegen meine Eile, als wenn sie eine Beute, die ihr glücklich in den Weg gelaufen, nicht so wohlfeil fahren lassen wollte; ja, plötzlich – wir waren gerade unter einer Laterne – fiel sie mir um den Hals, begann mich zu kitzeln und küßte mich heftig und schmatzend, die Stille der Nacht hätte daran erwachen können. Mir ekelte ob ihrer Häßlichkeit und dem Schnapsduft aus ihrem Munde; ich knurrte einen Schimpfnamen und stieß sie zornig weg. Aber einen Pfiff hören, aus dem Dunkel des nahen Neubaus einen Kerl auf mich herstürmen sehn und nicht wissen, was das werden wollte: Da hatte ich schon einen Faustschlag im Gesicht und taumelte wider die Wand, und zwei Dirnen rückten schimpfend und mit den Schirmen schlagend gegen mich vor. Und eben konnte ich in der Bedrängnis noch meinen Hausschlüssel hervorkriegen, und das geriet mir zum Heil. Denn der Angreifer drang jetzt mit einer Waffe auf mich ein. Ich erhielt einen blitzschnellen Stoß auf die Brust, wurde nun aber auch warm und erwiderte ihn mit zwei so wuchtigen Schlüsselhieben auf das Hirndach des Feindes, daß ich ihn wanken und wie einen Habersack zusammensinken sah. Unter dem Schirmgefecht der Weiber, deren ich mich leicht erwehrte, gewann ich die Haustür, die ich rasch aufschloß und hinter mir sperrte, um im Dunkel treppan zu steigen, wild erregt und außer Atem von der rasenden Abwehr. Droben vom Zimmer aus sah ich dann, wie drunten sich die beiden Mädchen um den Menschen mühten, der reglos am Boden lag; inmitten der Straße ruhte einsiedlerisch sein Hut und schien nach seinem Herrn zu lugen, der sich unter den Händen der Dirnen nicht im geringsten mehr rühren wollte. Ich frohlockte ingrimmig, den Kerl so wirksam gezeichnet zu haben, und mit einem Siegergefühl, wie ich's kaum je empfunden hatte, streckte ich mich aufs Bett hin und suchte einzuschlafen.

Das gelang mir sogleich; denn wenn mich auch der Vorfall ordentlich erregt hatte, so brachte mir doch sein Ausgang eine Genugtuung, die beruhigend wirkte, und ich schlief traumlos ein. Da riß mir plötzlich der Schlummer durch. Unter mir, auf Tessas Flur, ging anhaltend heftig die Klingel; ich fuhr auf und horchte. Es kamen Tritte die untersten Treppen herauf, und man sprach und fragte dort; dann Schritte die Treppen zu mir herauf; einige Weisungen wurden von unten nachgerufen; dann erfolgte ein Pochen an meiner Tür: He, da drinnen! Aufstehn; öffnen! Es klang in befehlender Schärfe. Ich zündete Licht an und schlüpfte in die Kleider, vorläufig ohne Antwort auf das Drängen zu geben; denn schlafbefangen ahnte ich noch nicht, worum es sich handeln mochte. Dann ging ich gemächlich an die Tür und öffnete. Ein Schutzmannsgesicht starrte mir ins Licht; ein zweiter Behelmter stand weiter zurück am Treppengeländer. Da dämmerte mir's allmählich doch. Ich ließ den einen Beamten eintreten, während der andre vor der Tür blieb, als ob er befürchtete, wir könnten ihm beide mitsammen entwischen wollen.

Grüß Gott auch! sagte ich höhnisch, als der eine im Zimmer stand; denn es verdroß mich, daß der Mann nicht gegrüßt hatte. Er holte es mürrisch nach; dann sagte er: Sie müssen sogleich mit. Es ist von Zeugen angegeben, daß Sie drunten vor dem Haus einen Menschen totgeschlagen haben. Machen Sie sich fertig und folgen Sie uns auf die Wache!

Das klang nun etwas anders als meine anfängliche Meinung, den Bedränger nur ein bißchen unsanft niedergestreckt zu haben, um unbelästigt von ihm und seinem Weiberanhang die Wohnung zu erreichen. Etwas tatkräftig hatte ich ihm ja zugesetzt in meiner Notlage; aber vom unsanften Anfassen bis zum Totschlagen war doch noch eine gute Strecke! Doch der Behelmte hatte das so genau und unverblümt gesagt, daß es wie Wahrheit klang. Da fiel mich denn doch ein bißchen das Zittern an, und ich ging mit den beiden Beamten, und zwar zwischen ihnen, wie ein gehaschter Verbrecher.

In Tessas Stockwerk brannte das Treppenlicht, und die Flurtür war halb offen. Wie anders als des Nachmittags sah ich das Mädchen jetzt, das einen Augenblick mit erschreckter Miene erschien, aber bei meinem Anblick sogleich zurückwich und die Tür zulehnte! Ich hatte die Empfindung, sie trete leise wieder heraus und schaue mir nach, wie ich gefangen weggeführt werde; so schritt ich hinunter und getraute mir nicht zurückzusehn, ob ihre Blicke mir folgten. Dann traten wir ins Freie, und die Haustüre fiel ins Schloß, wie wenn sie mich ausschließen und nie wieder über ihre Schwelle lassen wollte.

Draußen fand ich – wo mochten sie nur hergekommen sein? – einen Klumpen Menschen, die mir den Niedergestreckten noch verbargen; es war allerlei gemischte Ware, und alle sahen nach mir her, die feindselig, jene neugierig. Ein Mann mit einem Handwagen fuhr heran, die Leute gaben Raum, und mit Hilfe des einen Beamten, während der andre mich am Arme hielt, wurde der Mensch auf den Wagen gehoben, wo er wie ein Toter lag; den bestaubten Hut legte man ihm zu Häupten, wie einem gekrönten Toten die Krone. Und dann begann, mitten im Klumpen der Nachtgestalten, mein vorläufiges Verhör.

Meine Aussage bestritten die Weiber, besonders die Beschuldigung, der Niedergehauene habe zuerst geschlagen, dann mit einer Waffe mir nach der Brust gestoßen, worauf ich erst den Schlüssel verwendet und den Menschen mit einigen Hieben zur Strecke gebracht hätte. Am eifrigsten widersprach die Jüngere; befremdenderweise; denn sie war doch nicht der Anlaß des Zusammenstoßes gewesen. Aber wie erstaunte ich erst, als ich jetzt Golly in ihr erkannte! Auf derselben Stelle, wo ich ihr zum erstenmal begegnet war, mußte ich sie in solch feindseliger Gesinnung wiedersehn! Sie war es denn auch, wie mir der Beamte sagte, die ihm meinen Namen und die Wohnung verraten hatte.

Ich wiederholte meine Aussage, sie aber sprachen nur noch lauter dagegen, so daß der Beamte sie zur Ruhe mahnte und an den Fenstern bereits Bettjacken und Nachtmützen erschienen. So verlangte ich denn, daß bei dem Opfer die Waffe gesucht werde, oder aber bei den zwei Dirnen, die sie vielleicht zu sich genommen hatten. Doch kam nichts dabei ans Licht, und nun gab ich die Stelle an, wo ich dem Angreifer die Hiebe beigebracht hatte; da entdeckte ein Zuschauer die Waffe, die dicht am Randstein des Straßensteigs im Dunkel lag. Der Schutzmann nahm sie, und nun setzten wir uns alle in Bewegung: in der Mitte der Wagen mit dem Opfer, links davon ich mit dem einen Beamten, rechts mit dem andern die beiden Dirnen; aber rechts wie links schuppte sich ein Begleiterschweif an, der unterwegs immer noch Verstärkung bekam und sich genügsam ein Schauspiel schuf und desto lauter und neugieriger wurde, je näher wir der Wache kamen. Als ich dort von der Höhe der Treppe noch einmal zurücksah, mochten es über die Hundert sein, die uns das Geleit gegeben, trotz der vorgerückten Nacht; zuvorderst aber im aufgeregten Knäuel erkannte ich einen, den ich zu allerletzt darunter vermutet hätte: Pellegrini, der mir die letzte Zeit über doch so erfolgreich auszuweichen verstand! Er sprach laut bald da-, bald dorthin und warf freigebig seine Hände herum. Ich zweifelte nicht, nach seinem Gebaren zu schließen, daß das Männchen sich alle Welt darauf einbildete, wonicht gar sich rühmte, den Verhafteten zu kennen. Oder vielmehr den Mörder; denn nicht besser noch schlimmer hatte ich mich unterwegs aus dem Schwarm heraus nennen hören; und hätte mich doch, diesem Gefolg und Gafferschweif nach, für einen Fürsten halten dürfen!

Auf der Wache, wohin wir jetzt geführt wurden, einem öden Raum mit Bänken längs der Wände und einem Tisch in der Mitte, um den die Schutzleute saßen oder standen, erschien kurz nach uns ein Arzt. Mein Gegner war auf die Wandbank gelegt worden, und der Arzt hatte nur von der Schläfenwunde gehört, als er sie auch schon untersuchte und den Kopf schüttelte. Dann griff er nach dem Puls, horchte auch auf der Brust und erklärte schließlich, der Mann sei nicht tot, sondern nur bewußtlos; auch habe vielleicht eine Blutung im Gehirn eine Lähmung und den Verlust der Sprache herbeigeführt. Genauer sprach er sich nicht aus; aber das hörte sich doch anders an, als die Meinung der Menge draußen im Düster der Straße; wenigstens für mich; die Beamten nämlich, die an dergleichen gewöhnt sein mochten, behielten gleichgültige Mienen und schauten nur bald auf die Zeuginnen, bald auf mich, der ihnen wohl immer noch als der Missetäter galt.

Der Arzt schrieb seinen Befund nach mehrerem Hokuspokus nieder und ordnete an, daß der Verletzte ins Krankenhaus gebracht werde. Das geschah, und nun ging es wieder über mich her mit Fragen und Verhören.

Ich hoffte, trotz dem verlognen Gebaren der zwei Mädchen, Licht in die Begebenheit zu bringen. Ohne Zögern gab ich meinen Namen und das übrige erfragte Zubehör an und wies jetzt auch den Schlüssel vor, mit dem ich den Gegner gemeistert hatte. Er wurde mir abgenommen und lag nun auf dem Tisch hübsch friedlich neben seinem schärferen Widersacher. Dies war ein feststehendes Messer, eine Art Dolch mit Hirschhorngriff, und ich bemerkte jetzt, daß seine Spitze abgebrochen war. Aber da die Mädchen frech und frecher alle Schuld auf mich schoben, griff ich in plötzlichem Erinnern auf die linke Brustseite, wohin sein Hieb getroffen hatte, und jetzt wurde mit einem Male alles klar. Ich fühlte im Rock einen Riß, den ich dem Schutzmann wies; zugleich griff ich in die Brusttasche und zog meinen Don Quijote hervor. Da änderten sich denn die Mienen der herumstehenden Männer; sie streckten, als ich das Buch zeigte, mit großen Augen die Köpfe her, als würden sie ein Wunder gewahr. Mir aber wurde es erst jetzt anders zumute, und zwar weh und weinerlich, da ich mein Lieblingsbuch so verwundet sah. Die Tränen stiegen mir in die Augen vor Leid und Zorn, und ich hätte in diesem Augenblick noch einmal meinen Gegner niederschlagen mögen; denn in dem Buche stak die abgebrochene Spitze seines Messers und heftete Deckel und Inhalt zusammen, so daß sie unter den blätternden Händen des Schutzmanns sich nur schwer voneinander lösten und ich ihm das Buch aus der Hand nahm und die Spitze mit den Fingernägeln aus ihrer Wunde zog. Und während die Beamten diese nun mit der Waffe zusammenpaßten und mit den Köpfen zu dem Befund nickten, streichelte ich wutweinend das Buch und blätterte sorgfältig bis zu der Seite, die dem Stich Halt geboten hatte. Da las ich denn die Stelle, wo der fahrende Ritter von seiner Pflicht redet, Bedrängte zu schützen und Willkür und Unbill der Gewalttätigen abzuwehren. Diese Pflicht hatte nun auch mein Don Quijote ritterlich erfüllt, nur war leider das Abenteuer für ihn selbst auch nicht ohne Wunden abgelaufen.

Aber dies gestaltete meine Lage günstiger. Es hieß,

ich schiene mich doch nur meines Lebens gewehrt zu haben, wobei ich freilich etwas zu tapfer und blindwütig gefuhrwerkt hätte. Indes könne man mich noch nicht freilassen, da wir alle drei andern Tags vom Untersuchungsrichter vernommen werden müßten.

Indes, wenn meine Sache auch noch immer zweifelhaft genug war und ich hinlänglich Grund hatte, ernsteren Dingen nachzusinnen: Was beschäftigte mich in diesen Stunden am meisten? Ich dachte mit keiner Faser an das Schicksal meines Gegners, das sich in diesem Augenblick vielleicht schon erfüllt hatte; nicht an meinen Namen, wie er am kommenden Tag durch alle Zeitungen geschleppt werden mochte wie der eines Verbrechers, und ich hätte ihn doch so gerne verborgen gehalten; nicht an die Sorge meines Vaters, wenn er von meiner Lage Kenntnis bekam! Ich saß auf meiner Bank und blätterte in dem verwundeten Büchlein herum und sann und sorgte, wie ich es wieder so herstellen könnte, daß von seiner Verletzung nichts mehr zu entdecken wäre. Und fand einige Befriedigung darin, daß die Spitze des Messers, die doch meinem Herzen gegolten, ziemlich dünn gewesen war und so den Blättern nur eine schmale Wundritze hinterlassen, die Schrift selbst aber nur selten verletzt hatte. Der Groll auf meinen Gegner jedoch blieb; ja, es wäre mir für den Augenblick eine Genugtuung gewesen, wenn ich seinen halbtauben Dolchstich mit einem wirksameren erwidert hätte.

Unser Beamter hatte unterdessen das Verhör wie zum Zeitvertreib wieder aufgenommen. Ihm erschienen plötzlich die Mädchen nicht mehr als Zeugen des Zusammenstoßes, sondern als Anstifter und Mitschuldige. Golly weigerte sich, ihren Namen zu nennen; ich aber sann und stöberte unterdessen in allen Winkeln des Gedächtnisses, wo sie mir früher schon begegnet und wer sie sein mochte; es sollte mir aber die Entdeckung noch nicht glücken. Als Beruf gab sie Modellstehn an; einer der Schutzleute höhnte sie aber mit ihrem wahren Gewerbe: Er sei ihr nachts wiederholt auf ihren Gängen begegnet, habe auch gesehn, wie sie Männer anlockte. Sie schwieg standhaft, und als sie deshalb der Beamte am Arm faßte und schüttelte, stieß sie ihn wild weg, wofür sie dieser mit Ohrfeigen zahlte und zurückschupfte, daß sie hinfiel und mit dem Kopfe heftig auf den Boden aufschlug. Von da an gab sie keine Antwort mehr, nicht anders, denn als habe sie die Sprache verloren. Ebenso hartnäckig verschwiegen beide den Namen des Verwundeten; ja, die Schnapserin sagte höhnend, die Behörde möge ihn nur selber ausfinden; dafür seien die Herren ja angestellt und bezahlt. Darob setzte es neue Knüffe und Ohrfeigen, und es erzürnte mich schließlich das rohe Gebaren der Schutzleute nicht weniger als das freche Tun der Mädchen, die doch meine Feinde waren. Roher war es mir unter Bauernknechten und Stallmägden auch nie begegnet.

Das Schweigen Gollys, das diese Auftritte verschuldete, entsprang übrigens, wie ich annahm und wie es sich auch später erwies, einem Rest schöner Schamhaftigkeit und Rücksicht, um derentwillen ich sie wieder achten und bemitleiden mußte, wennschon ich nicht zuletzt durch ihre Schuld in diese verteufelte Lage gekommen war.

Vierzehntes Kapitel

Wir mußten also alle drei auf der Wache bleiben. Im Pritschenraum, wo die Mädchen bald einschliefen, blieb ich wach und hing Erinnerungen nach, die mir durch das Wiedersehn Gollys aufgerufen worden waren. Denn sie war – daran konnte ich nicht länger zweifeln – jenes Kaufmannskind aus meiner Knabenzeit oder sah ihm doch so ähnlich, daß man eine gleiche Doppelgängerin wohl nirgends hätte finden können.

Im Raum brannte eine einzige Erdöllampe, die kaum Licht gab, dafür aber um so merkbarer qualmte und roch, so daß ich den Fensterladen aufstieß. Nun sah ich vom Lager her immer den durch das Gitter in lange Scheiben geschnittenen hellen Nachthimmel, an welchem hoch der abnehmende Mond stand. Die Mädchen lagen längs der einen Wand und schliefen. Golly wandte mir das Gesicht zu, und je länger ich dieses betrachtete, desto sicherer war mir das Erkennen. Und zwar hatte mich das Zusammentreffen von Sinneseindrücken, nämlich zweier heller Nächte, plötzlich auf diese Fährte gebracht; und damit stellte ich denn das Wild, das ich bis dahin nicht hatte auftun können.

In einer bis zur Täuschung ähnlichen Mondnacht – die Sichel war damals ebenfalls im Abnehmen und stand in vorgeschrittener Stunde eben in Scheitelhöhe – war ich, um den Weg abzukürzen, auf dem Bahngleis heimgegangen; wir hatten nämlich über einer Kneiperei den letzten Nachtzug versäumt, und ich wanderte mit einem leichten Räuschchen nun ganz allein zwischen den zwei schwarzen Strichen, die immer an einer bestimmten Stelle den Widerschein des Mondes vor mir hertrugen, wie in eine geheimnisvolle Ewigkeit hinein, gleichsam auf einer waagrechten Leiter einem stets weichenden Silberschein und Trugbild nach. Links in der Tiefe ging der Bach, bald plaudernd, bald murmelnd, glucksend oder sprudelnd, doch unsichtbar wegen der Akazien, mit denen der abschüssige Bahndamm bestanden war. Ich glaubte, nie eine so unvergleichliche Nacht gesehen zu haben und empfand ihren Zauber trotz der leichten Umflorung meiner Sinne ungemindert. Halbwegs der Wanderung durchliefen die Schienen einen hohen Buchenwald. Auf dieser Strecke kam mir ein Mensch mit einer Kiste auf der Schulter entgegen, ein Bahndiener oder Streckenwärter, der zwischen den Schienen ging, wie ich, und ebenfalls wie ich keine Anstalt machte auszuweichen. So näherten wir uns einander, jeder gleich hartnäckig und eigensinnig. Endlich, dicht vor mir, blieb er stehn und herrschte mich an, wie ich auf diesen Weg käme. Erkennen mochte er mich an dieser dunklen Stelle kaum, denn ich hatte den Hut tief ins Gesicht, die Schultern aber hochgezogen und konnte ihm, da ich nicht Miene machte auszuweichen, unheimlich genug erscheinen. Zudem blieb er immer im Nachteil, da ich ihn samt seiner Kiste den Wald hinabstoßen konnte. Gleichwohl fragte er mich nach dem Namen, da er mich anzeigen müsse, und wo ich herkäme. Ich aber sagte ruhig: Aus dem Zuchthaus. Da gab er schweigend Raum, trat sogar außerhalb des Gleises und ließ mich vorbei. Andern Tags erzählte er aber beim Bier in meinem Beisein, er habe in tiefer Nacht einen Stromer auf den Schienen getroffen und jämmerlich verbleut, weil er ihm nicht habe ausweichen wollen. Als ich ihm darauf einwandte, das sei an jener dunklen Waldstrecke doch sehr gefährlich, besonders mit einer Kiste auf der Schulter gegenüber einem Zuchthäusler, da wurde er kleinlaut, um so lauter aber die Zuhörer, die jetzt meinen Scherz witterten und den armen Aufschneider nicht übel foppten und verspotteten.

An diesen Spaß hatte mich der nächtliche Himmel erinnert, und es war von da ein kurzes Stück Wegs bis zu jener kleinen Nachbarstadt und dem Kaufmannskind, das ich jetzt herangereift hier vor mir sah, ruhig schlafend, während ich unruhig wachlag, nicht zuletzt, weil ich mir über ihr Schicksal die buntesten Gedanken machte.

Ihr Vater hatte auf dem Marktplatz unseres Nachbarstädtchens ein Geschäft, und zwar das größte dort, wenn auch nicht zugleich das beste. Meine Eltern besuchten den Laden selten, nur etwa, wenn sie in den übrigen Geschäften einen Gegenstand nicht hatten bekommen können; die Mutter hatte einigemal dort kostspieliger als anderswo eingekauft und schlechte Ware erhalten, was sie dann so leicht nicht verwand. Um so verlockender erschien uns Kindern der Harderische Laden. In den Schaufenstern, die größer als anderswo waren, prunkte Porzellan und Kristallglas, und wir schauten jedesmal sehnsüchtig zwischen den feinen Dingen hindurch in die Tiefe des Raums, wo auf Wandgestellen und Tischen, in geöffneten Kisten und Körben, ja, selbst von den Deckenbalken herabhängend alles für uns nur Wünschbare und Erträumbare zu sehen war und unsere Gier um so mehr aufregte, je seltener wir das Geschäft betreten durften. Hinter dem Ladentisch bediente, vielmehr: bediente nicht, sondern schien zu herrschen die älteste Tochter, ein etwa neunzehnjähriges volles Mädchen mit schwarzem, pariserisch aufgebautem Haarwerk, die im Städtchen als die erste Schönheit galt, aber als hochmütig bei der Bürgerschaft in einiger Ungnade lebte. Sie saß oder stand gewöhnlich am Pult und schrieb; in ihren Mußeviertelstunden hatte sie die Feder hinter dem einen Ohr, den Bleistift hinterm andern, wie zwei Speere, die die Schönheit ihres blassen Gesichts bewehrten. Neben ihr amtete, die Kunden nach ihren Wünschen fragend, die nächst Jüngere, die dann, was sie von den Käufern vernommen, ihrer stattlich einherwandelnden Mutter mitteilte und auf diesem vornehmen Umweg schließlich die Bedienung der Leute zustande brachte. Diese Jüngere war feiner und schlanker als die etwas rübenförmige dunkle Schwester und trug ihr hellblondes Haar immer offen um das porzellanene Gesicht, wie einen Radmantel aus eitel Sonnenschein, wozu das blaue Kleid meinetwegen den Himmel abgab. So erschien sie uns als die, welche allein einige Helle in den dunklen Laden brachte, dessen Fenster bis obenhin zerbrechlicher Prunk vermauerte. Von diesen zweien abwärts waren es noch sechs Geschwister, darunter ein transparenter blasser Knabe; diese waren aber, da sie die Schule besuchten, selten im Laden zu sehn, nur die Jüngste, die wie ich damals gegen sechs Jahre zählen mochte. Sie ging Eltern und Kunden überall im Weg um und erwies sich bereits als hochmütiges und verwöhntes Äfflein, dem der würdige Kaufherr, wenn er sich einmal im Geschäft zeigte, immer das helle Gesichtchen streichelte oder das weißblonde Haarfell, worin jenes wie ein Opal in Gold eingebettet war. Sie trug gewöhnlich ein moosgrünes Samtkleidchen und erschien uns als die kleinere Ausgabe jener älteren Schwester. Hatten wir nun gleich wegen ihres eitlen Gehabens einen stillen Kindergroll auf die beiden, so zogen sie uns doch durch ihr Äußeres geheimnisvoll prinzeßlich an, und wir hätten gerne diese beiden Ausgaben eines scheinbar gleichartigen Kinderschicksals durchforscht, die sich für uns vorläufig nur durch Größe und Einband zu unterscheiden schienen.

Diese Jüngste hieß im Taufbuch Olga, bei der Mutter aber nur Golly; denn die Alte tat es nicht ohne fremdartige oder gespreizte Namen, wie sie denn auch ihren Mann, der Leopold hieß, Luitpold nannte, und zwar, wie man sich im Städtchen sagte, dem Nachbar Wachszieher und Lebzelter zuleid, der jenen gemeineren Namen trug, sein stolzeres Gegenüber aber als seinen Herrn Namensvetter anzureden beliebte. Der also geschönte Leopold wurde von ihr aber auch äußerlich von seiner Umgebung abgehoben; er mußte zu seinen schwärmerischen Augen und dem Marquisbart gelocktes langes Haar tragen und ging im Geschäft umher wie ein feinerer Haarkräusler oder eher wie ein feierlicher Geigenkünstler; und wie sich ein solcher vor den beifalljubelnden Zuhörern verbeugt, tat es Luitpold vor seinen Kunden, ohne daß er jedoch selbst bediente. Er stand deshalb in einigem Geruch, nicht eigentlich für ein Geschäft geschaffen, sondern eher der Sproß eines hohen französischen Flüchtlings zu sein, dessen Blut er nun dunkel in einem Kaufladen herumtrug, während er eigentlich zu Höherem vom Schicksal bestimmt, aber durch die rohe Macht der Verhältnisse von der Kunst oder einer noch edleren Betätigung abgesprengt worden war. Er ging denn auch immer in schwarzem Gehrock und hellgrauer Hose einher, im Laden nicht minder als sonntags, wenn er seine Kinder, wie eine Tonleiter abgestuft, zur Kirche führte. Wegen seiner edleren Sendung, die nur das plumpe Geschick durchkreuzt hatte, durfte Luitpold auch die Einkäufe fürs Geschäft nicht selbst bei Fabrikanten oder Reisenden machen; seine Frau besorgte dies, wohingegen er einige Zeit später bloß besuchsweise bei den Lieferanten herumschwebte und einige Redensarten kräuselte, wie sie seiner geheimnisvollen Abkunft gemäß waren, aber dann bald als abgenützte Scheidemünze zum Gelächel und Gespött im Volk umgingen.

Hievon ist nicht alles in den Beeten meiner eignen Beobachtung gewachsen, sondern mit manchen Anmerkungen vom Hörensagen bezogen. Was ich als Knabe selber

sah und ehrfürchtig nach dem Schein aufnahm, war die
günstige äußere Lage der Familie, mit der ihr schnurriges Gebahren mir durchaus übereinzugehen schien. Vor
allem aber dichtete ich mir Märchen über das gegenwär-
tige und das künftige Schicksal dieser goldhaarigen Jüngsten, das ich mir natürlich nur als glücklich und benei-
denswert denken konnte, ähnlich, wie ich mir's ungefähr
selber hätte wünschen mögen.

FÜNFZEHNTES KAPITEL

Und dieses Mädchen lag jetzt hier im Pritschenraum mir gegenüber, unter den unerfreulichsten Umständen, und schlief trotz dem harten Lager bis in den Morgen hinein, während mich die Gedanken und Gesichte der vergangenen Nacht nicht loslassen wollten. Die Ältere weckte sie schließlich; wir wuschen uns und bekamen einen dünnen Kaffee mit Schwarzbrot zum Frühstück; dann mußten wir uns bereithalten, vor den Untersuchungsrichter geführt zu werden; ich hätte wünschen mögen, es wäre schon zur Nachtzeit geschehn; so ungeduldig war ich, eine Entscheidung zu haben. Indes ging die Sache hier rascher und glimpflicher, als ich befürchtet hatte, wenn auch immer noch umständlich genug. Außer den Mädchen waren die zwei Schutzleute zugegen, die uns zur Wache gebracht hatten, als Zeugen, obwohl sie bloß über meine Festnahme und die Entdeckung des Messers berichten konnten. Der Untersuchungsrichter las mir vor, was auf der Wache niedergeschrieben worden war und fragte zu allem Überfluß, ob ich sonst noch etwas mitzuteilen hätte. Wir wurden getrennt verhört; ich zuerst; als ich dann wieder vorgerufen wurde, hielt man mir natürlich auch die widersprechenden Aussagen der Mädchen vor. Solche wiederholte Machenschaften in einer so klaren Sache langweilten mich und machten mich ungeduldig, und ich fuhr schließlich heraus: Wenn man mir nicht glauben wolle, möge man mich kurzweg einsperren und dem ewigen Gefrage einmal ein Ende machen. Da meinte der Richter, das solle ich ruhig ihm anheimgeben; über Fragen und Antworten könne man vorläufig bei den Gerichten nicht hinwegkommen. Hierauf wurden auch die beiden Mädchen wieder hereingerufen, und wir konnten jetzt unser Liedchen dreistimmig singen, nur daß die Stimmen eben nicht übereinklingen wollten.

Jetzt kam ein Schutzmann, und zwar ein bekannter, der wohl weggesandt worden war, um über mich Auskunft zu holen. Es war dies der Beamte, der einmal bei mir auf dem Zimmer gewesen und sich als kunstliebender Schutzmann vorgestellt hatte, worauf ich ihm eins von meinen Blättern schenkte. Er sang über meinen Ruf das heiterste Lied; meine Hauswirtin habe mir das beste Zeugnis ausgestellt; auch auf dem Meldeamt stimme alles richtig. Zwei Leute aus dem Wirtshaus, wo ich zu Nacht gegessen hatte, bestätigten meinen Aufenthalt dort; Don Quijote mit seiner Wunde wurde untersucht; Messer und Messerspitze aufeinandergepaßt; mein Hausschlüssel geprüft; in den Riß in meinem Rock die Waffe des Gegners gesenkt. Gleichviel: Die Mädchen logen und bestanden darauf, ich hätte den Streit vom Zaune gebrochen. Nun griff aber der Richter etwas schärfer ein. Die beiden verschwiegen nämlich immer noch den Namen meines Gegners, Golly auch den ihrigen, worauf der Beamte sie anfuhr: Sie machten sich durch ihr Benehmen so verdächtig, daß er sie in die Haft abführen lassen, mich hingegen vorläufig freigeben werde; denn ich scheine mich nur in der Gefahr etwas zu kräftig meiner Haut gewehrt zu haben, woran schließlich wenig zu tadeln sei. Solcherweise verfügte er endlich auch, und ich war damit dem Zwang enthoben, Gollys Namen und Herkunft zu verraten, wie ich in wachsender Ungeduld mir schon vorgenommen hatte. Denn wenn ich wohl verstand, daß sie auf Herkunft und Namen, vielleicht wegen ihres Gewerbes, Rücksicht nahm, so zürnte ich ihr doch um deswillen, weil sie bei der nächtlichen Tat die Angeberin gespielt hatte. Wollte ich doch nicht einsehn, warum die Behörde ihre Nase in etwas hineinstecken mußte, was nur mich und meinen Gegner anging und mit meiner gründlichen Abwehr mir auch ebenso gründlich erledigt schien. So ließ man mich denn gehn. Den Don Quijote gab mir der Richter auf meine Bitte wieder heraus; den Hausschlüssel aber, das unschuldige Stück Eisen, behielt er zurück; er war immer auf dem Richtertisch mit dem abgebrochnen Dolchmesser zusammengelegen, beide jetzt gar verträglich, während sie einige Stunden zuvor so wahnsinnig gegeneinander gewerkt und gewütet hatten. Ich ging den nächsten Weg nach Hause. Aber jetzt trafen mich doch die Wirkungen der verflossenen Nacht, die ich ohne Schlaf, obzwar mit leidlicher innerer Ruhe und Gleichgültigkeit, zugebracht hatte. Der Druck meiner Tat fiel mir auf die Seele, und die möglichen Folgen marschierten in einer dunklen Gespensterparade vor mir auf. Der frühere Trost, daß ich mich bloß meines Lebens gewehrt und daß ein friedsameres Gebaren während des Streites mich an die Stelle gebracht hätte, die jetzt mein Widersacher einnahm, wollte nicht mehr verfangen. Ich sah mich hinter Gefängnisgittern und fühlte den Kummer meines Vaters; auch galt mir für sicher, daß zu dieser Stunde bereits die Zeitungen meine Untat und meinen Namen ausgetrompetet hatten und Hunderttausende jetzt wußten, welch ein Scheusal in mir jungem Menschen so freundlich-trügerisch verlarvt war. Je weiter ich ging, um so schwerer wurde mir jeder Schritt; und als ich endlich über die Hausschwelle trat, war ich dem Weinen nahe.

In der mich überfallenden Wehsal hatte ich seltsamerweise gar nicht an Tessa gedacht; jetzt, da ich ins Haus trat, kam sie gerade aus dem Wirtszimmer. Ich grüßte; sie aber war nur meiner ansichtig geworden, da fuhr sie, wie von der Pistole bedroht, hinter die schützende Tür und drückte diese ins Schloß. Unter solchen Vorzeichen stieg ich in mein Zimmer hinauf. Das Bett war von der verwichenen Nacht her, wo ich so kurz darauf geruht hatte, noch nicht gemacht, und als ich hierauf zur Hauswirtin ging, um für den bei Gericht zurückbehaltenen Hausschlüssel Ersatz zu holen, war die Alte nicht wenig überrascht, mich zu sehn, und zwar unangenehm, wie mir schien. Sie habe, sagte sie, mein Zimmer noch nicht aufgeräumt, weil sie nicht vermutet habe, mich so bald wiederzusehn. Dieses vorschnelle Wort suchte die häßliche Hexe sogleich gutzumachen und begann, den Trostengel zu spielen; denn sie hatte mir wohl den inneren Zustand an den Mienen abgelesen. Das sei ja doch eine ganz harmlose Geschichte, sagte sie; man wehre sich halt seiner Haut, wenn man überfallen werde; auch sei an solchem Zuhälterpack ohnedies kein Deut verloren; denn wenn ich den nicht so fein und flink gezeichnet hätte, würde er, wer weiß, vielleicht morgen schon einem andern das Messer zwischen die Rippen stecken, und es sei gleichgültig, ob er so hinfahre oder eines Tages als Galgenvogel hochgehe. Und ob er denn auch wirklich tot sei, wie die Leute sagten, oder nur ehrlich am Hirndach geritzt? Das möchte sie halt gerne von mir selber erfahren, weil einer so, der andere anders sage; ich aber müßte ja wohl wissen, wie es damit bestellt sei.

Sie gab mir ihren Schlüssel, und ich ging aus dem Hause wie ein Geächteter. Um den Tag und Abend hinzubringen, auch in Ahnung einer unruhigen Nacht, die mich quälen konnte, ergab ich mich dem Wein und ging schließlich in einem solchen Rausch heim, daß mir am andern Morgen nicht erinnerlich war, wie ich mein Zimmer erreicht hatte und zu Bett gekommen war. Aber ich hatte tief und dauerhaft geschlafen, und das Gleichgewicht meiner inneren Natur war leidlich wieder hergestellt.

Sechzehntes Kapitel

Pellegrini war mir begegnet, oder besser gesagt: hatte mir in der Gemäldesammlung nicht mehr ausweichen können, wie er's übte, seit ich ihm, etwas allzu freigebig für meine kargen Umstände, Geld geliehen hatte. Nun stand er in der Ecke des kleinen Bilderraums, wo ich ihn zufällig getroffen hatte, verlegen, aber überhöflich, und es war bei seiner augenscheinlichen Bedrängnis ein ergötzliches Bild, die beiden Gekreuzigten, die in jener Ecke sich in edlem Wettbewerb gegenüberhingen, mitleid- und vergebungsvoll zu dem Männchen niederblicken zu sehn, das sich da von mir gehetzt und gestellt wähnen mochte wie ein Füchslein von einem scharfen Sprenger. Aber ich hatte gar nicht daran gedacht, ihn wegen des Geldes auftun und mahnen zu wollen.

Er erschöpfte sich in höflichen Reden und verlegenen Fragen, vermied dabei aber, von meiner gerichtlichen Sache auch nur zu schnaufen, während ihm sonst die Zunge leicht durchging und ich ihn ja in jener Nacht auch sehr beredten Mundes im Troß der Neugierigen wahrgenommen hatte. Das Gespräch versiegte ihm rasch, und da er nicht den Mut hatte, sich kurzweg von mir zu verabschieden, mich auch in seiner Bedrängnis ein wenig dauerte, nahm ich die Unterhaltung auf und fragte ihn nach dem Stand seiner Arbeiten. Er zuckte die Achseln. Leider sei er nicht in der Lage, sagte er, jetzt sein großes Werk auszuführen, das er eben neu begonnen habe. Die Kostspieligkeit der Modelle sperre ihm den Weg; Berufsmodelle nämlich, wie sie sich vor der Kunstschule zu Markte brächten, würden für sein Bild nicht taugen; das sei Ausschußware; andere aber seien fast nicht aufzutreiben, und wenn man sie durch Glück und Zufall treffe, pflegten sie entweder auszubleiben oder unerschwinglichen Lohn zu verlangen, woran denn gewöhnlich die wertvollsten Kunstwerke scheiterten. Indes gehe es mit ihm jetzt doch allmählich vorwärts; er habe einen einflußreichen Gönner und Mäzen gefunden – er betonte das Wort vorne, so daß es Mähz'n klang –, einen Mäzen also, einen reichen Wiener, der ein Herz für die Kunst habe und ihm wahrscheinlich ein kleineres Bild, die Skizze zu einer Centaurenschlacht, abkaufen und einen bedeutenden Auftrag verschaffen werde, wie er ihm wenigstens versprochen habe. Ich beglückwünschte ihn zu diesen schönen Verheißungen – an deren Erfüllung ich selber glaubte, so überzeugt trug sie Pellegrini vor –, er aber sprang jetzt rasch davon ab, und sein freudiges Hochgefühl schrumpfte zu einer engen Unterwürfigkeit zusammen: Er wolle mir nun doch gleich die vorgestreckten vierzig Mark wiedergeben; es sei allerdings möglich, daß er nicht so viel Geld bei sich habe; da müßte ich denn schon freundlicherweise noch einen Tag warten. Und er machte wirklich Miene zu zahlen und zog seine Börse, einen langen grünseidenen Darm, aus dem er mühsam ein Zehnmarkstück herausfischte. Das sei leider alles, was er im Augenblick bei sich habe, sagte er; aber wenn ich ihn die nächsten Tage, am liebsten schon morgen, besuchen wolle, so regle er die Sache gern, die ihm längst peinlich sei. Ich reichte ihm die Hand; er nannte mir noch seine Wohnung und eilte dann hinaus, froh, wie mir dünkte, einer Lage zu entrinnen, die ihm wohl nur in meinem Beisein so peinlich war, wie er mir eben vorgegeben hatte.

In der Stadt begegnete ich dem Grafen, als ich gerade ein Kaffeehaus betreten wollte. Sein Diener folgte ihm mit einem Paket. Auf Geheiß seines Herrn öffnete er dieses und legte mir ein kleines Gemälde hin, ein Stilleben mit Trauben, zwei Orangen und einem Glas Wein, wie mir Kistenfeger ein ähnliches gezeigt hatte. Ich wußte nicht, was der Graf damit wollte, ließ mich denn auch nicht darüber aus und fragte nur, ob er das bei unserm Trödler erworben habe. Er lächelte bloß; das Bild wurde wieder eingepackt und der Diener weggeschickt.

Sie werden mich fragen, sagte der Graf, warum ich Ihnen sowas zeige. Aber es hätte mir Freude gemacht, wenn Sie darüber Ihre Meinung geäußert hätten, und zwar so scharf und geradeheraus, wie ich es von Ihnen erwartete. Aber schließlich würde das auch nichts gefruchtet haben. Sehen Sie: Da bemühe ich mich seit längerer Zeit, meinem Diener das Sammeln solcher Kunstwerke auszureden. Vergeblich. Er will sich für wohlfeiles Geld eine ebenso wohlfeile Gemäldesammlung anlegen, nicht für sein Vergnügen natürlich, sondern zu einem regelrechten, wenn auch etwas dunklen Kunsthandel. Besuchen Sie mich einmal, so sollen Sie seinen Louvre sehen. Er hat einiges Geld geerbt und meint nun am besten auf diese Weise damit zu wuchern. Früher hat er das Zeug wohl zuweilen von unserem Kistenfeger bezogen; jetzt geht er geradewegs zu den Künstlern und kauft so um zwei Drittel billiger ein. Er hat einen ganzen Stab solch windiger Gesellen bei der Hand, die ihm für zehn Mark solch ein Bildchen zusammenpinseln und dann stolz wie ein Krösus davonwandeln, um die paar Taler zu vertrinken oder einem Mädchen in den Schoß zu werfen; weiß der Himmel, woher er dieses Völklein kennt. Nun unterhält er aber Beziehungen zu allen Dienern, Hausknechten, Türhütern und ähnlichem Gesindel, die irgendwie mit Fremden zu tun haben und in ihren Diensträumen förmliche Ausstellungen solchen Bilderkrams abhalten und, was das Wunderbarste ist, den Plunder auch recht häufig und einträglich den Fremden aufhängen. Auf diesem Wege größtenteils kommt unsere Kunst, oder was man einmal so nennt, über die Grenzen der Stadt in die

Welt hinaus, und die geprellten Käufer bilden sich weiß Gott was ein, daß sie da Wertvolles besäßen. Man sollte wirklich nicht verbieten, Leute nach Kräften zu betrügen, die nun einmal betrogen sein wollen und ihre Schröpfung dann auch noch protzig mit ihrem guten Geschmack rechtfertigen. Es ist dies eine besondere Art, das Geld in Umlauf zu bringen, und anders ist der deutsche Bürger dazu einmal nicht zu bewegen, außer wenn er's auf dumme und großsprecherische Weise wegwerfen darf. Nur daß dabei halt die tüchtigen Künstler immer zu kurz kommen und der Geschmack der Käufer, wenn das noch möglich ist, von Jahr zu Jahr mehr verelenden muß.

Ich konnte mir nicht denken, wo der Graf mit solchen Ausführungen hinzielte. Denn was kümmerten mich schlechte Bilder? Und Hausknechte und Türhüter, die damit handelten? Und was vollends die dummen Leute, die angeschmiert wurden? Die Künstler, die dabei mithalfen und zu solchen Preisen arbeiteten, verdienten vollends ihr Schicksal! Sprach mir der Graf von solchen Zuständen, um mich auf Umwegen von einem Beruf wegzulenken, wo die Besten, wenn sie nicht mit Vermögen gesegnet sind, in die Notlage kommen können, entweder zu hungern oder für Hausknechte unwürdige Ware zu machen? Er hatte mich bisher doch nicht zu entmutigen versucht? Diese Wirkung seiner Schilderung schien er denn jetzt auch selber zu vermuten; er fuhr nämlich fort: Mißdeuten Sie meine Worte nicht! Ich möchte nichts weniger, als Ihnen Lust und Mut zu einer tapferen Sache rauben. Denn eine tapfere Sache ist die Kunst wie keine andere. Ein schwacher Mensch möchte freilich entmutigt werden, wenn er hört, was es in unserem Deutschland für schnurrige Unternehmungen gibt, die die höchsten Bestrebungen in der Wurzel schwächen und wurmfräßig machen. Zum allergrößten Teil sind freilich die Künstler selber daran schuld. Warum vereinigen sie sich nicht zu einer großen Genossenschaft, die Handel und Wandel des Kunstmarktes besorgt, dem Einzelnen in drängender Not beisteht und jeden nach Möglichkeit sichert vor solchem Schachervolk, das die Künstlerschaft um Zeit und Kraft und Geld betrügt und den Stolz des einzelnen öffentlich oder geheim demütigt? Freilich, in keinem Stand der Welt sind Uneinigkeit und Eigensucht, Ehrneid und Brotneid dicker und häßlicher verbreitet als unter den Malern; und um einen Lumpenlohn arbeiten sie, wie es wieder kein anderer Stand, auch in der Not nicht, tun würde. Und wenn sie wenigstens Scham dabei empfänden; aber jeder malt eitel und breit seinen Namen unter das käufliche Zeug hin, das er später einmal, wenn er zu Ansehen kommt, sicher am liebsten verleugnen würde, zeugte nicht seine Unterschrift gegen ihn. Unter der ganzen Sammlung meines Dieners ist ein einziger, der nur mit zwei Anfangsbuchstaben zeichnet. Wir wissen heute noch nicht, wer er ist; er verbirgt sich hinter seinem Stilllebenkram geheimnisvoll wie Shakespeare hinter seinen Werken, streicht von meinem Diener jeweils sein Zehnmarkstück ein, ohne daß dieser wüßte, mit wem er's zu tun hat, und sagt nur, er müsse zu leben haben, um die großen Werke, woran er arbeite, vollenden zu können, ohne seinem innersten Fühlen etwas zu vergeben.

Ich dachte hier unwillkürlich an Pellegrini; oder gab es am Ende noch mehr solcher Käuze in der Stadt? Der Graf aber fuhr fort: Wer weiß, ob da nicht mein Johann einen Velasquez heranfüttert, der sich vorläufig mit elendem Bilderkram bei Hausknechten durchhelfen muß, weil er noch keinen Hof oder Adel zu Gönnern hat?

Er lächelte bei diesen Worten; denn er glaubte daran wohl selber nicht; dann sagte er: Es ist schon spät, und ich halte Sie auf. Haben Sie Zeit? Darf ich Sie zu Tisch bitten?

Wir verließen das Kaffeehaus, nahmen einen Wagen und fuhren zur Wohnung des Grafen.

Und er verschonte mich nicht vor der Folter, wie er's nannte, und führte mich wirklich in die Galerie seines Dieners. Drei Wände des Raums waren annähernd vollgehängt, alle dreireihig mit lauter kleineren Bildern. An der einen hingen nur die Früchte- und Getränkestilleben; an der folgenden lauter Sennerinnengesichtchen oder Hüterbuben- und Jägerköpfe mit blitzenden Augen, aufgezwirbelten Schnurrbärten, Spielhahnfedern auf den grünen Hüten oder die Pfeife in der Hand. Solche erhandelte der Mann für fünfundzwanzig Mark von den Künstlern, im besten Fall für dreißig, weil sie sicherer abgingen als die Stilleben, und verkaufte sie für hundertzwanzig, hundertfünfzig, ja, auch wohl einmal für zweihundert Mark, wenn gerade, wie er sagte, eine recht dicke Fliege auf den Leim ging. Die dritte Wand wies nur Landschaften auf, und es herrschten hier Schnee-, Alpen- und Seefarben vor, und nur ab und zu wollte sich in diesem Weiß- und Blaugeschwader eine Abendröte bemerkbar machen; diese gingen schon nimmer so richtig, sagte der Diener, und so lasse er sie eingehen oder nur noch auf feste Bestellung anfertigen. Was die vierte Wand betreffe, so denke er da ein neues Gebiet zu bebauen, von dem er sich eine gute Ernte verspreche; am besten seien wohl Ansichten der Stadt, besonders ältere Tore, Türme, Kapellchen, die doch vor den Neubauten bald einpacken und sich fortdrücken müßten, deshalb aber für die Heimischen wie für die Fremden eine willkommene Erinnerung sein würden. Doch lasse er sich darüber noch keine grauen Haare wachsen, wennschon er nun bald daran denken müsse, wie er diese leere Wand nutzbar mache. Unterdessen hatte der Graf von der Landschaftswand ein kleines Bildchen weggenommen und ging mit mir ins Speisezimmer,

wo er noch ein anderes abhängte und dann beide auf ein
Fenstergesims stellte. Er hieß mich Platz nehmen und
entschuldigte sich lächelnd, daß er mich in diese Folter-
kammer geführt und mir damit möglicherweise die Eß-
lust verschlagen habe. War das nun zwar nicht der Fall,
da mich dies ziemlich gleichgültig gelassen hatte, so war
ich während des Essens ordentlich einsilbig, ließ mich
maschinenmäßig zum Zugreifen nötigen und mochte
dem Grafen als ein recht trübseliges, bedrücktes Bild-
stöckchen erscheinen. Doch hätte ich selber nicht sagen
können, was mich ablenkte und mir die Gedanken um
den Kopf flattern ließ wie aufgestörte Tauben um den
Futterplatz. Allmählich aber wurde mir's leichter und
heller im Gemüt, wie wenn mich eine auffahrende Wolke
über eine schwere Dunsthülle emporgetragen hätte, in
der ich soeben noch zu atmen gezwungen war. Auch der
Graf schien mit einem Mal munterer, obschon er es bis
dahin nicht an Unterhaltung hatte fehlen lassen; sein Gesicht nahm eine mittägige Helle an; er ließ das Auge von
einem Gegenstand zum andern laufen und schmückte
jeden mit einer blumigen Bemerkung oder einer frohen
Erinnerung, oder er hängte daranhin ein Geschichtchen
des Verfertigers und pflanzte mir so die Wurzeln der Teilnahme dafür ein, während mir sonst diese Dinge hätten
gleichgültig bleiben mögen, wie so manche andre auch.

Wir saßen beim Kaffee. Der Graf holte vom Fenster-
sims die beiden kleinen Gemälde und legte sie auf den
Tisch. Das er aus der Sammlung des Dieners genommen
hatte, hieß er den Vertreiber. Es trug diesen Titel auf
einem Metallschildchen am Rahmen und stellte eine
niedliche Landschaft dar, aber von so zarter und glatter
Mache, daß ich dieser allein den Ursprung des bösen
Übernamens zuschrieb. Daneben ging nun das zweite
weder in Stoff und Auffassung noch nach Farbe und Pin-

selführung im geringsten mit jenem überein. Ich ahnte nicht, was der Graf mit den beiden Bildchen wollte; er aber sagte: Hier setze ich ein Goldstück zur Wette – und er legte die Münze auf den Tisch –, nun erraten Sie mir auch nur annähernd das Verhältnis der beiden Bilder zueinander. Ich habe beide eben dieser sonderbaren Beziehung wegen gekauft, den Vertreiber aber meinem Diener in die Sammlung gehängt, der ihn jedoch nicht verkaufen darf; Liebhaber hätte er freilich schon öfter dafür gefunden. Nun, getrauen Sie sich, das Geheimnis zu raten? Dessen mochte ich mich nun nicht wohl unterfangen, obschon ich einigermaßen neugierig auf den Zusammenhang der beiden ungleichen Bildchen geworden war. Da ich aber mit tausend Ratereien tausendundeinmal danebentappen konnte und am Ausgang der Sache mir wenig lag, schien mir's klug, einmal das Unwahrscheinlichste als wahr anzunehmen, und ich sagte, die Bildchen stammten wohl beide vom selben Künstler her, so wenig sie auch äußerlich übereingehen mochten.

Der Graf schob mir das Goldstück zu. Sie haben ihr allgemeines Verhältnis entdeckt, sagte er; nun will ich Ihnen dazu auch noch das Besondere erzählen. Sie können es einen Beitrag zur Geschichte der Sonderlinge nennen und mögen meinetwegen dann auch mich zu diesen zählen.

Ich habe den Maler der beiden Bildchen, einen jungen Menschen, vor etwa zwei Jahren zuweilen bei mir gesehen und hatte an seinem Wesen und Treiben immer ebensoviel Freude, wie ich für sein mißliches Schicksal, wenn ich es so nennen darf, bedauernde Teilnahme empfand. Er verscholl mir dann, ich weiß nicht warum, und was ich kürzlich über ihn zufällig erfuhr, ist traurig genug, scheint aber leider mit seinem Verhältnis zu seinem Vater in Verbindung zu stehen, wenn auch nur in mittelbarer. Dieser Vater, ein sehr wohlhabender Kaufmann in Bremen, der eher den künstlerischen Neigungen des Sohns als den eignen engen Wünschen hätte nachgeben sollen, wollte ihn nach alter Familienübung zum Kaufmann bestimmen, wie denn oft genug die Väter, die es mit ihren Kindern am besten zu meinen glauben, ihre Feinde und Zerstörer werden. Ich verstehe es, wenn aus solchen Ursachen der Unglückliche, dem man die Wege der natürlichen Veranlagung sperren will, zum Verbrecher wird, sei's auch nur am guten Ruf des Hauses oder am Vermögen oder an seinen eignen besseren Kräften, über die ihm niemand zu befehlen hat. Der Alte gab schließlich dem Drängen von Mutter und Sohn nach, doch schloß er an die vorläufige Erlaubnis die närrische Bedingung, daß ihm der Sohn monatlich mindestens eine kleine Landschaft einsende, zum Zeugnis, daß er gut und fleißig arbeite. Wie schnurrig hat mir damals der junge Maler erklärt, was sein Vater unter guter Malerei verstehe! Sie kennen ja den Geschmack unserer besseren bürgerlichen Gesellschaft, die ihren Bedarf an Kunstwerken, um einmal kaufmännisch zu reden, am vorteilhaftesten bei meinem Diener decken würde; dieser Herr Vater aber legte seinem Sohn auf, seine monatlichen Landschaften mit dem Vertreiber zu malen, einem buschigen Dachspinsel, mit dem er die gröberen Pinselstriche, vorzugsweise des Himmels und der Ferne zu einer süßlichen Glätte vertrieb und verwischte, worauf dann der kunstsinnige Kaufherr dem Sohn den Monatswechsel einsandte, und zwar knapp genug bemessen, um ihn einigermaßen kurz im Zaum zu halten.

Hier die kleine Landschaft nun schickte der Maler einen oder zwei Tage zu spät ein, worauf der Vater erbost das Kunstwerkchen ohne weiteres zurücksandte, zugleich aber auch den Monatsbetrag vorenthielt und so den Sohn in Not setzte und zum Schuldenmachen trieb. Eben in jenen Tagen lernte ich diesen kennen, und als ich von dem Vertragsverhältnis hörte, nahm ich dem Maler wegen dieser Absonderlichkeit das Bildchen ab und ermunterte ihn, mir einmal etwas Gutes zu zeigen, das nicht mit dem Vertreiber gemalt zu sein brauche. Darauf brachte er mir eines Tages dieses zweite Bildchen, das ich als einen feinen Kunstschatz werthalte, so skizzenhaft es auch anmutet; es hängt aber daran, wie er mir erzählte, noch mehr als am andern eine kleine Leidensgeschichte des Künstlers.

Als er eines Abends hungrig sich zu Bett legen will, sieht er im Haus gegenüber ein Ehepaar bei unverhängten Fenstern zur Ruhe gehen. Die Frau, ein mageres Gerüst, wie sie hier gemalt ist, nimmt ein Bad und liest auf einem über die Wanne gelegten Bügelbrett in der Bibel, während der Mann, fett und klumpig wie ein Flußpferd, sich im halbdunklen Hintergrund ins Nachtgewand steckt. Dieses Begebnis zeichnet der Künstler rasch im gröbsten am dunklen Fenster auf und setzt es andern Morgens fröhlich in Farbe, nur das Allernötigste, aber in so frischer Meisterschaft, wie Sie's hier sehn. Einige Tage später fällt der Geburtstag des Vaters, wozu der Maler arglos ein Übriges zu tun gedenkt, indem er das Bildchen fein eingerahmt und unter Glas, wie es der Alte liebt, nach Hause schickt, in heimlicher Erwartung einer klingenden Anerkennung auch außerhalb der üblichen Monatsmalerei. Aber erst lange Wochen später, wo er die Gabe bereits vergessen hat, und zwar genau am Geburtstag der Mutter, erhält er ein Zeichen von zu Haus: ein Paket, das er erwartungsvoll öffnet. Doch schält er daraus das Unerwartetste heraus, nämlich unter gewaltsam zersplittertem Glas das lustige Nachtbild mit einem zornigen Brief des Vaters: wie er sich unterstehen könne, auf diese Weise seine guten Eltern zu verhöhnen, obendrein in solch oberflächlicher unflätiger Pinselei, die aller edlen Kunstübung ins Gesicht schlage? Dafür solle ihm fortab der Monatswechsel um zwanzig Mark beschnitten werden, bis er wieder Vernunft und gute Sitte lerne, wenn er nicht vorziehe, dem unsichern Künstlerwandel abzuschwören und ins väterliche Geschäft einzutreten, das ihn menschenwürdig nähren und auch zur anständigen Gesellschaft zurückführen werde.

Ich besitze diesen Brief noch; der Maler schenkte mir ihn, und er gilt mir als eine Art Kaufurkunde des Bildchens. Den Künstler traf ich aber nur selten noch und leider nicht bei mir zu Haus, obschon ich ihn gerne leiden mochte und wiederholt eingeladen habe. Wie ich höre, malt er jetzt nicht mehr, soll sich auch dem Trunk ergeben haben, und selbst seine Freunde setzen wenig Hoffnung mehr auf ihn. Ich habe einmal mit wohlgemeinten Ratschlägen an seinen Vater geschrieben und dem Sohn dabei das Wort geredet; der eigensinnige Kaufherr hat mich aber keiner Antwort gewürdigt.

Dies und ähnliches erzählte der Graf und schien an den Begebnissen jeweils Wert und Liebe zu dem Gegenstand zu messen, von dem er gerade sprach, und auch ich freute mich des persönlichen Verhältnisses, in das er solcherweise zu seinen Besitztümern gekommen war. Zum Schluß brachte er noch ein mit Blei gezeichnetes Bild eines älteren Herrn, eine gute Arbeit. Sie mochte einen alten Edelmann darstellen, riet ich auf den ersten Blick, und so war es auch. Er trug eine gestickte Hausmütze in Form eines Fezes; neben seiner kurzen knolligen Nase saßen zwei fuchskluge helle Äuglein; der Mund war von einem weißen Schnurr- und Knebelbart in die Mitte genommen und darunter fast unauffindbar. Es mochte ein schnurriger Sonderling, etwa ein polternder alter Marquis sein, wie man ihn wohl in Lustspielen findet. Der

Graf ließ sich über ihn nicht genauer aus und nannte ihn im Lauf des Gesprächs kurzweg den baron pétomane; ich verstand aber nicht, was er damit meinte, wie ich auch nicht weiter nachfragte, obwohl ich eine heitere Geschichte des Sonderlings erwartet hatte. Er habe mit dem Manne gezwungenermaßen einige Zeit verkehrt, sagte er; auf die Dauer sei das aber nicht angegangen, wie jener sich denn überall in der Gesellschaft unmöglich gemacht habe; gute Herkunft und schlechte Erziehung vertrügen sich eben nicht. Der Zeichner des Bildes, ein etwa 28jähriger Mensch, sei ordentlich begabt, nur müsse man befürchten, daß er nie ein eignes Gesicht in seiner Kunst zeigen werde, insofern er mit ungewöhnlichem Geschick alle erdenklichen Vorbilder nachahmen könne und denn auch in seinen eignen Bildern – und nicht zum Scherz nur, sondern eben aus Charakterschwäche – immer den abschreibe, der gerade besonders in Ruhm und Mode stehe oder Marktwert und -gängigkeit besitze. Solche Bedientenseligkeit tauge aber nichts in der Kunst, die ganze und herrische Männer verlange, heute mehr als je, und wo es rühmlicher und wertvoller sei, als eigenmächtiger Kopf Hungers zu sterben, denn als glatter Aal sich durch Gunst und Gold zu schlängeln, wie es dieser Künstler bereits übe. Ich las seinen Namen auf der Zeichnung, wo er in geschmeidigem Zug sehr sichtbar angebracht war, nahm ihn aber nicht ernster wahr und vergaß ihn bald. Das Gesicht des alten Barons aber blieb in mir haften.

Der Diener brachte Schnäpse und Liköre und übergab seinem Herrn die neueste Zeitung. Während der Graf diese eilends überlief, ich aber an einem süßen Likör sog, fiel mir auf der hergekehrten Seite des Blattes eine kurze Nachricht ins Auge, und ich las sie ahnungslos. Sie lautete: Der neulich bei einem nächtlichen Raufhandel schwer verwundete Zuhälter ist, ohne das Bewußtsein wieder erlangt zu haben, seinen Verletzungen erlegen. Ich trank mein Gläschen aus und schickte mich an, zu gehen. Der Graf lud mich ein, ihn bald wieder zu besuchen. Ich versprach es ihm und ging; es sollte aber das letzte Mal gewesen sein, daß ich ihn in seinem Hause sah.

Siebzehntes Kapitel

Am folgenden Tag ging ich, wie verabredet war, zu Pellegrini, voll unruhiger Neugier, einmal seine vielberedeten Bilder zu sehn und weil er mir doch auch das Geld zu geben versprochen hatte. An der Flurtür der Wohnung, die er mir bezeichnet hatte, fand ich kein Namenszeichen von ihm, was mich etwas stutzig machte; doch nahm ich gutgläubig an, er wolle sich auf diese Weise vielleicht störende Besuche fernhalten. Ich mußte dreimal läuten und war schon im Begriff wieder zu gehn, als ich drinnen ein schlurfendes Geräusch vernahm, aber nur für kurz, etwa zwei, drei Schritte. Ich blieb also und läutete zum viertenmal. Endlich wurde ein Riegel zurückgeschoben und geöffnet, und ich stand vor einem währschaften Fleischberg von Frau, wie ich dergleichen nie gesehen hatte; sie füllte den ganzen Türrahmen aus, nicht ein Bleistift hätte sich daneben durchschieben lassen. Ich grüßte, hatte aber kaum Pellegrinis Namen genannt, als sie mich eintreten ließ und mich vor sich her in ihr Wohnzimmer hineinschob, selber aber, indem sie mich Platz nehmen hieß, wie ein Panzerturm in der Zimmertür stehenblieb, als wenn sie mich in ihrer Festung belagern wollte. Doch verschnaufte sie sich nur ein wenig, da sie ordentlich von Atem gekommen war, und holte endlich Luft und sagte:

So, so? Zum Herrn Pellegrini wollen Sie? Ganz recht, ja! Sehn Sie, Herr: Das ist schön und freut mich, daß Sie zum Herrn Pellegrini wollen; ja, gewiß: Das freut mich, oder glauben Sie, ich tät' es sonst sagen? Verstehn Sie; das schafft mir immer Unterhaltung, wenn einer zum Herrn Pellegrini will, und gibt Bewegung, was ich ja wohl brauchen kann und vom Arzt aus auch brauchen sollte, aber halt aus eignem Trieb nicht immer fertigbringe. Man wird eben bequemer mit den Jahren, verstehn Sie, und es wird Ihnen ja auch so gehen, wenn Sie einmal in meinem Alter sind, und ich gönn' es Ihnen ja gern, das heißt, daß Sie auch einmal so alt werden, wie ich, aber ohne meine Sorgen, verstehn Sie? Aber das ist jetzt so eine Sache, Herr, das Zum-Herrn-Pellegrini-Wollen. Der Herr ist nämlich nicht da oder, daß ich's recht sage: Der Herr Pellegrini wohnt nimmer bei mir, und ich kann Ihnen augenblicklich auch nicht sagen, wo er wohnt; was weiß ich? Weil er mir's doch selber nicht gesagt hat und wohl auch, wenn ich ihn recht kenne, schon oft wieder umgezogen sein wird. Er schickt mir ja freilich ab und zu ein Lebenszeichen, aber was für eins? Allemal ein lebendiges, wie Sie; und frag ich's dann, was es will, so sagt eins wie das andere: Geld vom Herrn Pellegrini; das Liedel kenn ich Ihnen, mein lieber Herr. Und ein Geld wollen gewiß auch Sie; sonst wären Sie nicht da bei mir, wo er Ihnen gesagt hat, daß er wohne, und er hätte Sie ruhig in seine richtige Wohnung bestellen können; Sie hätten's auch nicht gekriegt. Haben Sie ihm halt auch eins geliehen? Wieviel macht's denn, wenn ich fragen darf? Daß ich's aufschreiben kann und zum übrigen zählen, was andere von ihm guthaben, die alle schon bei mir gewesen sind, eine richtige Wachtparade, Herr, nur ohne Musik. Geld wollen Sie? Ja, das wird schwerhalten, Herr; das wird wirklich schwerhalten. Ja, wenn's nicht eben vom Herrn Pellegrini wäre...!

So sprach sie unaufhaltsam und atemlos und wälzte sich jetzt ins Zimmer hinein, wo sie zwei Abreißkalender von der Wand nahm und auf den Tisch vor mich hinlegte. Eine Anzahl Blätter davon zeigten aufgeklebte rote Zettel, die wie Fähnchen heraushingen und jeder einen Namen und eine Zahl, untendran aber den Monatstag verzeichnet trug. Sie wies mir einen nach dem andern und sagte schließlich: Sehen Sie, Herr, wenn Sie jetzt so freundlich wären und mir auch Ihren Namen nennen möchten und wieviel Sie von meinem Herrn Pellegrini guthaben, so wollte ich Ihnen auch so einen roten Zettel dahineinkleben, wie Ihren Herren Vorgängern, und das Schuldbüchlein des Herrn Pellegrini wäre wieder um einen Grad vollkommener, und es liegt mir schon was dran, daß es das wird, weil ich halt gar so viel Geduld mit dem Herrn Pellegrini gehabt habe, zuerst ein paar Monate: Nun, er wird schon zahlen, hab' ich mir gedacht; er wird gewiß zahlen, weil er's doch so schön verspricht, und in Verlegenheit kann ja ein junger Mensch wohl einmal kommen; wie es dann sieben Monate gewesen sind: Sieben Monate sind eine heilige Zahl; im achten zahlt er die sieben gewiß, hab' ich mir gesagt; es sind zwölf geworden; dreizehn ist eine Unglückszahl, sag ich mir; hab Geduld, bis er drüber weg ist, sonst mußt du am Ende noch alles verlieren; es sind siebzehn geworden; der Herr Pellegrini ist ausgezogen und hat hoch und heilig versprochen zu zahlen und mir jeden Monat ein Lebenszeichen zu geben. Da sind sie, die Lebenszeichen, und Sie sind auch so eins; also darf ich Ihnen so einen roten Zettel einkleben? Gäb' halt gar so eine schöne Sammlung! Seien Sie so gut. Und wieviel macht's denn, lieber Herr?

So redete mir die dicke Frau Trost zu, ich aber saß da und ärgerte mich nicht wenig über die erbärmliche Art, mich zu nasführen, und über das gebrochene Versprechen des windigen Tirolerleins, obschon ich nicht so sehr um des Geldes als um seiner Bilder willen gekommen war. Ich sagte ihr dies etwas unwillig, erhob mich und schickte mich zum Weggehn an. Aber mein Versuch, gegen den Fleischturm vorzurücken und einen Ausfall zu machen, mißriet fürs erste; die Frau schien nur noch dicker und breiter zu werden, als sie meinen Fluchtplan merkte, und begann mit eingestemmten Armen und mit neuen Reden mich von der Tür fernzuhalten. Jawohl: Seine großen Bilder wollen Sie sehen; ganz recht, Herr. Ja, da sind Sie freilich auch nicht der erste; aber ein Geld möchten Sie halt auch von ihm; so nebenher, ganz wie die andern Herren, die immer seine großen Bilder sehen möchten. Alle sagen: Bilder; und alle möchten Geld! Ja, die großen Bilder, Herr, die hätt' ich gern selber einmal gesehen, weil er immer so viel davon gesprochen hat, er wolle sie malen, wenn ich ihm nur noch einen Monat die Miete stunden möchte. Aber Sie täten mir doch leid, Herr, wenn Sie gar so vergeblich einen Metzgergang gemacht hätten. So nehmen Sie halt noch ein Weilchen Platz und tragen Sie mir die Ruhe nicht aus dem Haus mit Ihrer Ungeduld; bitt' schön, gelt? Ich will Ihnen gleich was zeigen, was er gemalt hat, mein Herr Pellegrini; im Augenblick, Herr, im Augenblick!

Damit wälzte sie sich an mir vorbei ins nächste Zimmer, rollte aber gleich wieder daher mit einem Bildchen, kaum so groß, ihr den halben Busen zu decken, vor dem sie es wie einen Schild trug. Das wär' also eins von seinen großen Bildern, Herr. Er hat mir ihrer drei zurücklassen müssen, weil er die Miete nicht gezahlt hat. Was meinen Sie, daß so ein bissel farbiges Viereck wert sein soll? Große Sprüche hat er mir ja alleweil gedreht, mein Herr Pellegrini; aber fünfhundert Mark: Es denkt Ihnen kein Mensch im Traum dran! Er bringt das Zeug immer zu einem Bilderjuden in der Stadt drinnen und läßt sich zehn Mark dafür geben, hör ich. So hätte ich denn dreißig Mark für anderthalb Jahr Miete, weil ich immer so gutmütig wieder zugewartet hab', wenn er mich recht artig eingeseift hat mit Hoffnungen und Aussichten aus allen vier Winden. Ist einer ein geschlagenes Wesen, wenn er den Menschen traut, obendrein dem Malervolk; aber was wollen Sie: Der Schwindel ist einmal in der Welt, und der

Herrgott hat's wohl so haben wollen; wird also schon gut sein so …

Sie hielt einen Augenblick inne, wie um zu verschnaufen; ich gab ihr das Bildchen zurück, in welchem ich sogleich ein Zwillingsgeschwister jener andern bei Kistenfeger und beim Grafen erblickt hatte, und machte mich bereit, Flur und Flurtür zu gewinnen; sie hielt mich aber am Arm zurück und setzte sich in einen Lehnstuhl, aus dem sie wohl kaum vier Gäule hätten hochziehen können. Sie saß in ihrer ganzen Fülle und Schwere, und mir war immer, da ich so vor ihr stand, die Fleischlawine könnte jeden Augenblick niedergehen und mich unter sich begraben. Doch kam ich glimpflicher davon; sie fragte nur, was denn nun im Ernste die drei Bildchen wert seien. Sechzig Mark, sagte ich, könnte man unter Brüdern dafür verlangen; besondere Liebhaber würden vielleicht gar für jedes einzelne soviel zahlen. Unter dieser Trostrede gelangte ich jenseits der Schwelle und gewann die Flurtür, während die Dicke sich vergeblich mühte, aus dem Sessel hochzukommen. Zu ihren Füßen lag einer der Abreißkalender, den sie im Vorbeigehen mit ihren pampelnden Hüften vom Tisch gestreift hatte. Zum Glück war mein Name nicht verzeichnet in diesem Buche, worin eine geprellte Mietsfrau das Andenken an ihren Mieter so treu wachzuhalten bestrebt war.

ACHTZEHNTES KAPITEL

Monate lebte ich nun schon in der Hauptstadt und hatte mich ordentlich an den Gedanken gewöhnt, sie zu meinem Weideplatz zu machen, da ich bisher so leidlich meine Äsung dort gefunden hatte. Nur ging immer ein inneres Unbehagen nebenher, über das ich mir nie ordentlich Rechenschaft abgelegt hatte; andrerseits war ich nicht entschlossen genug, es gewissenlos zu verabschieden und meines Weges leichtfertig zu wandeln, ohne rechts oder links zu blicken. Vor allem aber hatte ich zu einem sicheren Berufe und einer rühmlicheren Tätigkeit, wie ich sie mir vom Besuch der Kunstschule einst erträumt und meinen Vater damit hatte zufriedenstellen wollen, noch keinen Schritt vorwärts getan. Und als mich eines Tages wieder heftiger als gewöhnlich eine Unruhe über meinen Leichtsinn befiel und mich zwang, einmal der Wahrheit Blick in Blick zu sehn, ob ich vor ihr bestehen könne, da sah meine Sache nichts weniger als glänzend oder auch nur beruhigend aus. Denn was konnte ich als festen Besitz buchen? und als Grund, auf den ich hätte bauen können? Mein Verhältnis zum Grafen war ein Glücksfall, der ebenso leicht einen andern treffen und an mir hätte vorübergehen können; oder der doch gar keine Bürgschaft der Dauer in sich trug. Der fördersame Mann sammelte vielleicht eine Anzahl guter Blätter von mir für seine Wände oder seine Mappen, mußte aber doch nicht ständig eine Abladestelle für meine Erzeugnisse bleiben! Noch unsicherer war meine Verbindung mit Kistenfeger, und seit ich seine Machenschaften mit Pellegrini kannte und ihn auch mit meinen Arbeiten schon auf Schleichwegen getroffen hatte, schien mir's sogar ratsam, mich sobald wie möglich wieder von dem dunklen Handel zurückzuziehn. In Ansehung ihres bisherigen Gewinns bedeuteten diese Beziehungen für mich eigentlich eine Verschwendung, wie ich sie mir bei meinen knappen Mitteln nicht erlauben durfte. Meine Jugend rechnete vielleicht mit der Fülle an Zeit, die sie vor sich sah und die mir erlaubte, in einer augenblicklichen Notlage Arbeiten, an die ich lange Stunden guter Lust und Begabung gewendet, um einige Mark wegzugeben und mit noch nicht einem halben Taglohn eines bescheidnen Arbeiters zufrieden zu sein. Ich sah mich dadurch doch in der Sicherheit, wieder Tage und Wochen verschwenden zu dürfen, um – ? nun, um wieder und wieder gute Arbeiten um ebensolchen Lumpenlohn fertigen zu können. Aber auch mit dem Trödler, wie mit dem Grafen, konnten meine Geschäftsbeziehungen, wie dürftig sie auch für mich und wie günstig sie für ihn waren, jeden Tag enden. Vielleicht zwang er mich eines Tages, für ihn Stilleben zu malen für zehn Mark, wie Pellegrini, der möglicherweise früher kein geringeres Streben als ich gehabt hatte und, wer weiß auf welchem Wege, in jene Lage gekommen war, die mir weiland seine Hauswirtin, der Fleischturm, geschildert hatte; und das hieß, so wie ich die Dinge des Kunsthandels bisher kannte, vom Grafen auf den Bedienten kommen, nur, um das bißchen unrühmlichen Lebens mit Augenblicksgenüssen weiterzufristen. Was denn nun aber anderes? Sollte ich, meiner besseren Begabung zuwider, den Hauslehrer spielen, meine bescheidenen Sprachkenntnisse ausschlachten und meinen Schülern den Gelehrten vortäuschen, während ich mich in den Unterrichtsstunden selber erst noch bildete? Das Leben hat seine tausend schillernden Farben und Gestalten, und ich kannte solche Käuze! Nein, es gab keinen andern Weg, als in der Richtung meiner Fähigkeiten; ich bedurfte handwerklicher Übung und eines bestimmten Maßes von Fertigkeiten, aus denen ich, wie jeder andre Arbeiter, einen sicheren Lohn ziehen konnte, während ich im gegenwärtigen Zustand meine geschickte Hand aufs Geratewohl abmühte und ausbeutete, solange es eben glücken mochte. Aber die Kunst war kein Bäckereibetrieb, daß sie ihre ständigen Abnehmer haben mußte, die des Leibes Notdurft stillen und leben wollen.

Noch warm von diesen Betrachtungen ging ich zum gutesten Egon und fragte ihn, ob er mich im Steindruck unterweisen wolle. Das kurze Männchen machte ein langes Gesicht und legte einen Augenblick den Stift aus der übereifrigen Hand. Den Steindruck lernen? fragte er. Ja, wenn Sie gesagt hätten: den Holzschnitt, so wollte ich zuraten. Wollen Sie denn den umgekehrten Weg machen wie ich und vom freien Künstler zum Arbeiter und Handwerker werden? Ich fürchte, Sie sind als junger Mensch kaum gefestigt und sicher genug, um nicht das Beste, was Sie hier leicht erworben haben, im Handwerk des Großbetriebs, der uns das Unerlaubte zumutet, rasch wieder einzubüßen. Wüßten Sie, wie schwer ich von den Anschauungen meiner früheren Tätigkeit loskomme, wenn es mir überhaupt je gelingt, so stünden Sie gewiß von Ihrem Plane ab; Sie müßten denn durch die äußeren Umstände dazu gezwungen sein.

Ich war zu stolz oder zu dumm-eitel, ihm zu gestehen, daß hier der Haken sitze; ich wollte vor ihm als der freie Herr und Künstler gelten, der ihm eher Gunst und Mittel zuwandte, wie noch kürzlich, wo ich bei ihm Unterricht genommen, als zu sagen, ich müsse zum Arbeiter niedersteigen, um den Künstler in mir zu retten. Also log ich ihm vor, mein Vater wünsche von mir eine gute handwerkliche Übung auf mehreren Gebieten und finde dazu die Arbeit in einem größeren Geschäft am tauglichsten, um mich für alle Wechselfälle gesichert zu sehen. Ja, ja, sagte der kleine Sachse nachdenklich: Die Väter meinen es immer besser mit uns, als sie sollten. Der meine hat das leider auch getan. Sie halten unsereinen für ihresgleichen und glauben, sie täten das Beste, wenn sie uns auf ihrem eignen Weg einen Schritt vorwärts schieben, während wir von Anfang an in ganz andre Richtung gewiesen sind. Aber wenn Sie schon wollen, so kommen Sie morgen gegen Mittag; zu andrer Zeit bin ich beschäftigt und keine halbe Stunde frei.

Ich kam jedoch den andern Tag nicht. Man hatte mich noch einmal vor den Richter geladen, weil durch den Tod meines Gegners, hieß es, meine Sache eine andere Wendung genommen habe, was mir nun freilich nicht einleuchten wollte. Erst mußte ich über zwei Stunden warten, bis ich vorgerufen wurde, dann fragte man mich noch einmal über alles Erdenkbare und stellte mich auch wieder den beiden Mädchen gegenüber, von denen Golly sich immer noch weigerte, ihren Namen zu nennen, obwohl sie die Zeit her in Haft behalten worden war. Der Richter aber wußte mehr, als sie glauben mochte, und als er ihr nun sagte, wie sich's mit ihrer Person verhalte, nämlich, daß ihr Vater seit dem Zusammenbruch seines Geschäftes in Zürich wohne und sie als Minderjährige der Stadt verwiesen und in die Heimat abgeschoben werden könne, wenn sie sich weiterhin vor den Behörden ungebärdig benehme, da begann sie weinend alles auszusagen, und zwar genau so, wie ich es auch geschildert hatte. Der Richter gab mir hierauf die Versicherung, daß durch diese Aussage meine Lage sich bedeutend gebessert habe, und Tags darauf erhielt ich die Nachricht, meine Verfolgung sei eingestellt. Ich eilte aufs Gericht, wo ich meine Waffe, den Hausschlüssel, gegen eine Empfangsbescheinigung ausgeliefert bekam; auf dem Heimweg warf ich ihn im Park in den Fluß; hatte ich doch an meinem verwundeten Don Quijote Erinnerungszeichen genug an die schlimme Nacht.

Von dieser Sorge befreit, die mich doch zu Stunden alpmäßig bedrückt hatte, warf ich mich eifriger als je, eben als begänne ich ein neues Leben, das mir geschenkt worden, auf meine vorgenommene Tätigkeit und begann auch die neuen Übungen. Der Sachse gab mir freundlich und geduldig jede Unterweisung: von der Behandlung des Steins, von der Zeichnung mit Tusche, Kreide oder der Nadel in den Asphaltgrund bis zum Ätzen und Abziehen der Arbeit. Und es erfüllte mich mit Freude und kindlichem Jubel, die erste eigene Zeichnung vom Kalkstein abnehmen zu können. Es war dies ein Bild des heimatlichen Hofes, den ich aus dem Gedächtnis mit allen Gebäuden und den ihn umgebenden Bäumen, in der Ferne die Alpen, auf den feingekörnten Stein hingezeichnet hatte, den Stift sorglich gelenkt vom Heimweh, so daß alle Liebe zu dem Fleckchen Erde mich aus dem Bild anblickte; selbst Nero, den Hofhund, hatte ich nicht vergessen, im Vordergrund auf die Straße zu legen. Eine Widmung an meine Schwester schloß die Arbeit ab. Da ich aber gleich hernach den Stein zu fernerem Gebrauch abschliff, blieb dies der einzige Abzug davon, und der geschäftskluge Sachse fragte mich denn auch mit freundlichem Vorwurf, wie ich nur so leichtfertig ein feines Werklein habe vernichten können.

Kaum fühlte ich mich in den äußeren Handhabungen einigermaßen geläufig, so ging ich in die große Druckerei, wo der guteste Egon bis vor kurzem noch gearbeitet hatte. Man verlangte Zeugnisse über meine Leistungen oder aber Proben. Da mich aber auf Grund der letzteren der Geschäftsführer nicht einstellen wollte, bat ich ihn, mich einen halben Monat probeweise aufzunehmen und erwähnte dabei auch den Sachsen, der mich unterrichtet und an das Geschäft gewiesen habe. Da sagte man zu, und so stand ich des andern Morgens im Zeichensaal der

Druckerei, spitzte meine Kreiden und fertigte mit fast lächerlicher Bravheit die Zeichnungsplatte zu einem Zigarettenplakat: einen rauchenden süßen Backfisch, dem ich nach Kräften die Züge Tessas zu geben mich mühte; und als ich bald auch die vier Farbenplatten fertig vorwies, wurde ich mit einem Wochenlohn von achtzehn Mark eingestellt, bei elfstündiger Arbeitszeit. Ich strich diesen Betrag aber nur ein einziges Mal ein und sah im Geschäfte selber die Vollendung des Plakats nimmer, obschon ich noch fast die ganze zweite Woche dort arbeitete. Es traten nämlich plötzlich und gleichsam aus dem Hinterhalt Ereignisse ein, so feindlich und bedrohlich, daß ich ihnen weichen zu müssen meinte. Sie endeten meine neue gesicherte Lebenslage, und bald war ich unsicherer und gefährdeter als jemals, seit ich die Stadt betreten hatte. Oder ich glaubte es wenigstens.

Neunzehntes Kapitel

Seit ich in der Druckerei arbeitete, war ich auf meinem
Gang dorthin morgens immer am Kunstsalon Kistenfegers vorbeigekommen. Eines Tages wunderte ich mich,
daß das Männchen nicht, wie sonst, in aller Frühe schon
auf seinen kurzen krummen Beinen im Türrahmen des
Ladens stand oder im Schaufenster die Bilder neu hinord-
nete und umherschob; denn bei einer dieser Betätigun-
gen pflegte er mich gewöhnlich mit seinem Katzenge-
sicht zu grüßen, wenn ich vorüberkam; einigemal hatte
er mich auch in die Tiefe des Raums hineingezogen, wo
man an allen Ecken über Gemälde stolperte, und mir
jeweilen eine Neuerwerbung gezeigt oder mich, indem
er den Namen auf dem Bild verdeckte, nach meiner
Meinung über den Künstler gefragt, obschon ich ihm
wiederholt sagte, daß ich kein Kenner sei. Was er mir in
solchen Fällen vorlegte, waren meist Fachstudien, auch
Handzeichnungen und Skizzen, die er aber sehr wir-
kungsvoll in Rahmen gefügt und mit dem Namensschild-
chen eines bekannteren oder gar berühmten Meisters
versehen in seinem Schaufenster hielt. Als besonders bedeutend aber wies er mir Werke, bei denen er hinter dem
Namen ein Kreuzchen angebracht, zum Zeichen, daß der
Künstler bereits aus diesem Dasein abgeschieden sei; da
zwinkerte er wohl vielsagend mit seinen grauen Kugel-
augen und schnalzte mit der Zunge oder den Fingern
dazu; hatte er mir dann noch einen erklecklichen Preis
genannt, den er mit einem Fingerklopfen auf das Glas des
Bildes beteuerte, so stellte er es inmitten des Raumes auf
einer Staffelei auf und führte händereibend und mit glän-
zenden Augen einen Verehrungstanz drum herum auf,
wie der Priester eines Naturvolks um ein Götzenbild,
und man konnte an der grinsenden Freude des Scha-

cherers aufrichtige Mitfreude haben. Nach vollbrachtem Rundtanz führte er mich dann wieder hinaus, verabschiedete sich von mir und nahm die ruhigere Tätigkeit als Türfüller wieder auf, die Hände auf dem Rücken und Vorübergehende musternd oder Bekannte grüßend.

Mit den schablonenhaften Stilleben von Pellegrini oder seinesgleichen trieb er, wie er mir verriet, immer noch einen schwunghaften Handel, ja, er nannte sie den eigentlichen Grundstock seines Geschäftes. Die Arbeiten berühmter Männer dagegen verglich er kostspieligen Perlen, die zwar schließlich hübschen Gewinn einbrächten, aber oft auch lange auf Käufer warten müßten und so eigentlich schlimme Zinsenfresser seien. Er hatte sich noch zweimal erboten, wieder Handzeichnungen von mir zu kaufen oder aber Stilleben von der Art und dem Preis der Pellegrinischen; ich redete mich aber stets mit meiner günstigeren Lage aus und hatte ihm nur noch eine Kohlezeichnung abgegeben und zwar gegen einen ordentlichen Preis, da er nicht von ihrem Kauf abstehen wollte; es war ein liegendes nacktes Weib mit ausgestreckten Armen und aufgelöstem Haar, eins der letzten Blätter, die ich beim gutesten Egon nach Golly gezeichnet hatte und von dem ich nicht begriff, was er Besonderes daran finden mochte; mir wenigstens gefiel es nur sehr mäßig, so daß ich es eigentlich lieber nicht in die Öffentlichkeit gebracht hätte.

Als ich nun an jenem Morgen dort vorüberkam, wunderte ich mich, wie gesagt, nicht wenig, den Rastlosen weder unter seiner Tür noch bilderordnend im Schaufenster zu sehn. Vielmehr fand ich die Rolladentür herabgelassen und einen Zettel drauf, des Inhalts: Geschlossen. Die Fensterauslage hingegen wies, wie sonst, das ganze Geschwader berühmterer oder bescheidnerer Kunstwerke und Namen auf. Mitten unter diesen, indes gleichwohl in ehrfürchtigem Abstand von den übrigen, stand in feinem Goldrahmen eine Handzeichnung mit einem Totenkreuzchen auf dem Namensschild; unten am Rahmen lehnte eine Karte, die zwischen je drei Ausrufzeichen den Titel: Fliegende Rachegöttin trug; in Klammer aber zu beliebiger Auswahl die Worte: Fuhrje oder Errinhje. In der oberen rechten Ecke der Zeichnung entdeckte ich die zwei wohlbekannten Buchstaben eines Künstlernamens, dessen berühmter Träger vor kurzem gestorben war, darunter ein um dreizehn Jahre zurückliegendes Datum.

Der Name zog mich an, und ich besah mir das Bildchen mit einiger ehrfürchtiger Neugier, wobei es mir übrigens nicht sonderlich gefallen wollte. Das Fliegen der Furie kam mir unnatürlich vor, da sie mit ihren hochgereckten Armen eher in die Luft zu klettern schien. Und mit einem Male dünkte mir das Weibchen auch sehr bekannt. War denn das alles nicht etwa bloß auf den Kopf, besser gesagt: auf die Füße gestellt? Die Arme, der Rükken, das aufgelöste Haar, die Stellung der Beine – ja: Es war nur zu genau! Der Rückenlinie entlang, als Hintergrund nämlich, zeigte sich kräftig aufgesetztes Deckweiß, wo vordem eine Andeutung ihres Lagers gewesen; auch waren manche Stellen des Körpers mit Weiß gehöht, und die Gestalt ging auf dem gelbbraunen Tonpapier wirksam vom Grunde ab. Ich mußte lachen, daß meine bescheidene Zeichnung, die sozusagen noch warm von meiner Hand war, schon so alt, so abgelagert und reif sein sollte, daß sie einem berühmten Meister zugeschrieben wurde, der sich allerdings gegen die Zumutung solcher Mittelmäßigkeit nicht mehr verwahren konnte. Schrob man sie zu solch meisterlicher Abkunft hinauf, durfte ich da nicht künftighin ganz andere Preise verlangen? Oder sollte ich eher meine Vaterrechte daran geltend machen, die ich auch mit einem berühmteren Namen nicht tauschen wollte? Sobald ich den Nullbeinigen wieder sehen würde, wollte ich einmal fein verschwiegen mit ihm über diese Fragen reden; hatte er doch schon beim Grafen durch ähnliche Manöver aus meinen Arbeiten unsauberen Gewinn gezogen.

Aber dazu hätte ich freilich eiliger zur Hand sein müssen, und die Ereignisse hatten meinen Absichten gründlich vorgegriffen.

Als ich nämlich beim Mittagessen einen Blick in die Zeitung warf, fand ich auf der ersten Seite einen lauten, großspurigen Bericht über Fälschung von Kunstwerken, der man in unserer Stadt auf die Spur gekommen sei; man fabelte, es seien von geprellten Opfern erstaunlich hohe Preise für wertlose Nachahmungen bezahlt worden; ja, ganz gewöhnliche Kunstschülerarbeiten habe man zu Meisterwerken gestempelt, bloß durch Anbringung eines berühmten Künstlernamens; wo die Gauner aber feiner zu Werke gegangen, da hätten sich sogar staatliche Sammlungen mit ihrem ganzen Stab Kunstgelehrter übers Ohr hauen lassen; und besonders bei diesen öffentlichen Ankäufen warf die Zeitung oder das Gerücht mit Zahlen um sich, daß einem die Nullen vor den Augen schwammen und ich zum ersten Mal einen Begriff davon bekam, was die Kunst gelten konnte, wenn Gelehrten- und Sammlertorheit deren Erzeugnisse nach berühmten Namen oder nach ihrer Einzigkeit und Seltenheit bewertete. Dabei konnte ich eine Schadenfreude über die Geprellten nicht unterdrücken, die von Kunst nichts verstanden und gewiß von tüchtigen jungen Künstlern, die noch keinen Namen hatten oder ihre Ellbogen nicht vordringlich rührten, nichts kauften, hätten sie auch das Beste geschaffen. Die Täter, deren eine ganze Anzahl verhaftet worden, sollten einen ganzen Fälscher- und Betrügerring gebildet und in größeren Städten überall Helfershelfer gehabt haben, die dem einträglichen Geschäfte das Opfervieh zutrieben. Namen der Schuldigen las man zwar noch keine, indes waren einige der Herren Bösewichte so deutlich gekennzeichnet, und zwar zuvörderst mein Kistenfeger, der als vormaliger armer Dienstmann, jetziger wohlhabender Kunsthändler und Hausbesitzer erwähnt war, daß Kundige in keinem Zweifel mehr sein konnten.

Also mein Männchen saß hinter Gefängnisriegeln, und sein Schwindelgeschäftchen war sicherlich von Gerichtswegen gesperrt! Das hätte mir nun zwar so gleichgültig sein können wie das Schicksal manches Unbekannten, wovon täglich die Zeitungen zu berichten hatten; aber in seinem Schaufenster stand doch protzig und breit meine Zeichnung, die aus einem ruhenden Mädchen meiner bescheidenen Vaterschaft zu einer fliegenden Furie berühmtester Abkunft geworden war und vielleicht ihr neues Amt als Rachegöttin bald gegen mich selber wandte, der doch zu dieser Beförderung keinen Finger gerührt hatte. Ich geriet bei solchen Erwägungen in keine geringe Unruhe, ließ mein Mittagessen zur Hälfte stehen und lief vorzeitig wieder an meine Arbeit, als wäre ich dort am sichersten geborgen. Dann aber konnte ich wieder kaum ihren Schluß erwarten; ich verließ den Geschäftsraum abends in aller Hast und wähnte mir törichterweise schon das Gericht mit allen seinen Sprengern an den Fersen.

Waren es aber vorläufig die Gerichte nicht, dann um so sicherer andere, an deren Urteil mir mehr liegen mußte. Wenn der Graf hinter die Machenschaften Kistenfegers kam, wie stand es dann mit meiner Unbefangenheit gegen ihn, die durch meine zufällig gewonnene Mitwisserschaft bereits etwas wurmstichig war? Oder mit meinem gegenwärtigen Lohnherrn, geschweige den

Lehrern der Kunstschule, die doch stets mein heimliches Ziel war? Wenn ich zwar immer noch auf einen klaren Ausgang hoffen durfte, so spiegelte meine Gemütsart mir den Himmel doch bereits bewölkt, wenigstens über den gräflichen Gefilden, und in dieser Verfassung wanderte ich in den Frühlingsabend hinein und bemerkte kaum, daß seit einer geraumen Minute jemand neben mir herging; bis er mir an die Schulter rührte. Es war der guteste Egon, und nun wußte ich auch schon, was er von mir wollte.

Ohne Widerspruch hörte ich seine Ausführungen an. Und es schmeichelte mir wohl auch, zu hören, daß meine Zeichnung bei Kistenfeger, die er von seinem Unterricht her kannte, wirklich in etwas an die Hand jenes Meisters erinnerte, dessen Namen man darauf gesetzt. Als der freundliche Warner mir indes riet, kommenden Morgen sogleich aufs Gericht zu laufen und mich als den Verfertiger der Rachegöttin zu erklären, weil ich sonst als Mitschuldiger oder doch als Hehler in Mitleidenschaft gezogen werden könne, da wurde ich widerborstig und muckte gegen den Lehrer auf. Was: guter Rat! Was: wohlgemeinte Warnung! Und aus bloßem Widerspruchsgeist, nicht aus besseren Gründen, bestritt ich, daß die an den Fälscher verkauften Zeichnungen mich noch das Geringste angingen. Der Käufer habe sie zueigen und könne mit seinem Besitztum unternehmen, was er wolle. Richter, Schuldige und Betrogene möchten die Sache ausmachen nach ihrem Gutdünken; ich für mein Teil fühlte mich weder schuldig noch geschädigt und hätte somit keinen Anlaß, mich in die Geschichte einzumischen.

Dies waren nun so achtzehnjährige Ansichten, die ich etwas bramarbisch und selbstherrlich heraussprudelte und mir auch noch weiß der Himmel was Besondres darauf einbildete. Und doch hätte ich klug getan, dem Sachsen bescheiden zu folgen. Denn als die Sache bei den Gerichten brenzlich zu werden schien und ich die erste leise Witterung davon bekam, fiel meine herrische Geschwollenheit rasch wie ein gestochener Ballon zusammen. Es blieb mir dabei freilich unbenommen, mein Ausreißen vor den Richtern stolz als die Weigerung auszulegen, Leuten, die mich nichts angingen, in Dingen, die mich ebenfalls nichts angingen, Rede zu stehn.

Zwanzigstes Kapitel

Was war denn nun aber geschehen, daß ich miteins mich
wieder auf der Landstraße befand, und zwar auf der
Flucht, kaum drei Tage, nachdem ich mich dem freundli-
chen Sachsen gegenüber gar so gewichtig aufgetan hatte?
War ich nicht ein Großsprecher vom Schlag Pellegrinis,
da ich mich an geblähten Redensarten berauschte und
dann doch Fersengeld gab, und zwar nicht vor wirklichen
Gefahren, sondern bloß vor eingebildeten Möglichkeiten? Freilich kam ein letzter wuchtiger Stoß dazu, der
mich entwurzelte; unter seiner Gewalt wich ich um so
eher den geringeren Drängnissen, gegen die ich mich
sonst wohl in Ruhe hätte rüsten mögen. Da nun aber alles Widrige zuhauf kam, setzte ich, wie ich es in bedräng-
ten Lagen gerne tat, Stolz und Eigensinn dagegen auf,
gerade als ob das Mißgeschick, das mich prüfen wollte,
vor einer gerunzelten Stirne weichen würde. Und so verließ ich diesen Boden wieder im selben hartköpfigen oder
kopflosen Unmut, der mich eigensinnigen Toren ihm ein-
stens zugeschwemmt hatte.

Am Tag nach jener Ermahnung des gutesten Egon
ging ich über die Mittagszeit zufällig nach Hause, als
wenn mich geheimnisvoll etwas dazu drängte. Ich fand
auf dem Tisch einen Brief vor, den der Schreiber dort selber geschrieben oder abgegeben haben mußte, denn es
fand sich von der Post kein Zeichen drauf. Er zeigte die
Hand meines Vaters, die klaren gütigen Züge, und ich
glaubte auch zu erraten, was er mir meldete, etwa: er sei
hier gewesen, um mit mir zu sprechen; ich möge ihn zu
Hause erwarten oder ihm Ort und Stunde aufmerken,
wo er mich treffen könne. Einen Augenblick besann ich
mich, ob ich ihn öffnen sollte, und mein Inneres riet mir
dazu. Ich hätte voll Vertrauen mein Los in seine Hände

geben können; aber eben die Wallung dieses Augenblicks ließ ich vorübergehn, und leider brachten alle vernünftigen Erwägungen sie mir nicht mehr zurück. Ich ließ also den Brief uneröffnet auf dem Tisch liegen, um den Schein zu erwecken, ich hätte ihn nicht zu Gesicht bekommen, sagte auch meiner Wirtin nicht, daß ich zu Hause gewesen sei und machte mich aus dem Staube mit dem Entschluß, während der nächsten vierundzwanzig Stunden nicht wieder heimzukommen; denn ich kannte meinen Vater dafür, daß er sich ein drittes Mal nicht herdrängte, wenn er zweimal vergeblich gekommen war. Auch hätte ich vor ihm nicht mehr das freie Gewissen gefunden, wie in jenem Augenblick der versöhnlichen Anwandlung, die alles leicht in Gleis gebracht hätte.

Ich ging durch die Stadt, und zwar auf Wegen, wo ich am wenigstens erwarten durfte, ihm in die Hände zu laufen. Da wurde ich plötzlich von einem Unbekannten angerufen, der sich von zwei andern Herren ablöste. Er trat herbei, grüßte und bat mich, kommenden Tag in der Frühe zu Haus zu bleiben; er habe mich sehr Wichtiges zu fragen. Jetzt erkannte ich ihn; es war jener Schutzmann, der schon einmal bei mir gewesen war, der Kunstfreund nämlich, während er jetzt Geheimer sei, wie er beiläufig sagte. Und er hätte mir gerne sein Anliegen gleich hier vorgetragen, doch sei er mit den beiden andern Herren in einer Dienstsache unterwegs und habe keine Zeit. Damit empfahl er sich und eilte den andern nach.

Dies war also schon der zweite Belagerer.

Kistenfeger, rührst du dich? dachte ich. Denn warum anders sollte der Schutzmann mich sprechen wollen? Aber mochte die Behörde mich finden, wo sie konnte, wenn sie etwas von mir wollte. Das fehlte noch, daß ich ihr auf Befehl bereit stand! Nein! ich freute mich im voraus, den Mann vergebens kommen zu lassen, und setzte meinen Weg fort, um rasch die Stadt, wo mir überall Häscher aufzulauern schienen, hinter mich zu legen. Bald war ich denn auch draußen in der großen Ebene, wo der langzaudernde Frühling endlich Ernst machte, gewaltig aufzuräumen, und atmete befreit von aller Bedrängnis auf.

In der Natur war großes Wesen und Gehaben. Ich wanderte der warm herwehenden Föhnluft entgegen, den Blick im quellenden Spiel ihrer Wolken, die sie wie stürmende Segel dahintrieb. Unten an der Erde aber setzte sie alles nah, klar und faßbar hin: Häuser, Bäume, Dörfer und Höfe, und malte die Wälder und Äcker und die fernen Alpen kräftig mit tiefen Tinten, während sie aus dem Grund des Himmels ein jubelndes Goldgrün aufleuchten ließ; kein Maler hätte sich an ein gleiches Farbenspiel getraut. Ich schritt halb, trabte halb dahin, als wäre ich nie in der Natur umgegangen und sähe die Landschaft zum ersten Mal in so bewegter Größe. Dieses unerhörte Getriebe hatte ich ein halbes Menschenleben lang versäumt und verschlafen oder nur in einem halbblinden Spiegel geschaut; so war ich heute fast entsetzt vor seiner Fremdheit; sie kam so wild und fordernd, daß ich mich fürchtete, und so berückend und gewährend, daß sie mich an sich hinriß wie ein unwiderstehliches Weib, an dem ich hätte forttaumeln und zugrundegehn können. Ihr lautes Farbenwesen und die gewaltigen Machenschaften der Lüfte drangen mir an alle Sinne vor und rührten mir das Blut auf; ich fühlte, jetzt erst sei ich zum Menschen aufgewacht, habe die Hand des Schöpfers gespürt, und er habe mich des Glückes teilhaftig gemacht, sie ihm in den tiefen Falten seines Mantels heimlich drücken zu dürfen…

Zu Mittag hatte ich die Stadt verlassen, war stundenlang gegangen und hatte mich doch der großen Empfindungen, die sonst eher gewaltig und gedrängt, als nachhaltig und dauernd sind, nicht ersättigen können. Ich trieb vielmehr meine Pirsch unermüdet weiter, ging die ausgedehnte Stadt in weitem Kreise um, überschritt in großem Abstand zweimal ihren Fluß, der von der Schneeschmelze des Gebirgs zu wildem Tanz aufgerührt war, und kam endlich bei sinkender Sonne an ein einsames Gasthaus an einem Kanal, dessen Wasser die angebaute Mühle trieb und sich dann schnurgrade durch die Ebene fortwandte, wie um in die Ewigkeit zu gehn.

Die Luft war lenzmild und anregend. Ich setzte mich in den großen Wirtsgarten und blieb nach einigen gleichgiltigen Worten der bedienenden Kellnerin allein. Die Bäume über mir trieben die ersten späten Knospen; am nahen Bache blühten Weidenkätzchen, und ein Haselstrauch bot reichlich und freigebig seine Blütenträubchen aus. Einige hundert Gänge entfernt lag abendschattig ein kleines Dorf mit einem stumpfen weißen Kirchturm; Kinderlärm scholl zu mir her; auch Viehbrummen und das klingende Gehämmer aus der Schmiede. Vom Dorf aus lief ein Gang alter knorriger Bäume auf die Stadt zu; fernerweg, ganz an der Gesichtsgrenze noch ein zweiter, der seine Pappeln in die Baumlücken des näheren winzig auf den Abendhimmel zeichnete, wie die feineren Verbindungsgliedchen einer Kette zwischen den stärkeren. Trotz dem quellenden Wolkentreiben, das immer noch in der hohen Luft vor sich ging, lag die Erde unbewegt und friedlich, und die Bäume streckten vielfingrig ihre Äste in den wandernden Himmel, wie zum Abendgebet.

Mich war nach der stürmenden Wanderung eine freundliche Ruhe überkommen, die so wundersam mit der goldnen Stille des endenden Tags übereinging, daß ich meinte, sie müßte selbst die letzte Meuterung am Himmel zufriedenstellen. Ich stöberte, mit dem Fuß pen-

delnd, im Kies des Wirtsgartens, sah hier einem schleichenden Wurm, dort einem einsam streifenden oder
heimkehrenden Käfer nach, bis sie meinem verfolgenden
Blick entgangen waren und ich nur noch, meinem träu-
merischen Hang gemäß, ihrem Treiben und Streben
nachsann: was die Tierchen wohl dächten und wo sie mit
ihrem Kriechen und Laufen hinauszielten, dem ich so
wenig wie dem der Menschen einen Zweck und vernünftigen Sinn absehn konnte. Das war immer so gewesen,
daß ich ähnlichen, niegelösten Fragen nachgehangen war;
die Mutter hätte Bücher davon schreiben können; aber
immer wäre die Antwortseite leer geblieben, oder ich
hätte mich zur Selbstbescheidung oder an Gott und
Himmel verwiesen gesehn. Die Mutter hatte gut reden
von Gott und Himmel! Ich sah diesen auf dem abend-
dunklen Berg wie eine Goldwand aufgebaut, und wenn
ich auf den Kamm hinauf zu dem einsamen Kirschbaum
stieg, brauchte ich nur anzuklopfen, und Gott rief Herein! oder trat selber hervor und zeigte sich mir. Aber
wenn ich mich dann am letzten Grasschopf emporzog
und die Wand zu berühren meinte, da war sie auch schon
auf den nächsten Berg zurückgewichen, und es wäre aus
meiner Sehnsucht ein ewiges Wandern geworden, wobei
ich, vom lockenden Himmel immer genarrt, endlich die
Jagd aufgegeben hätte, um klagend zur Mutter zu laufen,
die mich auslachte und ein dummes Kind hieß. Dummes
Kind: Das war in solchen Fällen ihr Wort, und sie fand
immer eine Betrachtung, eine Erfahrung an diese liebrei-
che Anrede zu knüpfen. Dummes Kind! sieh zu und freue
dich, wenn du im Leben nicht schwerere Fragen zu knak-
ken hast, als um Gott und Himmel, die sich um die Menschen nicht fragen und sorgen, wie die Menschen um sie,
oder doch nicht merkbar sorgen und sich still, erhaben
und verborgen halten hinter allem Werk, gut oder bös,

das sie an ihren Geschöpfen stiften. Wart du bescheiden zu, bis das Leben die Fragen stellt; es kommt nicht zu spät und nicht zu knapp damit. Dann steh fest und sag dir: Die schickt dir Gott, ob er's gleich nicht eignen Munds dir in die Ohren schreit; wo nähme er auch für jeden die Zeit her? Oder dein böser Geist stellt sie: Da sieh dich erst recht vor! Denn gleich fallen über einen, kaum daß er stolpert, die Menschen her und zerstampfen ihn; es gibt kein schöner Geschäft für sie! ...

Ich wachte aus meinem Sinnen auf. Es stand ein frisches Glas Wein vor mir, und ich wußte nicht, wer es bestellt noch wer es gebracht hatte. Die sinkende Abendkühle schlich mir fühlbarer ins Gebein; ich entsann mich, daß die Kellnerin gefragt hatte, ob ich nicht lieber in die Stube gehen wolle; es sei nur noch ein Liebespärchen drinnen, das schon bezahlt habe und gleich gehen werde. Aber das war einige Zeit her, und jetzt mochten die beiden wohl schon gegangen sein. Und ich hatte ein Zimmer zum Übernachten bestellt, weil ich nicht in die Stadt zurückwollte, obschon meine Wohnung in einer Stunde zu erreichen gewesen wäre. Doch schien mir's gut, zu bleiben. Ich war so schön geborgen in dem einsamen Mühlenwirtshaus, auf dem der Frühlingsabend lag; und das Klappern der Mahlgänge mochte mich nach dem langen Mittagsmarsch auch nicht unfreundlich in Schlaf und Träume plaudern.

Ich trank hastig meinen Wein aus, stand auf, um die eingeschlafenen Beine etwas auszutreten und drinnen das Nachtessen zu bestellen. Aus dem Garten tretend, ließ ich noch einmal den Blick über das nahe Dorf und das abendliche Frühlingsland gehen. Alles schien noch friedlicher, als da ich mich hier niedergesetzt; am Himmel hatte sich der Wolkenaufstand gelegt, und das Meutrerheer war abgezogen; einige graue Ballen mit abendrötlichem Saum standen ruhig in der hohen Fläche und sahen der hinabgegangenen Sonne nach, als die letzten Feldwachen am beruhigten Himmel.

Unten an der Erde erschien jetzt auf der scharf absetzenden Blicksgrenze ein heimkehrender Bauer mit einem Gaul an der Hand; sie gingen eine Zeitlang in müdem Schritt hin, tauchten allmählich in die dunklere Fläche der Felder und verschwanden langsam dem Dorf zu. In dem entfernten Pappelgang wanderten einige Züge Soldaten; Reiter, Kanonen und Wagen folgten ihnen, ein winzigfeines Schattenspiel auf dem klaren Abendhimmel. Aber jetzt wurde es auch im Mittelgrund lebendig. Langsam enttauchten seinem Dunkel, wie aus der Erde kommend, zwei Köpfe, stiegen langsam höher und wuchsen zu feingezeichneten Gestalten heran, ein junges Paar, das sich im näheren Pappelgang der Stadt zu bewegte. Im währenden Gehen reckte sich jetzt die Mädchengestalt auf dem verräterischen Himmelsgrund; ihrem Kopfe kam der des Mannes entgegen, und einen Augenblick blieben sie vereint. Das artige Kußspiel setzte so sich eine Zeitlang fort, eingefaßt vom Rahmen der alten Bäume; ich zählte in der einen Bildfläche siebenmal das holde Entgegenkommen, in den beiden folgenden nur noch viermal; es schien doch wohl ein wenig zu ermüden. Aber da sie jetzt so unbeschäftigt nebeneinander gingen, fiel mir, ich wußte nicht warum, das Bild Tessas ein; dann meinte ich auch Schritt und Gestalt von ihr zu erkennen; indes rückten jetzt die doppelgereihten Bäume näher zusammen, und das Paar löste sich nicht mehr erkennbar davon ab, ja, verschwand endlich darin. Da wandte ich mich nach der Mühle um und ging mit beschäftigten seltsamen Gedanken ins Haus hinein.

Der Hahnenschrei weckte mich in aller Frühe aus einem Traum. In diesem war ich dem Kanal entlang gegangen, der die Mühle trieb und in dem das Wasser glatt und still dahinfloß und mir die Sonne entgegenglitzerte. Ich ging auf dem linken Ufer; dabei sah ich auf dem etwas höheren jenseitigen seltsamerweise mich selber, neben Tessa dahinwandernd, im Schattenriß gegen den goldglänzenden Himmel abgehoben. Ich fühlte mich unsagbar glücklich neben dem geliebten Wesen; sobald nämlich drüben mein Ebenbild seine Begleiterin liebkoste, genoß ich als Zuschauer die wonnige Empfindung, wie wenn ich Tessa selber zur Seite hätte und sie hingebend meine Zärtlichkeiten erwiderte. Indes änderte sich das Bild, obzwar ganz langsam, in ungeahnter Weise. Während nämlich drüben mein Doppelgänger genau Schritt mit mir hielt und auch sonst in jeder Bewegung mit mir übereinging, trug er plötzlich in der Linken ein Spazierstöcklein oder eine Reitpeitsche, mit der er ab und zu, wie ein Reiter grüßend, an die Kopfbedeckung rührte, wenn er zu mir herübersah, wohingegen ich diese Bewegung nicht machte. Er fuhr, je länger desto häufiger, damit fort, und nunmehr knixte auch Tessa noch dazu. Ich fühlte mich gefoppt und gehöhnt, wurde zornig und hob schließlich einen Stein auf, um ihn meinem Gegenüber an den Kopf zu werfen. In diesem Augenblick sah ich, daß er statt der Reitpeitsche plötzlich einen Pallasch trug, auf dem Kopf aber eine Soldatenmütze und aufs Haar jenem gehaßten Einjährigen glich, der mich einst mit Tessa, als wir uns küßten, überraschte. Das vermehrte noch meine Wut. Ich warf den Stein nach ihm, traf aber unglücklicherweise das Mädchen, das jammernd zusammenbrach und in den Kanal kollerte. Der Soldat ließ sie im Stich, rannte ins

Feld hinein, wo er ein lediges Pferd bestieg und davon-
ritt; ich aber, meiner Schuld bewußt, sprang ins Wasser,
schwamm ein Stück weit und haschte nach Tessa, um
sie zu retten. Aber als ich in ihre Zopfkrone griff, war
sie plötzlich Golly geworden, stieß einen langgedehnten
Schrei aus und suchte sich aus meinem Griff zu befreien.
In diesem Augenblick erwachte ich; die Bettdecke war
mir zu Boden gefallen, und ich fröstelte; im Hofe rief der
Hahn, und auf meinem Kissen lag der erste wärmende
Schein der Frühsonne.

Ich hielt es nicht länger im Bette aus, kleidete mich
unverweilt an und begab mich in die Wirtsstube hinab
zum Frühstück. Nach diesem blieb ich allein noch eine
Weile in der sonnigen Stube sitzen und sah durchs offne
Fenster den umherstreifenden Hühnern und Enten zu,
die futtersuchend bald stiller dahingingen, bald einen wahren Reichstag von Gegacker und Geschnatter abhielten.
Der Wirt, in Pantoffeln und einem grauen Wollspenser,
stand im Garten, griff ab und zu nach den knospenden
Zweigen eines Obstbäumchens oder den ersten Blüten
einer Gartenstaude: ich glaubte meinen Vater zu sehen, so
genau benahm er sich wie dieser bei seiner Hantierung.
Im Hof trieb man unterdessen das Vieh zur Tränke; die
wohlgenährten Tiere wandelten teils bedächtig und be-
amtenhaft-würdig zum Trog, teils bockten sie hüpfend
oder ausschlagend heran und schnauften überall herum,
nur am Brunnen nicht. Kaum waren sie wieder im Stall,
so zogen zwei weißbestäubte Müllerknechte einen Brük-
kenwagen aus dem Schuppen und trugen Sack um Sack
unermüdlich aus der Mühle. So war der Tag auf dem
Gute eingeführt und schritt nun von selbst weiter; ich
aber holte meinen Don Quijote aus der Tasche, um fröhlich mein Morgenbrevier zu lesen.

Gegen Mittag endlich ging ich auf Umwegen wieder

der Stadt zu. Erst trieb ich mich unschlüssig in den äußeren Straßen herum, wo ich nicht erwarten mußte, auf meinen Vater zu stoßen; dann aber raffte ich mich plötzlich auf und beschloß, die mögliche Begegnung einmal dem Zufall anheimzustellen. Ich fügte mich im Innern der Stadt in den Menschenstrom ein, der die Straßen auf- und niederfloß, und hielt wachsam, wie ein Soldat auf Posten, den Blick nach allen Seiten. Es war Mittag und Gedräng und Geschiebe gerade besonders lebhaft; ich ging langsam darin mit und konnte beobachten, auf wie kleinem Raum auch in großen Städten sich die Leute zu bewegen pflegen, gerade als wenn die Gesichter, die einander einmal gesehen haben, sich unbewußt anzögen und in der Gewohnheit des Wiederfindens Ruhe und Sicherheit im unruhigen Treiben des Lebens fänden. Als ersten entdeckte ich Pellegrini, der auf dem andern Straßensteig mit schiefsitzendem Malerhut und fliegender Halsbinde, die wie Schraubenflügel umwirbelte, einem Mädchen nachstrebte; er erreichte sie, sprach sie an und verschwand bald mit ihr im Mittagsgetriebe. Kurz hernach ging, ohne meiner gewahr zu werden, der Diener des Grafen dicht an mir vorbei. Einen Häuserblock weiter durchquerte der guteste Egon die Straße hastig, wie wenn er selbst im Übereifer noch eine Minute Arbeitszeit zu verlieren fürchtete. Gewohnterweise trug er sein Skizzenbuch bei sich, hatte aber für das ihn umbrandende Gewoge keinen Blick übrig, schien vielmehr nicht abwarten zu können, bis er zwischen Suppe und Fleisch das um ihn herumsitzende Krippenvolk in sein Buch bannte. Im Weiterschreiten sah ich auf der grauen Flut der Köpfe mir zwei farbige Punkte entgegenschwimmen; es waren die Mützen schwerer Reiter, und als jetzt die gesunden lachenden Gesichter an mir vorbeikamen, erkannte ich in dem einen meinen Nebenbuhler; ich hätte glauben mögen, er sei eben aus meinem Morgentraum hierhergekommen und Tessa müsse ihm gleich auf dem Fuße folgen. Statt ihrer begegnete mir aber ihr Vater; er wich mir finstern Blicks aus und überschritt die Straße; sein rotes Gesicht und ein merkliches Schwanken verrieten, daß er bereits angetrunken war; ich sah ihn jenseits der Straße auf eine Weinwirtschaft zusteuern und dort auch vor Anker gehn. Kaum war der untergetaucht, so erschien aus einem Gäßchen nebenan der Graf. Er blieb einen Augenblick stehn und schien was zu überlegen. Hierauf zog er Papiere aus der Tasche, beschrieb ein Kärtchen, steckte es in eine Hülle und versenkte es dann im nahen Briefkasten. Hätte er mich so in der Nähe geahnt, so würde er mir den Inhalt des Kärtchens wohl mündlich mitgeteilt haben; denn dieses war, wie ich bald erfahren sollte, an mich gerichtet.

So hatte ich binnen kurzen Minuten und auf nicht fünfhundert Metern Weges die Truppenschau über meinen gemischten Bekanntenkreis abgehalten, bloß Kistenfeger ausgenommen. An seiner Statt erschien zuguterletzt mein Schutzmann, der sich aber in seiner neuen Würde steif wie ein Marabu durchs Gedränge schob, so daß ich ihm unbemerkt vorbeiglitt; nach wenigen Schritten schwenkte er in eine Seitengasse ein, nicht minder pfahlgerad, als wie er eben herangewandelt war. Ich aber wandte um und ging langsam zurück in der Absicht, irgendwo zu Mittag zu essen.

Da sah ich vor mir her auf blondem Haarputz einen auffallenden Damenhut dahinschweben. Kopfhaltung und Bewegungen kamen mir bekannt vor; ich drängte im Gedränge vorwärts, um die Vermutete festzustellen; doch sah ich nur noch, wie Golly – denn diese schien es zu sein – den Platz rasch überschritt. Zwei sich kreuzende Straßenbahnwagen verbargen sie mir; und als das Hindernis vorüber war, suchte ich vergeblich den blonden Haarputz

mit dem mächtigen Hut; er war weit und breit nicht mehr
zu fährten.

Aber was hatte es für einen Sinn, nach dem Damenhut zu
jagen? Ich schwenkte in eine Seitenstraße ein und betrat,
da ich hungrig geworden, eine Wirtschaft. Es war ein
großer Raum, von falschem Prunk überladen, an Gästen
aber um so leerer. Nur in der Nähe des Ausschanks, der
etwa einer gotischen Kapelle glich, war ein Tisch besetzt
mit Kutschern, Agenten und ähnlichem Volk, die vom
Frühschoppen her noch dasitzen mochten und eine laute
Unterhaltung führten. Gleichwohl nickte einer von ihnen immer wieder ein, fuhr aber jedesmal, wenn ihm der
Kopf bis auf die Brust gesunken war, erwachend auf, sah
blöd umher und begann sein Schlafspiel von neuem. Es
war ein alter Hausierer, der seinen ganzen Kramladen in
Gestalt einer Schublade vor sich auf den Knien, zu größerer Sicherheit aber an einem Tuchriemen um den Hals
gehängt hatte.

Ich setzte mich abseits an ein Tischchen, und zwar in
die Ecke eines Mauervorsprungs, vor dem in Form einer
dicken hölzernen Säule ein Kleiderständer aufgestellt war.
Eine mürrische Kellnerin brachte mir ein Glas Bier und
das bestellte Mittagessen, empfing die Bezahlung und
ließ mich allein. Aber noch hatte ich kaum die Suppe
gegessen, da gewahrte ich von meinem Versteck aus, in
dessen Dämmer ich ziemlich verborgen saß, einen unverhofften Auszug. Zur Tür herein schwamm auf blondem
Haarputz der mächtige Damenhut, den ich draußen vor
kaum einer Viertelstunde verfolgt hatte. Es war Golly.
Sie trug ein dunkelblaues Kleid, woran nur der rote
Brusteinsatz grell herausstach, und ging, ohne sich um-
zuschauen, trotzig oder schmollend geradeaus. Wie von
ihr gezogen, kam würdig und doch beinahe tänzelnd hinter ihr der alte Harder, ihr Vater. Er hatte beim Eintreten

den Hut abgenommen, als käme er in die Kirche, und sah sich auch scheu und ehrfürchtig um. Sein leicht gelocktes Haar war ganz grau, ja, fast weiß; so auch der Marquisbart, und beides gewann an dem schwarzen, schon stark zertragenen Anzug einen wirksamen Grund. Hilflose Dürftigkeit, die noch den gewohnten Schein vormaligen Glanzes zeigen wollte, schaute aus der ganzen Gestalt hervor; doch schien mir der Mann, vom gebleichten Haar abgesehn, völlig unverändert, wie ich ihn aus meinen Knabenjahren in der Erinnerung hatte; und es hätte mich in diesem Augenblick nicht verwundert, wenn hinter ihm her die ganze Kaufherrnfamilie eingezogen wäre; denn sie stand mir im Geiste so greifbar vor Augen, daß ich selbst Golly nicht schaute, wie sie hier gegenwärtig war, sondern als das zarte blonde Kindeswesen, wie es Eltern und Geschwistern voreinst im Laden im Weg umging. Und wie damals, so schien sie auch heute noch maßgebend; sie behielt die Führung, wählte entschlossen und rasch einen Tisch, während der Alte sich nach einem besonders ungestörten umzusehen schien, und hatte sich längst gesetzt, als er noch nach einem Plätzchen für Hut und Stock suchte, die er endlich neben sich auf einen Stuhl legte. Ich konnte beide unauffällig zwischen Mauervorsprung und Kleiderständer hindurch beobachten und tat es auch, nicht ohne Neugier. Aber mochte es Wirklichkeit oder nur mitfühlende Einbildung von mir sein: Ich glaubte, nie Äußeres und Inneres und Jetzt und Einst in so traurigem Widerspiel gesehen zu haben, wie an den beiden Teilhabern dieser unverhofften Auffahrt. Golly kehrte mir fast völlig den Rücken zu, wohingegen der Alte sich in so grausame Beleuchtung gesetzt hatte, als wolle er mir alle von den Erlebnissen ins Gesicht gemeißelten Züge weisen. Das leise Gespräch, das obendrein nur ein einseitiges Überredungsgeflüster des Alten schien, konnte ich nicht vernehmen; aber ich sah die Bemühungen eines gequälten Mannes, den stummen, doch eher wachsenden als schwindenden Trotz der Tochter zu brechen oder zu erweichen. Es gelang ihm nicht. Bald schwieg er minutenlang hoffnungslos und sah grämig und sorgenvoll vor sich hin oder im Raum herum, wo noch immer der laute Frühschoppentisch die Stimme führte; bald nahm er die Rede wieder auf, doch so vergeblich wie zuvor; einmal zog er auch das Taschentuch und wischte sich die Augen, und wie mir schien, standen ihm die Tränen willfähriger bereit, und es fiel ihm die Beherrschung des Grams vor der Tochter schwerer, als es seine Mienen zeigen wollten.

Nach längerem Schweigen, währenddessen Golly weidlich aß, redete Harder noch einmal beweglich auf sie ein, und der Schauspieler, den ich sonst immer in ihm gesehn hatte, erlag der Härte der Wirklichkeit; es war, als wollte er die letzte warme Rede seines Herzens an das Kind wenden, das hartnäckiger schwieg und sich bei einigen seiner Worte sogar trotzig abwandte. Er legte seine Hand auf die ihre, wie ein Hilfeflehender; der Mund zitterte unter dem weißen Schnurrbart, und die Brust wand sich in dem abgetragenen Kleid, wie wenn er etwas Furchtbares aus sich herauswälzen wollte. Da erhob sich Golly und drängte fort; Harder zahlte und folgte der Tochter auf den Fersen, aber mehr einem Verurteilten ähnlich als einem Sieger; ja, es schien mir, trauriger und hoffnungsloser hätten sie den Raum nicht verlassen können. Ich erhob mich ebenfalls, und als ich ins Freie trat, gaben mir die beiden Köpfe die Richtung an, und ich blieb, ohne zu wissen warum, auf ihrer Fährte. Sie bogen in die Hauptstraße ein und gingen ziemlich eilig, doch ohne miteinander zu sprechen, dem Bahnhof zu, Golly immer um eine Kopflänge voraus, als könne sie es nicht erwarten, bis sie den Vater im Zug verfrachtet wüßte. In den weitläufigen Räumen des Bahnhofs verlor ich sie eine Zeitlang. Ich setzte mich in einen Wartesaal und begann zu lesen; dann betrachtete ich mir die Menschen, wie sie da durcheinandergingen und jeder seine Hoffnung oder Sorge, Enttäuschung oder Erwartung, Gewißheit oder Zweifel als Sonderpäcklein mit sich trug. Draußen in der Halle aber warteten ihrer die Züge und rauchten und schnaubten; die Reisenden rannten durcheinander wie sinnlos und närrisch, und wußte doch jeder, wohin. Hier hielt man Abschied, trüb oder froh, dort grüßte man Kommende, froh oder betrübt; mancher ging gleichgültig, mancher mit lustigem Gottseidank, mancher auch wohl mit einem gemurrten Fluch, der gleichwohl wie eine Erlösung klang.

Vor dem Wartesaalfenster erschienen jetzt Golly und ihr Vater, und zwar so nah, daß ich sie hätte greifen können. Der Alte nahm ihre Hand, wie um sie mit sich fortzuziehen. Er redete so eindringlich, als wäre dieser Zug der letzte, der beide mitnehmen könnte. Golly folgte langsam, und das Gesicht des Alten leuchtete auf, und der Gram war draus verschwunden. Er führte die Tochter zum Wagen und schob sie wie ein Gepäckstück vor sich ins Fach hinein.

Da stieg aus einem der vordersten Wagen noch ein Mann aus und kam den Zug entlang bis gegen die Wartesäle vor. Er schien jemand zu erwarten in letzter Minute noch. Der Schaffner rief ihm, winkte und führte zum Zeichen der nahen Abfahrt das Pfeifchen zum Mund. Der Mann eilte zu seinem Wagen zurück, aber erst als er einstieg, erkannte ich ihn und trat erschrocken noch vom Wartesaalfenster zurück, als könnte er meiner gewahr werden. Denn es war niemand andrer als mein Vater.

So fuhren denn die beiden Männer in die Heimat zurück.
Ich war vor den Wartesaal hinausgetreten und sah den
Zug aus der Halle rollen, die Ferne gewinnen und verschwinden. Dann verließ ich den Bahnhof; aber es war
mir, als klängen immer in meine Schritte hinein die des
Vaters, der heute den Weg um mich zum zweiten Mal
vergebens gemacht hatte. Doch ahnte ich dabei nicht, daß
ich nach weniger als vierundzwanzig Stunden dieselbe
Richtung nehmen sollte, nur in gemächlicherer Fahrt als
er; denn ich reiste zu Fuß und ohne zu wissen, wohin. Ich
war nach Haus gegangen, wo ich einen Brief des Grafen
vorfand, wohl jenen, den ich ihn auf offener Straße hatte
schreiben und einwerfen sehen. Er war zwischen Tür und
Türpfosten durchgezwängt. Im Zimmer lag auf dem Tisch
noch der meines Vaters, jedoch ohne ein weiteres Zeichen von ihm. Ich steckte beide ungeöffnet ein und wollte
dann nach meiner Wirtin sehn, um zu erfahren, ob mir
jemand nachgefragt habe. Ihr Flur war aber geschlossen.
Die Frau aus dem obern Stock kam die Treppe herab,
ging langsam an mir vorbei und sah mich mit einem seltsamen Lächeln an; ich klingelte noch einmal, aber wieder
vergebens; da hörte ich die Frau auf der Treppe höhnisch
lachen und rascher hinabsteigen, als entflöhe sie einem
möglichen Tadel. Ich aber folgte langsam; es war mir
plötzlich, ich wußte nicht woher, in dem Hause fast unheimlich zumute geworden.

So trieb ich mich denn von neuem umher. Die beiden
Briefe fielen mir wieder ein, doch las ich sie nicht. Das
Beste schien mir, sie ungelesen zu zerreißen und in den
Fluß zu werfen und so die Vorwürfe oder die peinlichen
Fragen, die sie enthalten mochten, aus der Welt zu schaf-
fen; hatte ich doch vor dem Grafen wie vor dem Vater das

nämliche schmutzige Gewissen. Doch steckte ich sie schließlich in die Tasche zurück, wo sie mir weiter auf Herz und Eingeweide brannten.

Ich wandte mich der Stadt zu, um mich in die Menge zu mischen und zu zerstreuen. Wer kannte mich dort? Und wer sah sich nach mir um? Ich aber mochte mich an jedem schönen Gesicht erfreuen, das ich sah, und doch im Hin und Her des Menschenstroms als ein Tropfen untergehn und mich vergessen.

Indem ich mich so im Getriebe, wie sich's geben mochte, weitertreiben ließ, sah ich mich plötzlich vor dem Bilderladen Kistenfegers. Ich blieb am Schaufenster stehn und äugte in die Tiefe des Raums. Einige Männer waren drinnen, vermutlich Gerichtsleute, und schnoberten herum. Einer schrieb; ein anderer trug Bild um Bild herbei; ein dritter, etwa ein Gelehrter oder ein älterer Künstler, tat sachverständig, besah Stück für Stück, bald mit der Nase auf der Farbe, bald ein Dutzend Schritte davon entfernt, schüttelte hier den Kopf, lachte da höhnisch; wo er aber ruhig zunickte, wurde das Bild zur Seite gestellt, und zwar zur Rechten, den Schafen gleich beim Jüngsten Gericht; Bemängeltes kam linkshin zu den Böcken. Im Schaufenster war auch schon fast alles weg; nur zwei Stillleben von Pellegrini lockten den Beschauer noch und boten Wein und Trauben feil. Jetzt wurden auch sie weggeholt und ohne weiteres zur Rechten gestellt. So durchforschte man dem armen Reinecke den Bau und suchte ihn zu stellen, indem man ihm alle Notröhren verstopfte; ich aber sah seinen Jägern zu, die, wer weiß, vielleicht auch mir schon eine Schlinge gelegt hatten. Da schlich ich mich weiter, als wenn sie mich hier jeden Augenblick fassen könnten, stand aber wenige Minuten später auf nicht minder heißem Boden, nämlich vor der Trödelhöhle Kistenfegers. Hier war niemand, und soweit ich den Raum überblickte, schien auch nichts darin verändert. An der Lichtluke im Hintergrund stand auf dem Schreibtisch wie bisher der heilige Sebastian; in der Mitte der rechten Wand noch der Kommodenschrank, wo mir der Graf den Don Quijote geschenkt hatte; die Wände hingen voll alter Waffen, Zier- oder Gebrauchsgegenstände, und es schien noch niemand hier hineingeschnobert zu haben. Da und dort klebten arm- oder kopflose Engelchen hilflos herum; Putten und Lüsterweibchen schwebten von der grauen Decke nieder, im Schaufenster stand ein hölzerner Himmelsdiener mit einem vergoldeten Buch und zwei abgebrochenen Schwurfingern, oder lehnte sich vielmehr einem heiligen Georg an die Lanze, als fürchte er, auf den geringelten Lindwurm zu fallen, der die Waffe des silbernen Heiligen schluckte; um sie herum aber tat sich ein wahrer Jahrmarkt alten Plunder- und Gerümpelkrams auf. Nur das quecksilbrige Trödelmännchen schoß nimmer in dem Staub und Rost umher, woraus es sonst das Gold der Sammelsucht münzte. Alles atmete vielmehr in ungestörtem Schlaf, und ich entfernte mich bald von der stillen Stätte, wo voreinst meine bescheidene Kunst ihren ersten wirtschaftlichen Flug versucht hatte.

Ich ging noch einige Zeit in den belebteren Straßen ziellos umher und verließ dann die Stadt in der Richtung des Flusses, den ich überschritt, um in den Anlagen des höhergelegenen Ufers spazierenzugehn. Die Sonne stand schon tief, und die Türme der Stadt streckten sich in ihre letzten Strahlen hinauf; dann fiel allmählich die Dämmerung ein; der Himmel blieb klar, aber aus dem Flußtal stieg die Kühle merklich empor. In den Straßen reihten sich nach und nach die Lichter wie blinkende Perlschnüre auf; am Fluß hin glänzten sie lückenhaft aus dem Baumdunkel; das Wasser schimmerte da und dort durchs dichte

Geäst herauf; weiter hinweg aber floß es breit und gerade wie eine leuchtende Straße fort, im Widerschein des wolkenfreien Abendhimmels.

Es gingen hier nur wenige Leute, als hätten alle sich mit der Dämmerung zeitig zur Stadt zurückgewandt. Einige Liebespärchen schlichen auf den Nebenwegen flüsternd und eng verbunden herum; Arbeiter kamen, bald einzeln, bald truppweise, gingen aber meist ruhig und wortkarg weiter, und als ich flußabwärts tiefer in die Anlagen hineinkam, war ich bald völlig allein.

Da kam mir auf dem schmalen Weg, den ich eingeschlagen hatte, ein ebenso einsamer Gast entgegen. Wie ein waidwunder Bär brach er taumelnd durch das Holz heran, in brummigem Selbstgespräch. Die heisere Stimme schien mir bekannt und nicht minder, als er näher kam, auch die Gestalt; im Vorbeigehn endlich erkannte ich ihn für gewiß als Tessas Vater. Hatte er mittags, wo ich ihn sah, bereits leicht geschwankt, so war er jetzt betrunken und wankte bedenklich den engen Weg hin, immer wieder die Stämmchen streifend. Von seinem grimmigen Selbstgespräch verstand ich nichts als ein paar Flüche. Einen Augenblick war ich im Begriff ihm zu folgen, besorgt, daß er stürzen und liegenbleiben oder am Flußufer, wo der Weg teilweise hinlief, sich in Gefahr bringen könnte, und ging ihm denn auch einige Schritte nach; indes schien mir seine zornmütige Verfassung eher gefährlich als einladend, und so setzte ich meinen Weg fort und hörte von seiner Unterhaltung bald nur noch die wilderen Flüche hergrollen, bis mit der Entfernung auch diese verhallten.

Ich war wieder in der Nähe des Mühlenwirtshauses, wo ich die vergangene Nacht zugebracht hatte, als ich umwandte und in die Stadt zurückging. Hungrig betrat ich ein Wirtshaus. Um mich zu zerstreuen, versuchte ich nach dem Essen ein wenig zu zeichnen; es mißriet mir kläglich; ich nahm den Don Quijote vor, kam aber keine drei Seiten weit; ich blätterte in den Zeitungen herum und blieb zerstreut und teilnahmslos; schließlich zog mich ein Gast, der von den früheren Zuständen der Stadt zu erzählen begonnen hatte, in ein Gespräch hinein und half mir die Abendstunden herumbringen, bis ich nach Haus ging.

Da sollte mich aber die Beunruhigung erst erwarten. Als ich ins Zimmer trat, fand ich am Boden einen Brief, der an der Türschwelle hineingezwängt worden war. Es war ein amtliches Schriftstück. Aber wenn ich die beiden andern unschuldigen Briefe noch nicht zu öffnen gewagt hatte, so verhalf mir bei diesem das bißchen Macht und Gewalt, deren sich die Behörden brüsten dürfen, zu einem raschen Entschluß, und ich öffnete das Papier und las es, als hinge für mich Kopf und Hals an seiner Kenntnis. Es war eine Vorladung für den nächsten Morgen vor den Untersuchungsrichter. Wem sollte die nun anders gelten als Freund Kistenfeger? Zwar war ich bloß als Zeuge gerufen, aber wie leicht mochten diese Herren aus meiner Aussage oder aus den übrigen Umständen einen Verdacht, ja, wohl gar eine Mitschuld herausklügeln und mich darüber gleich in Gewahrsam nehmen? Ich gedachte der Machenschaften bei der Untersuchung meines Raufhandels und fragte mich ernstlich, ob ich der Behörde zu ähnlichem Tun noch einmal Gelegenheit geben solle, wo ich obendrein diesmal nicht ganz unschuldig schien; und es hätte mir Freude gemacht, für diesen Fall der einzige Zeuge zu sein und ihnen ein Schnippchen schlagen zu können, indem ich fernblieb oder vielmehr verduftete. Aber bald verwehten diese kindschen Anwandlungen, und wenn ich einen Augenblick wirklich die Flucht erwogen hatte, so beschied ich mich jetzt fein säuberlich, setzte mich auf den Bettrand und zog vorläufig einmal mein Geldtäschchen. Ich hatte schon länger nicht mehr genauer in seine Tiefen gespürt; jetzt fand ich es an der Zeit, wieder einmal ernstlich seine Tragweite zu ermessen.

Das hübsche Geldröllchen, das mir das Bildnis des Grafen eingetragen hatte, war dermaßen zusammengeschrumpft, daß mir kein Ausweg blieb, als zur Arbeit in die Druckerei zurückzukehren. Dann aber blieb mir das Erscheinen vor Gericht nicht erspart, und ich mußte, wohl oder übel, abwarten, was bei der Kistenfegerei für mich herauskommen mochte.

Ich legte mich schließlich nieder und hatte einige Zeit ruhig geschlafen, als mich nicht lange nach Mitternacht das Auf- und Zuschlagen des Fensters weckte. Der Himmel war nächtig-klar und reich gestirnt; doch hatte sich ein kalter Wind von Norden her aufgemacht, der in den Bäumen des Wirtsgartens herumfuhr, stoßweise durch die Straßen lief und gegenüber in den Fensterhöhlen des kahlen Neubaues die aufgestellten Kohlenbecken wie feurige Augen aufglühen ließ. Die Straße war leer; selbst die Dirnen, die sich sonst an der langen Friedhofsmauer nächtlich umtrieben, waren dem Wind gewichen; der auch mir kalt an den Leib drang, bis ich fröstelnd das Fenster zudrückte und riegelte.

Bald war ich wieder in einen unruhigen Schlummer gefallen, worin ich jeden pfeifenden Stoß des Windes vernahm, ohne aber davon ganz wach zu werden. In diesen Halbschlaf hinein schlug plötzlich der dumpfe Fall einer Tür, und am Erzittern des Hauses erwachte ich vollends und saß horchend im Bett auf. Ein Poltern unter mir, anhaltendes Pochen und eine dumpfe Stimme gingen durcheinander, doch kam keine Antwort: Aber endlich, auf ein splitterndes Krachen erschollen Schreie, und zwar von einer Mädchenstimme und so durchdringend, daß mir die Haare aufstanden und ich unverweilt wie zur Hilfe aus dem Bett sprang. Jetzt mengten sich mehrere Stimmen, aus denen die weibliche gellend heraustieg. Ein drohendes dumpfes Schelten, ein rasches Türenschlagen, ein immer wilderes Hilferufen, dann ein winselndes Flehen auf der Treppe ging durch die Nachtstille des Hauses. Ich fuhr in die Kleider; doch ehe ich noch hinaustrat, hörte ich drunten die Tür aufriegeln und zweimal hintereinander ins Schloß fallen. Halb eine schreckliche Ahnung, halb die aufregende Neugier trieb mich ans Fenster, um zu sehn, ob sich die Sache im Freien fortentwickle. Im Schein der Straßenlaterne erschien ein Mädchen, das ich sogleich als Tessa erkannte und das fliegend im Nachthemd oder nur in ein Bettlaken gewickelt über die Straße eilte und wimmerte; hinter ihr kam ein Mann mit nackten Beinen und einem wehenden Soldatenmantel, ratlos bald da-, bald dorthinrennend, bis sich das gescheuchte Paar, Tessa voraus, in den Neubau verkroch. Unter mir war unterdessen das Toben und Fluchen als dumpfe Begleitmusik weitergegangen, dann verzog's murrend wie abziehender Donner; der Polterer schien des Gewitters müde, das er im Haus angerichtet hatte.

Ich blieb am Fenster stehen, in bebender Erwartung, was die aufgeschreckte Nacht noch bringen und ob der Neubau die eingeschluckten Flüchtigen herausliefern werde. Mein Inneres war wie schwelendes Brandgetrümmer, wo ein stoßender Wind immer wieder die Lohe aufjagt. Ich setzte mich auf den Bettrand, ratlos und vernichtet. Und war froh, als sich mir endlich die Tränen lösten, die ich tropfen ließ, wie sie wollten, je reichlicher desto lieber.

Ein paar Stunden später – es war morgens vier Uhr und dämmerte noch kaum – war ich unterwegs, und zwar in derselben Richtung, die Tags zuvor mein Vater und Golly mit dem ihrigen genommen hatten. Wäre wirklich die Heimkehr mein Plan gewesen, genauer hätte ich schwerlich den Weg dorthin einschlagen können.

Mein Gepäck war leicht genug. Zu einiger Wäsche hatte ich mein Skizzenbuch, zwei Bändchen des Don Quijote, Homer und Tacitus und in einer Rolle meine Landschaften und die beim gutesten Egon gefertigten Zeichnungen in dem Wachstuch untergebracht. Das dritte Bändchen des Ritterbuchs trug ich in der Brusttasche in Gesellschaft der zwei noch ungeöffneten Briefe und der gerichtlichen Vorladung; es war das verwundete Büchlein, das ich seit jener Nacht mit besonderer Liebe hegte. Alles andere hatte ich zurückgelassen, um nicht durch eine auffallende Abräumung der Wände vorzeitig den Verdacht meiner Flucht zu erregen. Auch Haus- und Zimmerschlüssel trug ich bei mir; ich warf sie unterwegs in einen Bach, an dem mich eine Zeitlang mein Weg entlang führte.

Um Sonnenaufgang erreichte ich das große Dorf, wo ich vor Monaten bei meiner Herreise einige Tage lang die Stadt mißtrauisch und eines fragwürdigen Schicksals gewärtig belauert hatte. Im Gasthof, der mich damals beherbergt, nahm ich Kaffee, bürstete Kleider und Schuhe etwas zurecht und machte mich bald wieder auf den Weg, in der leisen Furcht, bereits Verfolger hinter mir herzuhaben, obwohl man in meiner Wohnung noch kaum bemerkt haben konnte, daß ich weg war, geschweige die Absicht hatte, nicht wiederzukommen. Diese Furcht begleitete mich eigentlich auf der ganzen weiteren Wanderung, und ich richtete, wie töricht und kindisch ich sie nennen mußte, meine Sicherung völlig darnach ein. Die Miete hatte ich natürlich nicht hinterlassen; denn mein Geldchen war ziemlich schmal geworden, und wenn ich unterwegs nicht bald Arbeit fand, konnte ich in schlimme Verlegenheit, wo nicht in Not geraten, ehe ich mich's versah.

Das Skizzenbuch hatte ich unterwegs außen aufs Bündel geschnallt, weil ich in den Augen der Behörden nicht als strömender Handwerksbursche erscheinen wollte, wovor mich zwar mein leidliches Äußeres bewahrte, sondern als fahrender Maler und Kunstschüler, der einmal Welt und Wandern kostete. Der Tag machte sich über alle Wünsche schön. Die Sonne hatte ihr Wanderfeld türkisenblau ausgemalt und kein Wolkenflöckchen stehenlassen. Der Wind wehte zwar noch, indes bescheiden und manierlich, und streichelte und kühlte mich bloß; und klar und ungemessen lag die Ebene vor mir. Der Blick war nur zuweilen durch Wälder eingeschränkt, die ich zum Teil zu durchwandern hatte und die sich in der Ferne schon dunkelblau als Mauern in den Felderteppich stellten.

Die Stürme und Stöße der vergangenen Nacht waren wie fortgeblasen und ausgeheilt oder schienen mich nur aus einer unhaltbaren Lage geworfen und einer neuen Freiheit gegeben zu haben. Mit wachsendem Tag wurde ich so seliger Lust zu wandern voll, daß ich nie in meinem jungen Leben so sehr dem Augenblick mochte angehört haben wie in den Frühstunden des ersten Reisetages. So schritt ich unersättlich aus und rastete erst gegen Mittag ein Weilchen, zweier Landschaftsskizzen halber. Gegen ein Uhr kehrte ich in einem Dorf ein und aß etwas; das ungewohnte schwere Bier ermattete mich und ließ mich ein Viertelstündchen einnicken. Ein Spinnchen, das sich von der Decke herabgeseilt hatte und mir auf der Nase spazierte, weckte mich bald; ich folgte der Mahnung des Tierchens, zahlte und hatte wenige Minuten später den Weg wieder unter den Sohlen.

Als die Sonne tiefer ging, kam ich in ein Städtchen auf der Uferhöhe eines Flusses und beschloß, mir's für heute an dem vollgerütteten Dutzend Wanderstunden genügen zu lassen. Unter den paar Gasthäusern wählte ich das stattlichste, um nicht wieder, wie in jener Schweizer Herberge, unter die Landjäger zu fallen und trat gemächlich in die altersbraune getäfelte Stube, wo ich der einzige Gast war. Der Wirt brachte mir Wein und ein kleines Essen; das Fremdenbuch, das er mir hinlegte, vergaß ich über meinem Hunger, und die Tochter des Wirts, ein hübsches Mädchen, nahm es unbesehn wieder weg und brachte auch mein Felleisen mit dem aufgeschnallten Skizzenbuch auf mein Zimmer.

Nach dieser ersten Stärkung besah ich mir das Städtchen, das recht eigentlich nur aus einer einzigen Straße bestand. Es war geringes Leben da. Eine Schar Kinder, die vor den Häusern lärmten, verschwanden mit dem Betzeitläuten lautlos von der Gasse. Ein ansehnlicher alter Brunnen zierte den Markt; er trug einen Handelsgott in grauem Sandstein; aber seit diesem der rechte Arm und vom Hut auch ein Flügel abgefallen war, schienen Handel und Wandel im Städtchen eingeschlummert zu sein und im Pflaster das feine Gras ungehindert zu sprießen. Ein blauer Gasthofswagen, der mit seinem Schimmel zufällig die Landesfarben vorstellte, rumpelte aus einer Einfahrt und strebte wankend zum Tor hinaus, dem Bahnhof zu. Ich folgte ihm langsam; einige Bürger grüßten mich im Vorbeigehn; nach kurzem Gang kehrte ich wieder um; der blaue Wagen überholte mich, leer wie er hinausgefahren war, und rumpelte ins Tor; ich aber ging noch ums

Städtchen herum, stieg an den Fluß hinab, über dem die Häuser spielzeugartig oben hingen, und kehrte dann ins Gasthaus zurück, wo ich zuerst mein Zimmer aufsuchte.

Zu meiner Überraschung fand ich das Wirtstöchterchen mit einer Gespanin oben. Sie mühten sich, das Skizzenbuch, worin sie geblättert haben mochten, wieder unter den Gepäckriemen zu schieben; aber bald kamen sie ins Kichern, ließen ihre Bemühungen und versuchten, an mir vorbei zu entwischen. Ich aber fing sie beide mit meinen Armen wie in einem Schraubstock und verhieß ihnen Entlassung aus meinem Dreibund nur gegen einen Kuß. Sie sahen mich mit fragenden Blicken an, ob ich wohl Zwang anwenden werde, und schienen es sogar zu erwarten; da ich aber törichterweise nichts unternahm, rissen sie sich plötzlich los und enteilten zur Treppe, wo sie ihr verschobenes Gefieder wieder einigermaßen zurechtzupften. Dann stiegen sie lachend hinunter, und wenige Minuten später auch ich.

In der Stube unten saßen am runden Tisch einige Bürger mit einem jüngeren Menschen und spielten Karten. Ich achtete ihrer nicht, sondern trank einsiedlerisch abseits meinen Wein, schnupperte dann ein wenig im Don Quijote und griff schließlich nach den Zeitungen. Darunter waren auch die letzten Nachrichten aus der Hauptstadt, worin ich zerstreut herumlas. Eben wollte ich sie wieder weglegen, als ich zufällig Straße und Hausnummer meiner Wohnung erwähnt fand und nun doch neugierig näher hinsah. Da las ich denn, es sei in dem Haus eine alte Frau verhaftet worden, die seit längerem im Verdacht der Engelmacherei und ähnlicher Treibereien gestanden und deshalb überwacht worden sei. Nun habe man gar in der Dunggrube des Hauses die Leichen zweier ganz kleiner Kinder gefunden; die gerichtlichen Nachforschungen würden wohl Licht in die dunkle Geschichte bringen, und es gehe bereits das Gerücht von weiteren Verhaftungen, die damit in Verbindung stünden.

Wer konnte mit all dem weiter gemeint sein als meine Wirtin? Und jetzt wurde mir auch manches klar; vor allem jener Besuch des Schutzmanns, der mich damals so rätselhaft über die Frau ausfragte, wie auch die Ankündigung seines zweiten, den ich allerdings mit dem Treiben Kistenfegers in Zusammenhang gebracht hatte. Mir war von solchen Vorgängen im Haus nie das Leiseste bekannt geworden, und mich schauderte in diesem Augenblick bei dem Gedanken, in welcher Hexenhöhle ich so ahnungslos Monate lang Unterschlupf gehabt hatte. Mußte da nicht meine Flucht doppelt verdächtig und meine Verfolgung um so wahrscheinlicher werden? Ich überlegte eine Sekunde lang, ob ich in die Stadt zurückkehren und mich den Behörden zur Verfügung stellen solle; aber der Gedanke erschien mir als Wahnsinn, sobald ich mich der vergangenen Nacht erinnerte. Als ich in der Frühe an der Flurtür Tessas vorüberging, hatte ich mir geschworen, jedes Gedenken an sie auszutilgen, und jetzt sollte ich in die Stadt und vielleicht gar unter ihr Dach zurückkehren? Nun erst galt eine rasche Entschließung, und das nächste Nötige war, da ich doch einmal vor den Gerichten ausriß, meine Fährte zu verwischen. Damit mußte freilich die Rückkehr in die Heimat, die ich im ersten Schreck auch für erwägbar gehalten hatte, dahinfallen.

Ich erhob mich, zahlte meine Zehrung und wünschte dem Wirt gute Nacht, dem ich vorgab, sehr müde zu sein. Doch wollte ich nur aus der Stube fort und morgen recht früh meinen Weg fortsetzen: als berufsmäßiger Ausreißer, der ich nun einmal war.

Kaum saß ich auf meinem Zimmer, wo ich im Dunkeln nachdenksam die Schuhriemen zu lösen begonnen

hatte, da klopfte es scheu und bescheiden an. Ich rief
Herein! und unter der Tür erschien das Töchterchen des
Wirts mit einem großen Buch, womit sie sich gegen den
erleuchteten Flur wie der Schattenriß einer jungen Muse
ausnahm. Sie blieb in der Tür wie in einem Rahmen
stehn, und da sie mich, wohl vom Flurlicht geblendet, im
dunklen Zimmer nicht sah, fragte sie, wo ich denn sei
oder ob ich am Ende schon im Bett liege? Ich ermunterte
sie, einzutreten; wenn sie etwa im Finstern straucheln
sollte, so wolle ich sie gern in meinen Armen auffangen
und auch nicht so schnell wie vorhin wieder daraus ent-
lassen.

Ich bringe Ihnen das Fremdenbuch; Sie haben sich
noch nicht eingeschrieben, sagte sie. Da müssen Sie aber
Licht machen.

Ich riß ein Hölzchen an, und sie trat von der Schwelle
ins Zimmer und legte mir das Buch aufgeschlagen auf
das wacklige Tischchen. Die bescheidene Gasthofkerze
reichte mit ihrem Schein eben aus, das Gestaltchen an-
mutig ins Licht zu setzen, so daß sie selbst in einer stummen Rolle sich vorteilhaft gegeben hätte. Doch tat sie
sogleich den Mund auf: ihre Freundin wie auch sie selbst
wollten mir noch freundlich danken; denn die Bilder des
Herrn Malers hätten ihnen gar zu gut gefallen.

Sie lächelte mit schlauen Äuglein; unterdessen hatte
ich die Anfangsbuchstaben meines Namens langsam ins
Fremdenbuch gemalt, als mir noch rechtzeitig einfiel, daß
ich den rechten Namen verschweigen wollte. Ich vollendete die Einzeichnung also durch einen falschen, nämlich Arthur Lürssen, fügte auch nicht den Ort meiner
Herkunft bei, sondern den Namen einer nächst der Hauptstadt liegenden Künstlersiedlung; von Beruf aber nannte
ich mich Maler, zum erstenmal und mit ordentlichem
Stolz. Dann klappte ich das Buch zu, legte es der Gast-

hofsmuse auf den Arm und bat sie, mich in der Frühe zeitig zu wecken. Sie versprach es mit einem leichten Knix, blieb aber dann noch stehen.

Und was soll ich jetzt meiner Freundin sagen? fragte sie. Gute Nacht für heute und Lebewohl für morgen. Ist das alles?

Sie schien wirklich noch weiteres zu erwarten, und ich erhob mich und trat auf sie zu. Sie sah mich mit schalkhaften Lichtern an, das Fremdenbuch wie einen Schild vor dem jungen Busen. Übermitteln Sie ihr das mündlich! sagte ich und hatte ihr auch schon die Arme um Nacken und Hüfte gelegt und zog sie an mich. Das schwere Buch fiel zu Boden und mir auf die Zehen; sie aber, da sie die Arme jetzt gebrauchen konnte, vollendete die doppelte Umleitung; ein feiner Busen drängte sich gegen mich an, und meinen Lippen kam die frische Blüte eines jungen Mundes entgegen. Zwei halbbeschattete Augen sahen mich mit weicher Hingabe an, wanderten aber nach dem ersten halben Dutzend Küsse von ihrem nächsten Gegenstand ab und besahen im Spiegel mit Genugtuung das süße Schauspiel, das die Mitspielerin endlich selbst mit einem abschließenden Kuß guthieß. Dann huschte sie mit einem Gutnacht über die Schwelle und zog die Türe zu; ich aber horchte mit gespitzten Lauschern, wie sie die Treppe hinabtrippelte.

Noch war es kaum Tag, da saß ich schon über einer Skizze des Marktplatzes, wie ich ihn vom Zimmer aus überblickte. Ich nahm sie zum Frühstück mit hinab; das Töchterchen trug Kaffee, Butter und Honig auf, wobei sie mithielt und mir nebenher zusah, wie ich an meinem Blatt die letzten Striche zog. Sie fragte schließlich, was ich denn nun mit der Zeichnung anfangen wolle, und da ich darin eine versteckte Bitte sah, schenkte ich ihr kurzerhand das Blatt, wie ich das denn von Anfang an vorgehabt hatte. Ich schrieb auf ihre Bitte noch meinen Namen darunter, den falschen, natürlich, und nahm ihren Dank entgegen, der in einem Händedruck und in einem artigen Knix bestand. Dann zahlte ich meine bescheidne Rechnung und nahm Abschied; und es war mir dabei einen Augenblick, als ginge ich ungern fort; aber nach einer halben Stunde, als ich knapp noch den Kirchturm sah und das Städtchen allmählich versank, war das unnütze kleine Abenteuer auch schon vergessen und verweht. Mein Weg führte immer noch in der Ebene weiter; aber von einem Ziel wußte ich so wenig wie tags zuvor. So wanderte ich denn ruhig ins Blaue hinein; ich ließ morgens meinen Schatten lang vor mir hergehen, mittags ganz kurz zur Rechten trotten und gegen Abend sich mir an die Fersen hängen, immer wachsend wie mein Weg und die Ermüdung. In Ansehung meines allmählich schwindenden Geldchens hätte ich freilich wieder an lohnende Arbeit denken sollen, statt mit dem Skizzenbuch herumzustromern, Geld zu verbrauchen und Wirtstöchter zu küssen; aber über dem schönen Tag, seiner belebenden Luft und dem immer neuen Augenschmaus in der Landschaft dachte ich nur an den Augenblick und ließ die Sorge seitab an der Straße sitzen, ohne ihrem Gramgesicht einen Blick zu gönnen; dazu war es am Ende immer noch Zeit genug, wenn die Not mich erst einmal ansprach. Über Mittag machte ich wieder Rast in einem größeren Dorfe. Neugierig griff ich nach der neuesten Zeitung der Hauptstadt, wie wenn diese nichts Wichtigeres zu berichten hätte als über mich und mein Ausreißen. Kistenfeger spukte noch. Das Blatt brachte eine umfängliche Abhandlung über Fälschung von Kunstwerken, einen richtigen Leitfaden zur Erlernung dieses ergiebigen Handwerks, und nannte alle erdenklichen Kniffe und Kunstgriffe, die dabei angewendet würden, um einen Erfolg zu verbürgen, dann aber auch die ungewöhnlich hohen Preise, womit vorzugsweise die alten Arbeiten aufgewogen zu werden pflegten und zu ihrer Fälschung recht eigentlich Ansporn gegeben würde. Eine Reihe berühmter Fälscher wurden mit Namen aufgeführt und neben ihnen der gute Kistenfeger als ein bemitleidenswerter Stümper bezeichnet, dem zu dieser Kunst nur ungefähr alles gefehlt habe, weshalb er denn auch so rasch von seinem Schicksal ereilt worden sei. Es folgte zuguterletzt eine Liste berühmter betrogener Museen, Sammler, Gelehrter und Kunstforscher und mit fröhlicher Genugtuung waren zwei noch lebende Sachverständige erwähnt, die sich trotz ihrer anerkannten Unfehlbarkeit als zum Übers-Ohr-Hauen besonders geeignet erwiesen hätten. Damit schloß die ermunternde Anleitung zu dem edlen Handwerk, und das Wort nahm ein Maler von Ruf, der in bissiger Rede dartat, daß die Kunst der Fälschung – denn eine Kunst sei dieses Handwerk zu nennen – einen goldnen Boden haben werde, solange närrische Sammler für seltene oder alte Gemälde Preise zahlten, wofür sie zehn, ja, zwanzig gute Werke lebender Künstler erwerben könnten, die derweilen darben müßten. Aber Museen und Gelehrte liebten halt, das Alte zu fördern und künstlich am Leben zu erhalten, weil sie für die Jugend keine Teilnahme hätten und ihnen auch die richtige Schätzung, ja, jegliches Verständnis dafür fehle. Es sei darum der Fälschung Vorschub zu leisten und überall Erfolg zu wünschen, bis der Staat das unfähige Treiben seiner Kunstbeamten einsehe und allen Werken, stammten sie her, wo sie wollten, die Museen verschließe und der lebenden Kunst Luft verschaffe.

So ungefähr lautete, was die Zeitung über die Machenschaften Kistenfegers im allgemeinen zu fabeln hatte; unter den gerichtlichen Nachrichten aber kam das Besondere, und das ging mich an. Es hieß, es scheine in die Kistenfegerei auch ein junger Kunstschüler verstrickt, der übrigens vor kurzem durch einen Raufhandel bereits von sich reden gemacht habe; und mein Name war genannt. Wenigstens sei das hoffnungsvolle Bürschchen verschwunden, seitdem ihn der Untersuchungsrichter als Zeugen geladen habe. Freilich wäre noch nicht ermittelt, ob die Fälschungen mit oder ohne sein Vorwissen begangen seien. Da hatte ich also im Gröbsten meinen Steckbrief. Fortan mochte ich in jedem, der mich irgendwie musterte, ein verfolgendes Werkzeug der Gerechtigkeit sehen; besser gesagt: ein Werkzeug des Gerichts; denn was hatte die Gerechtigkeit dabei zu schaffen, wenn man mich in den Zeitungen verdächtigte, ehe man meine Sache auch nur halb geprüft hatte? Aber die Herren mochten mich suchen! Ich nahm meinen Weg wieder auf. Und obgleich ich ihn jetzt um so sicherer schätzen wollte, je einsamer und menschenscheuer er sich durch Wälder wand, so beschloß ich doch, durch die Menschensiedlungen hindurch den Kopf unbefangen und frei zu tragen; die beiden Briefe und die gerichtliche Vorladung verbrannte ich und zerstampfte selbst die Asche davon, als könnte sie meinen Namen noch verraten, behielt hingegen mein Schulzeugnis und gab ihm im Futter des linken Rockärmels, das unter der Schulter ein wenig zerrissen war, ein unauffälliges Versteck; so war ich bald ängstlich, bald wieder völlig unbesorgt und wanderte meine Straßen durch Behelmte und Behörden hindurch, aber niemand hielt mich fürs erste auf.

Bei Sonnenuntergang durchschritt ich ein großes Dorf und wanderte weiter, um noch ein ferneres zu gewinnen, wo ich nächtigen wollte. Doch hieß es unterwegs, es seien auf eine weite Strecke nur einige Höfe zu treffen, und ich möge mich hüten, im Wald den Weg zu verfehlen; für alle Fälle solle ich diesen noch auf dem nächsten Gut genau erfragen. Dieses erreichte ich bei völliger Dunkelheit, fand aber noch Licht dort. Ich betrat den Hofraum trotz dem wütenden Gebell des Hundes, der an der Kette riß und tobte und mich nicht zur Haustüre lassen wollte. Der Bauer kam heraus, rief das Tier zur Ruhe und leuchtete mir mit der Laterne ins Gesicht. Auf meine Frage nach dem Weg meinte er, ich könnte in der Dunkelheit ins Moor geraten und täte klüger, ins Dorf zurückzukehren. Da fragte ich denn, ob ich nicht auf seinem Hof übernachten könne; ich wolle es gerne bezahlen und nähme fürlieb mit einem Lager im Stall oder auf dem Heuboden. Keins von beiden! sagte der Bauer kurz. Aber kommen Sie herein; die Magd kann Ihnen ein Bett herrichten; geben Sie ihr halt ein kleines Trinkgeld. Damit traten wir in die große, aber niedrige Stube, wo überm runden Tisch eine Hängelampe brannte. Ein offenes Wirtschaftsbuch lag dort, auf diesem aber eine Brille, die ihr Gestäng wie Gemskrickeln in die Höhe richtete. Der Bauer rief durch ein kleines Fensterchen in die Küche hinaus, wo noch jemand hantierte, man solle was zu essen besorgen und ein Lager herrichten. Darauf setzte er sich hinter sein Buch und rechnete halblaut darin herum, unter den nachprüfenden Blicken des Gekreuzigten in der Ecke und einer Reihe von Bildnissen, die wohlgeordnet den Tischwinkel und die beiden nächsten Fensterpfeiler bedeckten.

In der Ecke neben dem mächtigen Kachelofen saß in einem Großvaterstuhl ein alter Mann schlafend. Ich erhob mich, ging umher und besah mir nähertretend den Kopf des Alten, der schon etwas Totenähnliches hatte, so daß ich fast erschrak. Ich holte mein Zeichenbuch herbei, setzte mich vor den Schlafenden und begann ein Bildnis von ihm zu fertigen. Die Arbeit geriet mir gut und rasch, und eben kam ich ziemlich damit zu Ende, als der Bauer schweigend neben mich trat und mir bis zum letzten Strich zusah. Wir gingen unter die Lampe zurück, und der schweigsame Mann ermunterte sich zu einem kurzen Lob meiner Arbeit. Das ist nun das einzige Bild des Großvaters, und man kennt ihn gut! sagte er. Seiner Lebtage hat er sich nie abbilden lassen, und wenn er nicht geschlafen hätte, so trügen sie ihn jetzt nicht im Buch mit fort.

Ich würde ihn gern noch einmal aufnehmen! sagte ich; vielleicht morgen früh, wenn er ordentlich ausgeruht hat? Damit solle ich nicht rechnen, meinte der Bauer. Der Alte habe den Aberglauben, er sterbe über kurzem, wenn ein Bild von ihm genommen werde. Seit ihm dies vor langen Jahren mit seinem Ältesten begegnet sei, habe er diesen Widerwillen, obwohl sich die ganze Familie schon öfter habe aufnehmen lassen und noch niemand daran gestorben sei. Ich möge aber mein Buch versorgen; er könne jeden Augenblick aufwachen und brauche das Bild nicht zu sehen.

Die Magd brachte eingeschlagene Eier und ein Stück geräucherten Specks und ging wieder. Der Bauer aber holte aus dem Wandschränklein einen Laib Schwarzbrot, schenkte mir aus einem Krug, den er auf dem Fensterbrett stehen hatte, ein Glas Apfelsaft ein und setzte sich zu mir. Er fragte nach dem und jenem, und ich gab ihm ruhig und mit gutem Gewissen einen erdichteten Bescheid, ließ mir aber das einfache Essen meinem Hunger entsprechend schmecken. So saßen wir eine halbe Stunde beisammen, dann wies er mir mein Zimmer an, wünschte gute Nacht und stieg wieder hinab. Bald hernach hörte ich, wie er den Alten die Treppe herauffförderte. Dann lag der Hof in der Ruhe und sehr rasch auch ich; konnte ich mich doch rechtschaffen müde nennen. Kommenden Morgen ging ich ziemlich früh weiter. Da der Bauer für Zehrung und Herberge nichts nahm und mich bloß mit einem Trinkgeld an die Magd wies, wollte ich ihm das Bild zum Lohne lassen. Doch lehnte er auch dieses ab, weil er's ja vor dem Großvater geheim halten müßte, und entließ mich nach einer übergenauen und wortreichen Weisung meines Weges. Dieser folgte ich nach Möglichkeit und war teils durch Wälder, dann wieder durch offenes Moorland wohl eine Stunde gewandert, als ich Pferdegetrapp hinter mir vernahm. Ich sah einen Reiter, der mit dem Hute winkte und auf schnaubendem Tier auch bald neben mir hielt. Es war der Bauer. Er fragte mich, ob ich ihm nicht das Bild des Alten lassen wolle; eben noch habe er's zwar zurückgewiesen; aber jetzt möge ich ihm den Preis nennen; er wolle es kaufen. Der böse Aberglaube des Alten habe nämlich Recht behalten; der Mann liege vom Schlag getroffen gelähmt, und bei seiner Schwäche und seinen Jahren sei an ein Aufkommen nimmer zu denken; schwerlich werde ihn der Arzt, um den er eben ausreite, noch am Leben treffen.

Ich hatte die Zeichnung aus dem Buch geschnitten und bot sie dem Bauern für seine Gastlichkeit an, so traurig leider der Anlaß sei, fügte ich hinzu. Er schüttelte den Kopf; beim Maler in der Stadt müßte er das Bild ja auch bezahlen, sagte er. Und ob ich mit einem Goldstück zufrieden wäre. Schenken lasse er sich's nicht; auch würde ihm's die Bäuerin krumm nehmen, wenn er für den Schwiegervater nicht soviel übrig hätte.

Ich drängte ihm das Blatt noch einmal auf. Er aber griff in die Westentasche, nahm mir ohne Umstände den Hut von dem Kopf und ließ das Goldstück hineinfallen, während er das Bild an sich nahm. Dann dankte er kurz und sprengte davon in der Richtung eines entfernten Dorfes, auf das auch ich zuging.

Um dieses Goldstück reicher, hatte ich wieder eine Anzahl Siedlungen hinter mich gelegt, als ich mit einbrechender Nacht in einem kleinen Dorf Rast machte, diesmal aber nicht allein. Es war unterwegs ein junger Mensch, der längere Zeit hinter mir hergegangen war, an meine Seite gekommen und mit mir weitergewandert, obschon ihn meine Einsilbigkeit kaum dazu ermuntert hatte. Denn ich war einigermaßen mißtrauisch geworden, da er mir so beharrlich an den Fersen geblieben, ja, selbst auf Fußpfaden gefolgt war, die ich, um ihm zu entkommen, eingeschlagen hatte. Indes erschien er mir bald als ein harmloser Wanderer; um so erstaunter war ich jedoch, als er mich mit heiterer Miene plötzlich mit Namen nannte, auch zugleich wußte, daß ich Maler war. Nun hatte er im Gasthof jener kleinen Stadt, wo ich übernachtet, mit den Bürgern Karten gespielt und mich beim Wein sitzen, andern Tags auch die Zeichnung gesehn, die meinen Namen trug, freilich meinen Trugnamen. So ließ ich ihn denn, da er sich mir auch nicht vorstellte, ruhig meine falsche Flagge grüßen, ja, hätte ihn am liebsten noch, weil er mich doch nichts anging, in seinem Irrtum bestärken mögen.

Er sprach geläufig, frei und selbstbewußt, wie es Norddeutschen eigen ist, und gewann damit bis zu einem gewissen Maße mein Zutrauen. Denn ein geschmiertes Mundwerk war für mich immer ein Überredungsmittel; mit Pellegrini, dem windigen Schwätzer, war mir's ja auch nicht anders ergangen. Dafür ließ ich ihn so ziemlich die Kosten der Unterhaltung allein bestreiten, und er wußte uns denn auch mit allerlei Schnurren und Späßen den Weg zu kürzen. So betraten wir, einander halb vertraut und doch noch fremd, zusammen das Dorfgasthaus;

ich ahnte freilich nicht, daß ich es besser betreten hätte ohne ihn.

Als ich nämlich den andern Morgen erwachte, war ich in der allerübelsten Verfassung. Ich konnte mich nicht gleich des Ortes entsinnen, wo ich war, und hatte fürs erste auch keine Erinnerung, wie ich zu Bette gekommen war. Der schwere Kopf, das hämmernde Blut und eine Doppelliterflasche auf dem Tisch, die noch einen Rest Rotweins enthielt, gaben mir aber einigen Aufschluß über die Vorgänge. Ein Glas lag am Boden, ein zweites auf einem Stuhl; die Zimmertür war nur angelehnt und spielte hin und her im Wind, der vom Flur durchs Zimmer zu meinem offenen Fenster strich. Der Tag dämmerte schon; irgendwo in der Tiefe des Hauses krähte ein paarmal der Hahn, und ein früher Wagen knarrte auf der Straße. Ich legte den schweren Kopf aufs Kissen zurück und schlief weiter, bis mir die höherkommende Sonne das Gesicht streifte und deutlicher die sonderbare Umgebung wies, ohne daß ich mich indes der Geschehnisse hätte entsinnen können.

Im Bett halb aufgerichtet, besah ich mir die Verfassung. Den Kragen hatte ich noch an, wennschon geöffnet; ebenso den einen Strumpf; der andre hing zur Hälfte aus dem Waschbecken, wohin ich ihn wohl im Dunkel geworfen hatte; die Weste war einhüftig über die Stuhllehne gehängt, Rock und Hose geschwisterlich vereint am Fußende des Betts unter der Decke. Neben dem Weinglas am Boden lag ein Schuh; den andern entdeckte ich schließlich vor der Tür, noch ungewichst; kurz, es sah um mich her nicht ordentlicher aus als in meinem Kopf, wo alles kreuzweis durcheinander geschichtet lag, das Wichtigste unauffindbar zuunterst, wie bei einem eingestürzten Hause.

Ich stand auf, zog mich an und ging im schlimmsten

Zustand in die Gaststube hinab. Die aufräumende Magd, die ich um ein Frühstück bat, sagte, die Wirtin gebe einer Kalbin die Tränke und werde gleich frische Milch für den Kaffee bringen; der Wirt aber sei schon ins Städtchen zu Markte gefahren. Ich setzte mich, mehr schlaftrunken als wach, in die Herrgottsecke. Auf dem Fensterbrett stand neben einem Spiel Karten ein Würfelbecher; auf dem Tisch das Brotkörbchen, zwei Kaffeetassen, die eine davon gebraucht, mit einem Schnapsgläschen daneben und dem Rest einer Semmel. Eine Fliege flog von dieser zum Schnapsglas, von hier auf den Rand der gebrauchten Tasse, wo sie mit dem Rüssel saugend herumspazierte. Ich aber saß wartend am Tisch, den brummenden Kopf in die Hände gelegt, und betrachtete das von der Fliege belebte Frühstücksstilleben, bis mir die schlaftrunkenen Augen zufielen und ich wieder träumte. Da kam endlich die Wirtin. Sie trocknete sich mit ihrer Schürze die Hände, grüßte mich und fragte, was ich zum Frühstück wolle: Kaffee, Suppe oder frische Milch. Ich entschied mich für Kaffee, mit Rücksicht auf meinen Zustand, und sie bestellte ihn bei der Magd, die in der Küche herumwerkte.

Ihr Kamerad ist schon mit meinem Mann fort, ins Städtchen auf den Markt, sagte sie, als sie zurückkam. Er will wieder mit ihm herkommen, und Sie sollen ihn erwarten. Es kann freilich Mittag werden bis dahin; die Mannsleute kommen ja nicht mehr vom Wirtshaus weg, wenn sie einmal sitzen, fügte sie hinzu. Das war meiner Erinnerung ein erster Wink. Ich hatte vollständig vergessen gehabt, daß ich selbzweit die Herberge betreten hatte, und wie sehr ich nun auch über den Begleiter nachsann, so konnte ich mir vorläufig kein Bild von ihm machen; es wurde immer Pellegrini daraus, der mir soeben, als ich am Tisch ein wenig eingenickt, im Traum vorgekommen war. Wir mußten schon sehr gründlich zusammen gezecht haben, da es solchermaßen um mich stand.

Das bestätigte mir die Wirtin, die jetzt den Kaffee brachte. Eine Tasse Schwarzer, sagte sie, werde mir guttun auf den vielen Rotwein, den wir gestern getrunken hätten.

Besonders der Doppelliter auf dem Zimmer sei für meine Verfassung zuviel gewesen. Mein Kamerad dagegen scheine höher geeicht zu sein; man habe ihm nicht viel angesehn, und er hätte sonst wohl auch nicht so früh mit dem Wirt schon wegfahren mögen, mit nur ein paar Gläslein Schnaps als Frühstück. Und ob ich denn nicht Kopfweh hätte auf solche Trinkerei hin?

Das hatte ich nun zwar nicht, so übel mir's auch zu Mute war. Aber es sollte mir noch schlimmer werden, als ich nach meinen drei Tassen Kaffee die Rechnung verlangte. Ich hatte von vergangener Nacht her die ganze Zeche wie auch das Übernachten meines Begleiters zu bezahlen. Zur Bekräftigung ihrer Behauptung, die ich mit großen Augen aufnahm, holte die Frau den Würfelbecher vom Fensterbrett: Wissen Sie's nimmer? Mit dem da haben Sie's ausgewürfelt. Ein Drittel ist auf Ihren Kameraden gefallen; da haben Sie gerufen: Nur keine doppelte Buchführung, Wirtin! Ich zahle alles. Dann haben Sie noch einen Liter zusammen getrunken, der andre Herr auch eine Menge Schnaps dazu und hat dann von einem Herrn Spickscheer oder Speckschier geredet und eine geschlagne Stunde mit Ihnen über den Namen gestritten und über weiß Gott was sonst noch. Darüber ist der Nachtwächter gekommen zum Feierabendbieten, und Sie sind zusammen mit dem Doppelliter aufs Zimmer gegangen – sehen Sie: da steht er aufgemerkt – und haben dort weiter gestritten; hab' ich doch meinen Mann noch gefragt: Hören denn die zwei gar nimmer auf?

All das war mir mehr als nebelhaft, und knapp konnte ich zuletzt noch herausfinden, daß mit dem erwähnten Namen Shakespeare gemeint war, den wir wohl auf unsere trunknen Zungen genommen. Die Wirtin rechnete derweilen die Posten zusammen und ließ sie mich prüfen; ein zerbrochenes Weinglas war auch noch dabei. Mein Kopf wurde halb nüchtern davon; der Beutel halb leer; ein Glück, daß ich noch das Goldstück des Bauern hatte. Ich glaubte es wenigstens und ging nun den Weg, den mir die Wirtin so freundlich wie wortreich wies.

Im Dahinwandern hatte ich nun die beste Gelegenheit, mich auf die Vorgänge der verflossenen Nacht zu besinnen, und so sehr mir der Kopf umnachtet war, stieg mir unter der befreienden Wirkung der Morgenluft einigermaßen die Erinnerung wieder auf, wie in einer verhüllten Berglandschaft sich Spitze um Spitze aus dem Nebel hebt, zum Zeichen, daß da unten verborgene Dinge liegen, die zu ihrer Zeit ans Licht kommen werden. Freilich ergab sich für mich vorläufig nichts weiter als die Erkenntnis, der gutmütige Esel gewesen zu sein, dem wieder einmal alles zur Last geladen worden war.

Aber damit war es noch nicht genug. Als ich nämlich so nachdenksam mit beschwertem Hirn dahintrottete, schreckte mich plötzlich der Schatten eines Reiters auf, der unbemerkt an meine Seite gekommen war. Es war ein Landjäger. Er hielt mich an, zog sein Buch heraus und wollte meinen Namen wissen, oder fragte mich vielmehr, ob ich unter dem Namen Lohr vergangene Nacht im nahen Dorf gewohnt und bis zu vorgerückter Stunde mit einem Herrn So-und-so gezecht habe. Nun hatte ich dort meinen wahren Namen ins Gastbuch eingetragen, obschon mein Trinkgespan mich immer unter dem falschen angeredet hatte, konnte also ruhig Ja sagen. Indes bestritt ich dem Landjäger, den Zechbruder mit Namen zu kennen, mit dem ich ganz zufällig zusammengetroffen und nur eine Strecke Weges gewandert sei. Aber der Behelmte schien mir nicht zu trauen, und da er mich jetzt mit Kreuz- und Querfragen verwirren wollte, begann ich frisch zu lügen: Schriften hätte ich keine bei mir, sagte ich auf seine Frage. Ich sei bloß auf einige Tage von der Hauptstadt weggegangen, um in dieser Gegend zu zeichnen, und hätte nicht bedacht, daß ich in solche Ungelegenheiten und Verhöre kommen würde. Mehr als ich bereits mitgeteilt, könne ich ihm nicht sagen, und damit wisse er die Wahrheit und möge mich ziehen lassen. Er schwieg einen Augenblick, fragte dann aber noch, ob mein Begleiter mit mir Karten oder Würfel gespielt habe. Ich konnte nichts Gewisses sagen, außer daß ich heute früh die ganze Zeche habe übernehmen müssen und zwar freilich, wie die Wirtin mir gesagt, infolge der Entscheidung durch die Würfel. Das habe er nur noch wissen wollen, sagte auf dem Gaul der Olivgrüne, merkte sich's auf und ritt davon, ohne mich eines Grußes zu würdigen.

So glimpflich die Sache vorläufig abgegangen war, fürchtete ich doch, daß damit die Nachstellungen des Berittenen noch nicht möchten zu Ende sein, und besann die Wege, ihm aus den Augen zu kommen. Und während er die Landstraße weiterritt und an einem Kreuzweg die Richtung auf einen Wald zu nahm und in dessen Tannen verschwand, wählte ich den nächsten abzweigenden Fußweg und ging durch die Wiesen, in der Absicht, eine Strecke weit die Bahn zu benützen, sobald ich sie erreichte.

Auf diesem Weg war ich einige zehn Minuten gegangen, als ich etwas Weißes liegen sah und darnach greifend einen Brief aufhob. Die Hülle war offen, und ich zog das Schreiben heraus. In der Anrede stand ein andrer Vorname als in der äußeren Aufschrift, die denn auch von andrer Hand geschrieben war, und das zweite Blatte des Bogens, das die Unterschrift und die letzten Worte der Schlußformel enthalten haben mußte, war weggerissen. Im raschen Überfliegen sah ich einen mir bekannten Namen, der mich bewog, den Brief zu lesen. Es waren darin in wenigen eindringlichen Sätzen dem Empfänger Vorwürfe gemacht: Er wisse nicht, was er wolle noch, was er könne, treibe brotlose Künste oder irre untätig herum, richte sich durch Trunk zugrunde und habe nun auch noch die letzte Gunst eines wohlwollenden Mannes eingebüßt, des Herrn von G. nämlich, wie man von diesem selber habe erfahren müssen. Er möge Nachricht geben oder zu seinen Eltern heimkehren, bevor sie von Freunden oder gar von Fremden oder der Behörde das Schlimmste über ihn vernehmen müßten.

So ungefähr lautete der Brief; die ersten paar Worte der Schlußformel waren noch da; der Rest davon und die Unterschrift fehlten.

Der in dem Schreiben erwähnte Herr von G. war nun niemand andrer als mein gräflicher Gönner, und der Brief hätte an mich selbst gerichtet sein können, so hübsch paßten die Vorwürfe darin auf mich. Welcher Zufall legte mir auf offnem Feld ein solches Mahnstück in den Weg, das bei alledem an einen Doppelgänger meines verdächtigen Wandels, einen ganz Unbekannten gerichtet war! Aber da blitzte mir ein Licht auf. Ich erinnerte mich vom Grafen her des jungen Menschen, der jene zwei ungleichen Bilder gemalt hatte und auf den diese elterlichen Mahnungen, soweit mir unser gemeinsamer Gönner die Dinge geschildert hatte, nur allzu genau stimmten. Sein Name war mir entfallen, und doch hatte ich über diesen Menschen keinen Zweifel mehr. Um so wunderlicher war das Schicksal, das mich diesen Unbekannten buchstäblich auf der Landstraße finden ließ. Nachdenklich steckte ich das gefundene Schriftstück ein, das ich unter andern Umständen würde weggeworfen haben, und wanderte meiner Wege weiter.

Nach einiger Zeit, es mochte eine geraume Stunde vergangen sein, kam ich an einen Wald, durch den die Landstraße führte. Ich hielt mich indes in einiger Entfernung von dieser auf einem Fußpfad durchs Unterholz, über das, in Gruppen und auch einzeln, da Föhren und dort Tannen emporragten. Eine Zeitlang war ich so dahingeschritten, und schon sah ich zwischen den Stämmen wieder das sonnige Feld und einige Höfe hervorgrüßen, als ich drüben auf der Straße einen Menschen gewahrte, der eilends in den Wald hereinlief und sich einigemale umsah, unschlüssig, wohin er sich wende. Er rannte wieder vorwärts, wandte sich aber dann plötzlich ins Gebüsch und schien vom Boden verschlungen. Indes nur auf wenige Augenblicke; denn schon sah ich ihn überm Gebüsch auftauchen, an einem Föhrenstamm emporklettern, behend wie ein Affe, und kaum daß ich's dachte, kam er droben ans Nadelwerk, wo er die Äste sprossenweise zum Emporsteigen benützte, und horstete geborgen; nur die Krone des Baums schwankte leis mit dem verdächtigen Vogel.

Gegen den Ausgang des Waldes mündete ich wieder in die Landstraße ein und hörte jetzt Hufschlag, eben als ich ins Freie trat. Ein Helm tauchte hinter einer kleinen Erhöhung auf, dann der ganze Reiter, der auf den Wald zu sprengte. Er erblickte mich, und sogleich hielt er in kurzem Trab auf mich her; es war mein Olivgrüner von vorhin. Er sprach mich an und sagte, ich müsse da eben einem Menschen begegnet sein, der durch den Wald gelaufen und wohl jetzt darin versteckt sei. Ich sei, erwiderte ich patzig, durchs Unterholz her gekommen und hätte wohl auf der Landstraße jemand gesehen, aber es bekümmere mich wenig, wo er sich hingewendet habe. Er darauf faßt mich an der Schulter und herrscht mich an: Ich wisse, wo der Flüchtling sei und stecke mit ihm unter einer Decke; es sei nämlich mein Zechgenosse von vergangner Nacht. Also möge ich nur mit der Sprache herausrücken; und das augenblicklich! Geduld! dachte ich und sah ihn ruhig an, obschon er sich wie der berittene Herrgott aufführte. Und wäre der Flüchtling ein

Mörder gewesen, den ich eben mit dampfendem Messer bei seinem Bluthandwerk getroffen, diesem Menschen hätte ich ihn nicht verraten!

Er habe die beste Lust, mich festzunehmen und aufs Amt zu bringen, fuhr er mich an.

Das solle mir recht sein, erwiderte ich ruhig; er werde dann Gelegenheit haben, mich freilassen zu sehn, und sein Flüchtling danke ihm gewiß für den Vorsprung, den er ihm unterdessen gewährt habe.

Er gab mir einen wilden Blick, spornte sein Tier und ritt in den Wald hinein, bald links, bald rechtshin ins Holz luchsend. Ich aber lachte schadenfroh vor mich hin. Wie wußte ich den Verfolgten so fein vor ihm geborgen!

Und so nahm ich meinen Weg ins freie Land hinaus.

War aber der Flüchtling, der sich im Walde die hohe Warte zum Versteck ausgesucht hatte, wirklich mein Zechgespan, so durfte ich mich beglückwünschen, für diesmal mit dem einen blauen Auge davongekommen zu sein. Ich stand also im Verdacht, mit dem Gesellen gemeinsame Sache gemacht zu haben, nur weil wir zufällig einige Glas Wein zusammen getrunken hatten! Und vielleicht war meine Lage gefährlicher, als ich es für den Augenblick wahrhaben wollte. Wie ein abgezogenes Gewitter konnte der Verfolger zurückkehren und mich einholen; ich ging also rascher und blickte wohl alle hundert Gänge um, ob er nicht wieder seinen Gaul auf mich zu spornte; ja, als ich weit zurück ein Staubwölklein auf der Straße dahinziehn sah, mußte es mein Olivgrüner aufgewirbelt haben; doch da das helle Gespenst sich auf einer Wiese auflöste, ward mir leichter zumute, wie ich denn auch während dieses Wanderabschnitts unbehelligt blieb. Ich erreichte schließlich am Hochgebirg, dessen Häupter noch Schnee zeigten, ein Städtchen, wo ich mir vornahm, entweder die Nacht über zu herbergen oder nach einem kurzen Imbiß den Zug zu besteigen und so dem Verfolger die unmittelbare Fährte abzuschneiden.

Der Bahnhof lag hoch über dem Orte. Ich trank dort ein Glas Bier, sah mir ohne ein klares Ziel die Fahrpläne an, ging dann aber noch ins Städtchen, das an der Berglehne sich hinabzog. Zwischen den Stämmen des Baumgangs, der hinunterführte, blickten die ersten Lichter herauf, aus grauem Fabrikdunst, der die Stadt wie in einen See gesunken vortäuschte. Ich blieb stehen, lehnte mich ans Straßengeländer und blickte hinunter, als ich bemerkte, wie mich eine unbekannte Weibsperson umschlich, als ob sie mich ausspähen wollte. Sie trat schließlich herzu, ohne daß ich mich nach ihr umgesehn, und sprach mich an, und zwar mit Namen, zu meinem größten Erstaunen. Denn wen hätte ich, nach allem was vorgefallen war, hier weniger verhoffen sollen als Golly? Aber nun hatte ich sie einmal an der Seite und mochte zusehn, wie ich sie wieder los wurde.

Was ich sogleich gefürchtet hatte, nämlich, sie könnte mir bei meiner dürftigen Lage auf dem Geldbeutel liegen bleiben wollen, das versuchte sie sofort. Da ihr ein gutes Schicksal in mir einen Freund aus der Hauptstadt zugeführt habe, möge ich ihr dorthin zurückhelfen. Ich beschied sie, das sei bei meinen geringen Mitteln nicht möglich, sie solle halt, wie ich, hier im Städtchen Arbeit suchen: in einer Haushaltung, einem Laden oder einer Fabrik, was ihr ja wohl nicht schwerfallen könne. Sie ging mit keinem Worte darauf ein, sondern fing an zu erzählen. Ihr Vater habe sie, nachdem man ihr in der Hauptstadt mit der Ausweisung gedroht, nach Hause holen wollen. Aber nach allem, was ihr das letzte Jahr gebracht, sei es ihr wider den Strich gegangen, zur Familie, die an ihrem Schicksal große Schuld trage und in Zürich in Dunkel und Dürftigkeit dahinwese, zurückzukehren, und so wäre sie denn in einem unbewachten Augenblick, kaum daß sie den Schweizerboden betreten hätten, dem Vater entwichen, eine Zeitlang zu Fuß gegangen und dann mit ihrem bißchen Geld bis in dieses Städtchen gefahren, wo sie nunmehr zwei Tage dürftig genug zugebracht habe. Und ich könne nie in meinem Leben ein besseres Werk tun, als wenn ich ihr noch einmal helfen wollte.

Hätte ich dies alles nur überhören können! Denn, Gott strafe mich! noch hatte sie kaum geendet, da war ich schon wieder gutmütig genug, vergessen zu wollen, was zwischen uns vorgegangen, und auch; wie wenig ich dazu imstande war, ihr zu helfen. Aber ich rückte mir die

Schröpfung in der verflossenen Nacht vor, dann den Pellegrinischwindel, endlich den geringen Pfennig, den ich noch besaß, selbst die Einrechnung des zuletzt verdienten Goldstückes, das ich vorläufig als das Geheimnis meiner Westentasche hüten wollte. Also lehnte ich die Hilfe ab, und da Golly ihr Gebettel und Geflenne wieder anfing, ging ich wortlos neben ihr her, in der Erwartung, sie durch mein Schweigen schließlich doch abzuschütteln.

Sie rief die Erinnerung an jene Nacht herauf, wo wir einander zum ersten Mal getroffen und ich ihr doch so freundlich und freigebig begegnet sei. Hier werde man ihr das Leben unmöglich machen, sobald ihr früheres Gewerbe ruchbar werde; in der Hauptstadt dagegen fände sie bald wieder Unterschlupf und Erwerb, und am besten wäre es wohl, in Freundschaft dort zusammenzuleben und so wenigstens das bißchen Glück zu genießen, das ein paar armen Menschenkindern, wie uns beiden, im Leben zugeteilt sein könne.

Ich schwieg und beschloß, dabei zu beharren; da spielte sie aber gleich auf einer andern Saite. Sie fragte, ob ich mich denn in diesem kleinen Ort geborgener glaube als in der Hauptstadt. Ich sei doch vor den Gerichten ausgerissen, wie sie in der Zeitung zufällig gelesen habe, und wenn mich die Behörden aufspürten, so sei ich schnell wieder in der Hauptstadt und dort sicherer aufgehoben, als mir lieb sein könne. Ich werde ihr, wenn sie mich wohlmeinend warne, übrigens nicht die Schlechtigkeit zutrauen, daß sie mich verrate; denn dazu habe sie vorläufig keinen Grund; im Gegenteil.

Diese schlecht versteckte Drohung machte mich einen Augenblick unsicher; aber sie sollte nicht sehen, daß sie mich in der Hand hatte, obwohl mir eigentlich nichts geschehen konnte, und ich griff einmal zu einem gewagten Mittel, so oder so!

Kaum hatten wir nämlich drunten die Hauptstraße erreicht, als ich einen Schutzmann nach dem Meldeamt fragte und unverweilt in das große Tor eines nahen Hauses trat, wohin er mich gewiesen hatte. Golly folgte erregt und fragte, was ich da wolle, und auf den Bescheid, daß ich mich den Behörden melden müsse, da ich im Städtchen zu bleiben gedenke, hielt sie mich am Ärmel und zerrte mich zurück. Ich riß mich los, und im nächsten Augenblick schon ging ich einen langen gewölbten Gang die Türen entlang, bis ich auf einer der erleuchteten Mattscheiben die Aufschrift Meldeamt las. Ich ergriff die Klinke; Golly aber, die ich an der Glastür des Flurs flehen sah, verschwand dort augenblicklich, als ich eintrat.

Es waren hier noch sonst einige Leute, so daß ich Zeit fand zu überlegen, was ich eigentlich da suchte. Ich fragte nach einem beliebigen Namen, den ich zufällig auf einem Ladenschild gelesen hatte. Es hieß, dieses Geschlechts lebten zwei im Städtchen: ein Käsegroßhändler und ein Lebzelter. Ich nahm mit dem Lebzelter fürlieb, zahlte meine Gebühr, verließ das Zimmer und ging in entgegengesetzter Richtung dem Flur entlang, ob er nicht einen zweiten Ausgang habe. Den fand ich denn auch; er war aber schon verschlossen, und ich mußte den nämlichen Weg zurück.

Golly war nicht mehr auf ihrem Posten. Aber durch das große Tor herein drängte sich in diesem Augenblick eine Menge Volks, Kinder wie Erwachsene, und über ihre Köpfe ragte glänzend eine Helmspitze heraus; ich erreichte das Tor, drückte mich hinter den einen geschlossenen Flügel und sah im Vorbeigehn meinen Landjäger wieder, und zwar mit einem jungen Menschen, in welchem ich sogleich meinen Zechgenossen erkannte. Er ging ruhig, mit höhnischem Lächeln neben seinem Begleiter; die Menge drängte nach bis zur Glastüre des Flurs und staute sich dort. Und jetzt entdeckte ich darunter auch Golly, die sich zur Türe vorschob und hineinspähte, sicherlich, um drinnen mich zu erspüren. Ich aber ging derweil durchs Tor hinaus, überschritt die Straße und machte mich durch Gassen kreuz und quer davon, so weidlich, der Teufel hätte mir dürfen auf den Fersen sein.

Indes wurde meine Absicht, mit dem nächsten Zuge ab-
zureisen, um Gollys Zudringlichkeiten und Drohungen
zu entgehen, fürs erste noch vereitelt. Kaum war ich nämlich einige Minuten auf dem Bahnhof, als die Verlassene
auch schon heraneilte. Ich fühlte, daß ich weiteren Bitten
erliegen würde, drückte mich also und konnte ihr knapp
noch durch die Wartesäle hindurch entkommen. Ich verbarg mich draußen hinter einem Schuppen, sah sie wieder aus dem Wartesaal kommen und auf den Bahnsteig
eilen, wo soeben der Zug einfuhr, der mich hätte mitnehmen sollen. Die Wagen leerten und füllten sich wieder,
Golly aber mischte sich forschend und herumäugend unter die Reisenden, unter denen sie wie ein verängstetes
Hühnchen herumschoß, den offenen Wagentüren entlang, als könnte ich unbemerkt irgendwo untergeschlüpft
sein. Darauf lief sie noch einmal in den Wartesaal zurück, nahm dann aber ihre Manöver wieder auf, und ich
sah sie noch wie eine verlaufene Waise auf dem Steig um-
hersuchen, als der Zug schon ins Dunkel hinausgerollt
war.

Ich luchste hinter meinem Schuppen hervor, wo sie
sich hinwenden werde. Sie nahm den Weg ins Städtchen
hinab, wo sie mich nach der erfolglosen Pirsch noch vermuten mochte. So war ich dem Mädchen denn zum dritten Mal ausgekniffen, erbärmlich und feig, während ich
sie doch mit einem tapferen Wort jedes Mal leicht hätte
wegweisen können: eine wunderliche Art, sich gegen die
eigene Gutmütigkeit zu verteidigen!

Ich schlug die entgegengesetzte Richtung ein, die sie
genommen, nämlich rechtshin, wo die letzten Häuser gegen das dunkle Feld hinaus lagen. Einige Laternen wiesen mir den dürftig erhellten Weg; eine aber leuchtete

ausgiebig genug auf ein Wirtsschild, wie zu besonderem Wink für mich, und so trat ich dort ein, um zu nächtigen.

Am Tisch, wo ich Platz nahm, stand die Wirtin, eine junge starke Frau, und bereitete eine Schüssel voll Wurstsalat für einen Tisch voll lärmender Arbeiter, die einzigen Gäste. Ich fragte, ob ich ein Zimmer haben könne. Sie hoffe wohl, sagte sie; doch könne sie mir's erst später sagen; darauf brachte sie mir Bier und schob mir einige Zeitungen hin. Aus der Hauptstadt, woher ich gern über mich weitere Kundschaft gehabt hätte, war keine da. Aber es sollte mir anders gedient werden. In einem Blättchen, das ich aufschlug, war eine Warnung zu lesen, und ich stieß darin sogleich auf einen bekannten Namen, und zwar jenen, den ich auf der Hülle des gefundenen Briefes gelesen hatte. Dann hieß es weiter: Unter diesem Namen und noch drei andern – diese folgten jenem – treibe sich in näherer und fernerer Umgebung des Städtchens ein junger Mensch herum, angeblich ein Maler, der mit Berufung auf den in der Gegend noch unvergessenen Grafen G. seine Kunst empfehle, aber dabei immer voraus Geld bei besseren Leuten leihe, da und dort in den Wirtschaften herum harmlose Menschen im Kartenspiel betrüge, nicht selten sich auch nach reichlicher Zeche um die Ecke drücke, auf Nimmerwiedersehn. Man möge also den Schwindler, dem übrigens bereits die Behörden auf der Fährte seien, nichts anvertrauen. Er scheine noch einen Helfer zu haben, wenigstens hätten beide in vergangner Nacht zusammen geherbergt, sich dann aber wieder jeder gesondert an sein Geschäft begeben. Hoffentlich glücke es, die Schwindler aufzuspüren und auf einige Zeit in ein Gewahrsam zu bringen, wo sie zu ehrlichem Unterhalt keiner gräflichen Empfehlungen mehr bedürften.

Damit war ich denn über meinen Begleiter zum zweiten Mal genauer unterrichtet. Und auch über mich selbst!

Mit Unbehagen und wie wenn jemand aus meinen Mienen Verdacht schöpfen könnte, legte ich das Blatt beiseite. Ich saß also, wenn nicht im Netze selber, so doch dicht nebendran, und wer wußte, ob es nicht über mir zusammenfiel, wenn der Vogel aufgehn wollte? Immerhin glaubte ich mich in dem abgelegenen Wirtshaus noch am geborgensten, wenigstens für diese Nacht; als ich aber schlafen gehn wollte, sagte mir die Wirtin, sie habe kein Gasthaus; zum Übernachten müsse ich schon ins Städtchen hinein; unter der Tür aber schlug sie mir heimlich vor, zum Schein wegzugehen und wenn die letzten Gäste fort und das Licht gelöscht sei, wiederzukommen; dann wolle sie mich behalten, wenn ich mit einem einfachen Lager fürlieb nehme. Damit verließ ich das Haus, freilich nur, um es bald nach meiner Rückkehr ein zweites Mal zu verlassen, wenn auch über eine andere Treppe, als auf der ich es betreten hatte.

Die Frau empfing mich an der Tür und brachte mich in ein bescheidenes Zimmer im obern Stock. Wenn ich noch besondere Wünsche habe, rief sie durch die Tür zurück, so solle ich ihr nur rufen; vorläufig habe sie drunten noch einiges zu tun; dann sei sie zur Verfügung.

Ich wollte gleich zu Bett gehn, trat dann aber noch ans Fenster und öffnete es. Draußen wachte eine milde bestirnte Nacht mit seltsamer Stille über der Erde. Die nahen dunklen Hügelzüge und fernerab die zackigen Berge mit den eingestreuten Schneefeldern machten ein gesprenkeltes gewaltiges Wesen vor dem Nachthimmel; sie lagen wie ungeheure Tiere da, eingefangen hinter einem gespenstischen Gitterwerk, das die Äste eines mir ins Zimmer langenden Baumes davorzogen. Ich löschte das Licht aus, blieb aber angekleidet am Fenster und besann mir die nächsten Absichten und Ziele, woraus freilich für's erste kein deutliches Gewebe werden wollte. Ja, eher verwirrte sich alles, und mir schien, ich hätte leichter durch das Gewirr der Berge dort ohne Irrung meinen Pfad finden mögen als in den Gedanken, die mir das Hirn aufteilten. Gab mir nicht das Zeitungsblatt die höhnische Meldung, daß ich bereits meine Läufe im Fuchseisen hatte, und doch konnte ich mich hier draußen so geborgen fühlen! Aber es drängte sich ja Mauer hinter Mauer um mich her; diese Alpen hinter den Vorhügeln waren die höchste Umgürtung meines selbstgewählten Gefängnisses, dessen Fenstergitterung dichter und dichter wurde und sich in immer seltsameren Verschlingungen durcheinanderflocht und verschränkte. Und drunten vor der Zelle trottete im Gleichmaß immer der Schritt der Zuchthauswache, hierhin, dorthin; und wenn ich auch die Luke erstieg, es mußte ungeheuer hoch sein da hinunter; das sagte mir der leise Hall der Schritte. Kaum erwog ich aber diesen Gedanken an Flucht, da stieg auch schon die vergitterte Luke höher, so daß kaum ein Lichtschimmer mehr zu mir herabkam; oder vielmehr: Es sank der Boden der Zelle tiefer und tiefer, und ich saß jetzt im feuchten Keller wie in einem venezianischen Kerker unter Wasser; denn der Schritt der Wache ging hoch über mir, nur noch schwach hörbar, und klopfte doch einen schauerlich dumpfen Takt zu mir herab. Und jetzt schwand das Lukenlicht gänzlich; es mußte wohl Nacht sein droben auf der Erde; aber der Schritt der Wache pochte weiter und wehrte jeder Flucht...

Darüber erwachte ich nun – denn ich hatte unterm offnen Fenster geträumt – und hörte jetzt wirklich die Wache draußen gehn. Das huschte unten an der Hausmauer marderhaft entlang, dann in zwei Sätzen auf die Straße hinaus, und weg war's zwischen den Bäumen im Dunkel. In der Wirtsstube war wieder Licht, das einen matten Schein in den halbkahlen Garten goß; man hantierte noch drunten; ein Faß wurde zugespundet, Gläser läuteten gegeneinander, Stühle wurden gerückt. Dann schwand der Lichtschein draußen und gleich darauf mit einem kreischenden Schlüsseldrehen auch das letzte Arbeitsgeräusch im Haus.

Ich war ins Zimmer zurückgetreten und wollte gerade den Rock abtun, da ging die Tür, und barfuß kam die Wirtin hereingehuscht. Ich dachte: Was will die noch? Aber sie hatte mir nichts Wichtigeres mitzuteilen, als daß die Tür meines Zimmers nicht schließe, oder doch nur schwer. Sie nahm mich beim Handgelenk, führte mich im Dunkeln hin und sagte, der Haken sei zu tief eingetrieben oder die Tür verquollen; ich solle mich einmal dagegenstemmen; ich versuchte es, aber da lehnte sie sich auf mich und half nach und brachte mich durch ihre warme Nähe in keine üble Bedrängnis. Wenn ich nun – fuhr sie flüsternd fort – nicht im unverschlossenen Zimmer schlafen wolle, so sei drüben bei ihr noch Platz; ihr Mann sei verreist und sie auch ein bißchen furchtsam, so allein. Bei diesen Worten faßte sie mich heißer am Puls, wie in einer Schmiedezange, glühte mich wie ein Ofen an und drängte so gegen mich her, daß am Ende die verquollene Tür unter unserem Spiel doch noch ins Schloß gegangen wäre und meine Lage bedenklich wurde. Denn ich hatte nie eine Frau in so heißer Verfassung gefunden; auch war sie ein hübsches Trum Weib, jung und kernhaft, und ich am Ende auch bloß ein Mensch. Aber da fuhr ich von ihr zurück. Sie hatte mich in die Arme genommen, drängte wild gegen mich an und suchte meinen Mund; doch roch sie so nach rohen Zwiebeln, daß mir's halb übel davon wurde und ich sie wegstieß, es ging nicht anders. Aber die Besinnung kam uns eben noch zu rechter Zeit; wir wären sonst vielleicht schlimmer aus unserem nächtlichen Spiel aufgescheucht worden.

Drunten nämlich hatten einige Fensterscheiben ge-
klirrt und darauf ein dumpfer Fall verlautet, wie wenn einer hoch herab zu Boden springt. Das Weib faßte mich
am Arm; doch wenn sie zuvor heiß und rössig geschnauft
hatte, stand sie jetzt ohne Atem, wie eine Bildsäule, und
hielt sich an mir. Es ist mein Mann; helfen Sie mir! sagte
sie. Er darf uns nicht beisammentreffen; er schlüge mich
tot.

Da kamen schon Schritte die Treppe herauf und den
Flur entlang; doch hielten sie nicht an unserer Tür, die
ich mit aller Kraft ins Schloß gezwungen und verriegelt
hatte, sondern gingen in ein entferntes Zimmer und
dann zurück und wieder treppab, von Brummen und Fluchen begleitet.

Machen Sie sich fort, er sucht mich! sagte sie hastig.
Sie können vom Küchenbalkon in den Garten springen.
Aber das wollte mir nicht zusagen; auch hatte ich einen
andern Plan. Ich riegelte die Tür wieder auf, und als jetzt
eben drunten der Suchende laut nach seiner Frau rief,
stieß ich sie zur Tür hinaus. Gehen Sie hinab, wenn er
doch ruft! sagte ich; damit er Ruhe gibt; mich soll er nicht
finden!

Damit trat ich zum Fenster, warf mein Bündel hinunter, stieg auf den Sims und sprang, geschickt zufassend,
an einen starken Ast des Baums hinüber, so glücklich, daß
ich mir kaum an einem Zweig den Hals merklich ritzte.
Ich griff hängend zweimal weidlich aus, dann war der
Stamm erreicht.

Jetzt, indem ich von Ast zu Ast tiefer trat, vorsichtig
zwar und doch mit einer Affensicherheit, die mir die
Gefahr verleihen mochte, ging drinnen im Haus der Lärm
los. Gib den Lump heraus, daß ich ihn totschlage; du
Schlampe, du Dreckmensch! rief die tiefere Stimme; die
höhere darauf: Halt doch dein Maul, du Narr; es könnte

einer meinen, Gott weiß, was los wäre! Das klang in guter schwäbischer Mundart, aber nicht minder schwäbisch auch die Streiche, die da drinnen immer noch klopften, als ich draußen bereits mein Felleisen übergeworfen hatte und die ungastliche Stätte verließ. Das ging freilich ein bißchen sauer. Ich hatte mir beim Abspringen vom Baum den Fuß übertreten und humpelte nun, wie angeschossen, unter heftigen Schmerzen in die Nacht hinaus.

So stand ich denn wieder draußen unter freiem Himmel
und besann mich, wo ich ein Nachtlager finden mochte,
nur halb so warm und gastlich, wie mir's ohne mein Zu-
tun diese überhitzte Brünhilde hatte bereiten wollen. Immerhin war ich froh, meine Knochen bei der Austreibung
leidlich wohlbeschaffen davongebracht zu haben; es hätte
schlimmer enden können. Fürs erste ging ich im Dunkel
weiter, weglos ins Feld hinein, wo ich bald auf ein Bäch-
lein traf und darin den schmerzenden Fuß ein halbes
Stündchen kühlte, da er im Knöchel merklich ange-
schwollen war. Dann legte ich noch das Taschentuch naß
darum und humpelte, so gut es ging, auf den Bahnhof
zurück, mochte kommen, was da wollte. Nach geringer
Zehrung und einem Glas Bier als Schlaftrunk lehnte ich
mich auf mein Felleisen, war aber kaum im beginnenden
Traum, als der diensthabende Schutzmann mich wach-
rüttelte, um mich hinauszuweisen. Es komme nur noch
ein durchfahrender Nachtschnellzug, sagte er, und vor
vier Uhr in der Frühe könne ich nicht weiterreisen; so
möge ich den Wartesaal verlassen; es sei verboten, auf den
Bänken herumzulungern und zu schlafen. Ich nahm diese
Belehrung, die zwar nicht eben erfreulich klang, schnell
von der besseren Seite, nämlich als leise Mahnung, mein
Spiel mit den Behörden nicht zu weit zu treiben, und
ging. Hatte ich doch eben erst meinen Landjäger mit dem
Ärmel gestreift, und wie leicht konnte ich hier bei der ersten Frage nach Wer und Woher aufgegriffen und meinem bereits untergesteckten Zechbruder beigesellt werden! Aber über mir war ja der Himmel ausgespannt; was
konnte mir geschehen? Und so ließ ich mich nach dieser
zweiten Austreibung, da die Nacht mild war, draußen im
Feld an einem Markstein nieder, setzte mich auf das Fell-

eisen, den rechten Arm auf den Stein gelegt, den Kopf auf den Arm und schlief unverweilt ein, was bei meiner Ermüdung und der Gehetztheit des Tages kein Wunder war.

Vor Tagesanbruch war ich wieder munter. Aber ob es nun bloß im Traum geschah oder in der wiedererwachenden Erinnerung an die Vorgänge der Trinknacht, wie es sich oft nach solchen Ausschreitungen gibt: gleichviel: Ich sah vor dem innern Auge, wie mein Begleiter im Halbdämmer des Herbergzimmers meine Weste über die Stuhllehne hängte, sich nach mir Halbschlummerndem umsah und aus dem Zimmer schlich, dessen Tür er hinter sich offen ließ, wie ich sie denn auch morgens fand, als ich von ihrem Hin- und Herspielen aus meinem Weindusel aufdämmerte. Nun waren Traum oder Gesicht aber so deutlich und greifbar gewesen, daß mir alles Wirklichkeit dünkte, und so griff ich denn unverzüglich in die Westentaschen, erst links, wo ich die Uhr vorfand, dann rechts und in die beiden oberen Täschchen; denn ich suchte mein Goldstück. Ich fand sie leer. Aber ich konnte es jenen Abend umgesteckt haben, zur Vorsicht; in den Rock vielleicht, oder in den Geldbeutel oder in die Hosentaschen. Vorläufig fand sich's nicht, und mir wurde bereits warm. Ich zog den Don Quijote heraus, um besser in der Tasche forschen zu können. Da war auch nichts; wohl aber fand ich in dem Bändchen selbst ein Stück Papier, das mir fremd war und das ich herausnahm und darauf einige Worte entdeckte. Ich suchte sie in der Dämmerung zu entziffern. Es war der Schluß eines Briefes. Und jetzt ging mir's hell durch den Kopf! Aber wie war das Blatt in mein Buch gekommen? Denn es war nichts anderes als der fehlende Schluß jenes unterwegs gefundenen Schreibens, das ich ja zu mir gesteckt hatte und nun mit diesem zusammenhalten und prüfen konnte.

Es stimmte alles aufs Tüpflein. Die Unterschrift war die seines Vaters, und zwar derselbe Name, den mein Trinkbruder in jener Zeitungswarnung trug. Das war mir kein übler Zufall, daß ich auf so seltsamem Weg hinter sein Treiben wie hinter die Sorgen seines Vaters kommen mußte! Nur war damit die Überraschung nicht zu Ende, und ich sollte gleich auch erraten, wie das Blatt in mein Buch gekommen sein mochte.

Ich fand es nämlich auch auf der Rückseite beschrieben, und zwar mit nichts anderem als einem regelrechten Schuldschein über zwanzig Mark, die ich als Gläubiger höchsteigenhändig unter meinem falschen Namen dem sauberen Bruder geliehen haben sollte, der die tröstliche Schuldurkunde natürlich auch mit erdichtetem Namen unterschrieben hatte. O! ich hätte über den wunderlichen Spaß lachen können, wären mir nur im Augenblick nicht die Tränen näher gewesen.

Ich erhob mich von meiner Feldmarke, die mir so ein mahnender Markstein auf meiner Torenwanderung sein sollte, und fiel über Beutel und Taschen her, um sie nach dem Goldstück zu untersuchen, fünfmal, zehnmal; ja, selbst das Futter fühlte ich nach allen Breiten darnach ab. Doch blieb kein Zweifel mehr: Das Geld war fort, und wenn ich nicht etwa im Rausch so dippeldumm gewesen war, dem Saufbruder den letzten Wanderpfennig zu leihen – und das konnte ich mir nicht denken! –, so hatte er mir ihn aus der Westentasche gestohlen und diesen Papierfetzen untergeschoben, um den Schein einer rechtmäßigen Erwerbung und eines ehrlichen Geldgeschäftes zu erwecken. Aber was wollte ich! Drunten saß er ja im nahen Städtchen; ich brauchte nur hinabzugehn und konnte unter den zwei falschen Namen, die die Urkunde enthielt, mein Darlehen gerichtlich eintreiben, wenn ich den Mut dazu fand!

Es galt also weiterzuwandern mit den zwei oder drei Märklein – ich mochte sie gar nicht zählen! –, die ich noch im Beutel trug, und Unterstand zu suchen, wo sich einer bieten mochte! Dies sollte mein nächster und einziger Gedanke sein. Ich hob meinen Don Quijote samt dem saubern Schein vom Boden auf, indem ich über mein Unglück und Mißgeschick noch durch meine Zorntränen hindurch lächeln mußte. Dann schwang ich mein Bündel über und wanderte ins Gebirg hinein.

Hatte ich in der Nacht dieser betrüblichen Entdekkung im freien Felde nicht eben bequem geschlafen, so glücke mir's damit in den nächsten zwei Nächten schon besser, zwar nur in einsamen Heustadeln, aber immerhin unter Dach. Und kostenlos, was ja meiner neuen Lage am angemessensten war. Als ich aber in aller Dämmerfrühe nach der dritten Nacht aus einem Wagenschopf schlüpfen wollte, wo ich in den Sitzpolstern einer Bauernkutsche geschlafen hatte, mochte mich der Hofhund als Eindringling eingeschätzt haben, und ich durfte nach harter Gegenwehr zufrieden sein, als ich mit einem zerrissenen Hosenbein und einem schmerzenden Biß in der Wade davonkam. Denn es hatte bereits auch noch ein struppiger Knechtskopf, der hinter einem Schiebfensterchen hervorkam, in den Lärm des Tiers hinein mir Ehrennamen wie Stromer, Haderlump, Landstreicher und Zigeuner zugerufen und bei allen Heiligen gedroht, er werde mich einholen und mir die Ganghölzer abschlagen, wenn ich mich nicht hexenmäßig flink vom Hofe fortmache. Ich war aber bereits auf dem Rückzug vor dem gewaltigen Tier und kam ohne weiteren Schaden ins Freie, doch scholl mir das Gebell noch nach, als ich schon weit im dämmernden Feld draußen ging und in ein Tannenwäldchen unterkroch, wo ich noch zwei Stunden weiterschlief. Die Nacht darauf aber ruhte ich wieder wohlig unter einem festen Dach, zwar vorläufig nicht mehr als Maler, worauf ich mir seit Beginn meiner Flucht recht was zugute tat, dafür aber jetzt bei einem gar vornehmen Herrn, bei dem dereinst unterzukriechen ich mir so leicht nicht hätte träumen lassen.

So schnell indes, wie ich mir's im Augenblick der entdeckten Notlage vorgenommen hatte, eilte ich nicht, wieder Arbeit zu bekommen. Ich besann die und jene Möglichkeit, mir rasch einiges Geld zu beschaffen: Da wäre denn etwa Pellegrini gewesen, der mir solches schuldete, oder der Graf, von dem ich mir's wohl erbitten zu können glaubte. Doch verwarf ich diese bequemen Auswege auch sogleich wieder, ja, schämte mich ihrer; sie führten mich nur zu neuer unwürdiger Schwäche, die mir mehr und mehr die Selbstachtung rauben mußte. Nun lagen aber hier draußen auf dem Land, wenn ich Arbeit suchte, die Dinge nicht so günstig wie in der Hauptstadt, ganz abgesehn von der geringeren Gelegenheit. Dort hatte ich mich zum Schneeschippen verstehen können, weil ich ganz unbekannt neben meinen Mitarbeitern dahinwerkte, in einem Menschenmeer, wo ich ein mitbewegtes, mitspielendes Tröpflein war, meiner auch niemand weiter acht hatte und mich gleichwohl das Ganze, das mir Arbeit gegeben, als Kraft schätzte oder nützlich fand. Hier unter den Bauern aber oder in einer kleinen Stadt galt ich mir eher für was Besondres; ich hatte stärker die Empfindung guter Herkunft und Schulung, ja, auch der Begabung, die doch wohl besser angewendet werden konnte als zu beliebiger Knechtsarbeit, wozu man am Ende nur gesunde Glieder zwischen den drei Mahlzeiten des Tages zu rühren hatte, um sie nachts zufrieden und müde auf den Strohsack zu strecken. Aber was befürchtete ich denn, man werde hieroben meine Gaben in Anspruch nehmen und mißbrauchen wollen? Die Not würde über kurzem schon mein eitles Selbstbewußtsein dämpfen und dann meine Hand so willig zum Kartoffelhäufeln sein wie in der Hauptstadt zum Schneeschaufeln und Straßenfegen!

Vorläufig aber wanderte ich, statt beim ersten besten Bauern einzutreten und um Arbeit anzuhalten, an ihren Türen vorbei; manche waren offen und lockten, andere geschlossen und schienen abzuweisen, und ich tröstete mich dabei mit meinen paar Silberstücken, für die ich ja immer noch ein Stück Schwarzbrot täglich erwerben konnte, und ließ die Dinge an mich herankommen, die Hände in den Taschen, ein Blümchen zwischen den Zähnen und auf den Lippen die Frage: Was willst du von mir, Schicksal? Prügle mich nur und geh dann gütigst vorbei; ich habe nicht die Kraft, dich selber zu meistern.

So kam ich weiter ins Gebirge hinauf, ohne ein bestimmtes Ziel. Die noch Schnee tragenden Berge, die ich von fern gesehen hatte, rückten näher und näher heran, und neue traten in die Lücke, wenn ich einen von ihnen abgetan und hinter mich gelegt hatte. Es war ein so einladendes und stolzes Bergland, daß ich mich in der Schweiz vermeinte und bald ein Grauen empfand über dem Gedanken, einst wieder in die Niederung hinabzumüssen, die dunstig unten in der Ferne schwamm. Die Stadt verschwand jetzt; ich kam durch einige Dörfer, wieder durch ein Städtchen, an zwei Seen entlang, dann über einsamere Bauerngüter, wo schönes Vieh auf den höheren Matten die erste Frühjahrsweide abgraste; einigemal ließ ich mich verleiten, auf Fußpfaden diesen Weideplätzen nachzugehn; die Tiere glotzten mich teils fremdend an, andre ließen sich auch wohl heranlocken, doch meist nur, um mir plötzlich die Schinken zu weisen, auszuschlagen und in närrischen Sprüngen wegzubocken, was mir eine gar schnurrige Menschenverachtung schien und nicht wenig Spaß machte.

Bei solcher Steigerei kam ich auf ansehnliche Höhen hinauf, wo nur noch zwergiger Fichten- und Föhrenwuchs zu finden und Wiesen und Hänge mit großen zutage stehenden Steinen gespickt waren; die Luft aber war bei aller Sonne so frisch vom herankühlenden Schneehauch der Berghäupter und das Wandern eine Erquikkung und Heilung, daß ich bald nur noch diese hohen Fußpfade wählte und die Landstraße, wie weit sie auch an den Hängen hinführte, in der Tiefe ließ; ich hätte aber auch unter keinem blaueren Seidenzelt hinwandern können als unter diesem glasthaften Berghimmel, der mir alle Trübnis vom Herzen wegsog und mich, je länger ich ging, desto leichter machte.

Nach Weg und Richtung fragte ich nie. Die Landstraße in der Tiefe wies mir sie, die sich in Windungen und Schleifen um die Berge legte und einigemal von heraufkriechenden Bahnzügen, deren Pfiff zu dem meiner aufsteigenden Lerchen emporkam, begleitet oder gekreuzt wurde. Einmal faßte ich den Gedanken, zu dem schwarzen Eisenwurm niederzusteigen und mit dem letzten Gelde der Heimat zuzufahren; aber am Abschluß der Fahrt wäre mein Vater gestanden, und ich hätte vor ihm als Bettler erscheinen müssen!

Der Tag ging nieder, und als ich die Bergwindungen zurücksah, mußte ich bemerken, daß ich mit meiner umwegigen Wanderung nicht eben weit gekommen war und nun auf Unterkunft sinnen mußte. In einem kleineren Bauernhaus, wo ich um Milch und Brot und für die Nacht um ein Lager einsprach, gab man mir Zehrung, nahm mir aber dafür Geld ab, wie kaum in einem Gasthaus in der Hauptstadt; Unterschlupf aber fand ich nicht. Es sei alles durch einen Trupp Frühjahrsgäste und Bergsteiger belegt, hieß es. Wirklich stieg ein Züglein solcher aus der Tiefe heran, als ich das ungastliche Haus verließ und den Weg wieder unter die Sohlen nahm. Ich machte mich mit dem Gedanken vertraut, irgendwo unter dem kärglichen Tannicht ruhen zu müssen, da traf ich auf einen einsamen Futtergaden, der zu einem noch ziemlich entfernten Haus gehören mochte, woher ein Lichtlein durch die Dämmerung wie ein verloren gegangenes Sternchen herblinkte. Hundegebell machte mir's wenig ratsam, bis dorthin vorzudringen, um schließlich, wie eben vorhin, wieder abgewiesen zu werden. Ich umschlich den Futterschopf wie ein Einbrecher, als fürchtete ich einen Wächter drin zu finden, der mich noch im letzten Augenblick scheuchen könnte. Doch klomm ich schließlich den Heuhaufen hinan und wühlte mich wie ein Tier hinein, um gegen die Kühle, die sich schon merkbar machte, Deckung zu haben. Ich verbrachte eine von unruhigen Träumen durchwühlte Nacht in dieser unvergleichlichen Einsamkeit; aber wenn mich die Traumgänger weckten, freundliche oder feindliche, sah ich mich bewacht von den stillen Sternen in der Höhe; die gewaltigen Berge aber hielten einen feierlich-stummen Hofstaat um die luftige Hütte und ihren armen Einsiedel.

Zwei Tage noch streifte ich planlos so umher, dann mußte ich mich entschließen, nach Arbeit zu fragen; denn ich stand vor dem Betteln. Im Wirtshaus eines Dorfes wandte ich meine paar letzten Nickel an eine geringe Zehrung und fragte den Wirt, bei dem einige Bauern saßen, wo ich wohl im Dorfe Arbeit fände. Der Wirt sah die Bauern, die Bauern den Wirt an, dann meinten sie einstimmig: vielleicht beim Baron. Ja: am ehesten beim Baron! wiederholte der Wirt; besonders wenn ich etwas Haus- und Gartenarbeit verstünde. Dem sei wieder einmal seine alte Haushälterin entlaufen, wohl zum zwanzigstenmal, und da er wegen seiner Launenhaftigkeit niemand in der Umgebung bekomme und das Weibsbild ihm auch noch die Willigen verhetze und scheuche, wäre der Alte wohl froh um mich, da er schon tagelang alles im Hause selber tun müsse. Auf sonderlichen Lohn dürfe ich freilich keinen Anspruch machen; der Baron sei ein arger Filz. Auch mit seinem Sohn habe einer schweres Spiel; es könne mir geschehen, wie der Haushälterin, die ihm immer die Aufgaben habe abhören müssen; der Baron spare eben an seinem Kammerdiener und Gärtner gern auch den Hauslehrer noch, wenn es angehe.

Das klang mir nun gar nicht so bedrohlich und abmahnend, wie es der Wirt wohl glauben mochte; ich dankte ihm für den Bescheid, ließ mir von der Wirtin zum gröbsten die vom Hund zerrissene Hose flicken und machte mich sogleich auf den Weg, den mir der Wirt zum Haus des Barons wies.

Ich fand es am Ausgang des Dorfes in einem Garten und wollte eben an dem Pförtchen die Klingel ziehen, als von einem Nachbarhäuschen ein Weib herbeirannte und mir sagte, der Baron sei verreist und werde so schnell nicht zurückkommen. Ich möge ihr mitteilen, was ich von ihm wollte; sie habe Auftrag, dem Herrn Bericht zu geben. Dienstboten brauche er aber keine: falls ich etwa deshalb vorspräche.

Sie war eine alte, verdorrte Jungfer und stand vor mir wie ein Brett. Ich sah sie an und besann mich, ob ich ihr Antwort gebe; da kam aus einem offenen Fenster – wir entdeckten nicht, woher – eine scharfe scheltende Stimme, und die Alte fuhr wie eine angeschossene Katze zusammen. Wirst du dich augenblicklich vom Garten wegscheren, altes Giftluder! hieß es; oder ich will dir dein spitzes Maul stopfen, daß du acht Tage darüber zu schnupfen hast.

Die Bretterne sah suchend an ein Fenster hinauf, wo sich jetzt leicht ein Vorhang bewegte, und schien eben mit der Antwort loszublitzen, da fuhr ihr ein gelber Wasserstrahl mitten auf die Brust, und zwar so kräftig, daß auch auf mich einige Tropfen überspritzten, denen ich auch gleich am Geruch abmerkte, der Segen sei nicht von kölnischem Wasser. Die Begossene sandte einen Schwall Scheltworte zu dem unsichtbaren Spritzenmeister hinauf, drohte mit der Faust und entfernte sich dann; ich aber zog die Klingel, um Einlaß in dem Haus zu finden, wo man einen mit so absonderlichem Riechwasser zu empfangen beliebte.

Der Hausherr öffnete mir, und ich war nicht wenig verhofft, vor einem Bekannten zu stehen. Seine fezartige Mütze, die Brauen, die wie dürre Grasbüschel ob den hellen Fuchsäuglein standen, die knollige Nase und der weiße Marquisbart wiesen mir jenen Alten, dessen Bild ich beim Grafen gesehn, den baron pétomane, und zwar so deutlich, daß ich versucht war, ihn gleich bei diesem Namen zu begrüßen. Er wollte mich zuerst abweisen; als einen Bettler vermutlich; als ich aber um Dienst einsprach, hieß er mich hereinkommen, und nach kaum zehn

Minuten wurden wir handelseinig, und ich war nicht mehr Maler, sondern Kammerdiener, Gärtner, Ausläufer und auch Hauslehrer, insofern ich mich verpflichtet hatte, den jungen Baron in Französisch und Latein abzuhören; denn ich verriet, daß ich in beides auch schon hineingeschmeckt hätte.

Das Barönchen war ein zwölf- oder dreizehnjähriges, durchsichtiges Bürschchen mit einer Brille. Es war von zartem Wuchs, blaßgelb wie der Trieb einer Kellerkartoffel, und schlich wie ein gefangenes Füchslein umher, das nicht weiß, wessen es sich von seiner Umgebung zu versehen hat. Den sollte ich also heranbilden helfen und aus ihm einen wohlerzogenen Menschen machen, nachdem ihn die Haushälterin, wie mir der Alte sagte, von Kind auf verwöhnt und verzogen hatte. Zurechtweisungen oder Züchtigungen waren mir aber bei Strafe der Entlassung untersagt, und so mochte ich zusehn, was aus dem serbelnden Pflänzchen zu machen war. Ich versprach mir nicht allzuviel davon; denn seit ich Kammerdiener war, fühlte ich mich erst in zweiter Reihe als Erzieher.

Alles dies, und bald auch noch ein weiteres Amt, lag mir ob gegen dreieinhalb Mark Wochenlohn, soviel also, wie der geringste Knecht meines Vaters auch bekam; daneben waren mir freilich noch zwei Paar Schuhe verheißen und ein neuer Anzug. Als ich mir diesen aber, der erst zu Weihnachten fällig war, sogleich erbat, da ich einen Feiertagsstaat wohl brauchen konnte, hieß es, auf dem Dorfe sei mein gegenwärtiges Gewand für den Sonntag noch gut genug; für den Werktag aber drang mir der Baron einen alten Offiziersrock von sich auf, damit ich als Herrschaftsdiener gelte. Doch trennte ich die Achselstücke ab und ersetzte die Metallknöpfe durch hörnene; denn im Dienstrock von Barons Gnaden wäre ich mir denn doch als Narr vorgekommen.

Daß der Alte ein schnurriger Sonderling war, sollte ich schon die ersten Tage fühlen. Er verlangte alles Essen, das ich vorläufig im Dorfwirtshaus zu holen hatte, stark gezwiebelt, sogar Pfannkuchen, Kopfsalat und grüne Erbsen. Ich murrte sogleich über diesen unsinnigen Brauch, worauf der Alte mich giftig anknurrte: so möge ich mir eben selber kochen. Das und gar nichts anderes hatte ich mir nur gewünscht; kaum sah er aber, daß ich es wirklich tat und mir die Geschichte recht wohl gelang, so übertrug er mir auch das Küchenamt, und da er sich's an Suppe, Rindfleisch, Kotelette oder Eierspeisen gemeinhin genügen ließ, deren Zubereitung ich einst meiner Schwester abgeguckt hatte, konnte ich ihn leicht zufriedenstellen und meine Kost nebenher zwiebelfrei genießen. Also kochte ich alles fortan selber, trug die Speisen auf und bediente auch beim Essen, und zwar in weißen baumwollenen Handschuhen, durfte aber nicht mit zu Tische sitzen; die beiden Freiherrn wollten unter sich sein. Und damit ich ihre großartige Unterhaltung nicht verstünde, sprachen sie gewöhnlich französisch miteinander. Oder versuchten es wenigstens. Es war aber auch danach…

Hielt der Baron streng auf Wohlanstand und gute Formen bei mir, so hatte er für seine eigene Person nicht die besten Gepflogenheiten und nahm sich jede Freiheit heraus. Wo er nur gehn und stehen mochte, duftete er sich ohne Rücksicht aus, laut oder leise, wie ihm die Sache eben geriet. Hierbei sagte er einmal zum Barönchen: V'là un pet, Manuel; va vite l'attrapper! Da fiel mir gerade jener Spottname ein, den ihm der Graf einst gegeben hatte, nämlich: pétomane; und jetzt ging mir plötzlich ein Licht darüber auf. Ich hatte das Wort in meiner Einfalt immer für griechisch angesprochen, wobei denn natürlich kein vernünftiger Sinn herauskam.

Der Baron, der alles ausschnüffelte, war mir hinter meine Zeichnerei und die Bücher gekommen. Er fragte mich, was es damit für eine Bewandtnis habe, und ich dichtete ihm ein betrübendes Schüler- und Künstlerschicksal vor, das ihn aber nur so weit rührte, daß er mir nun auftrug, das Barönchen regelrecht in Latein und Französisch zu unterweisen. Ich sollte dafür zwei Mark mehr Lohn bekommen und erhielt auch die wöchentliche Auszahlung zugestanden, da ich sonntags etwas Geld in der Tasche haben wollte. Doch hatte ich mich zu diesem Ende gehörig auf die Hinterläufe stellen müssen: so knickerig hielt der Alte sein Geld in der Hand.

Überhaupt ging sein ganzes Sinnen auf nichts anderes aus. Er kannte keine bessere Beschäftigung als die mit dem Kursblatt, mit dem er immer im Haus oder im Gärtchen herumtrippelte. Dabei vertraute er mir einmal, vielleicht zur Rechtfertigung seines für einen Edelmann ungewöhnlichen Knickertums, daß er bei seinem bescheidenen Hauptmannsgehalt für seinen Sohn hausen, sparen und noch einmal hausen müsse und dabei nun so nebenher das Glück versuche, bescheiden und vorsichtig, aber bislang immer mit Erfolg. So führe er denn Tag um Tag fein berechnend die Zahlen des Kursblattes gegeneinander auf, bis ihm irgendwo ein kleiner Vorteil zu einem fröhlichen Sieglein gerate. Ich lächelte einmal bei solchen Ausführungen, da spritzte er giftig heraus: Lach' nicht, leichtfertiger Bursche; das verstehst du nicht! Und fuhr fort: Meiner Lebtage würde ich kein tauglicher Hauswirt werden, sonst verlangte ich nicht meinen Wochenlohn in die Tasche, statt ein Sparbuch anzulegen oder das Geld gegen ein gewisses Zinschen bei ihm stehenzulassen. Wenn er nun damit zwar recht haben mochte und ich seine Worte gar wohl hätte beherzigen dürfen, so wollte mir bei solchem Lohn das Sparen vorläufig doch kaum der Mühe wert erscheinen.

Noch unbegreiflicher als seine Knauserei war mir seine Gleichgültigkeit gegen die Bücher, deren er einen schönen Schrank voll besaß. Nie, daß ich ihn hätte eins lesen sehn! Um so besessener war ich selber von diesen Gebilden feiner Buchkunst, die mir gewaltig in die Augen stachen. Die meisten enthielten Wappen, Namen oder Widmungen von Verwandten, waren also Geschenke oder Erbstücke, sahen aber bei allem Alter noch seltsam unberührt aus. An einer französischen Ausgabe des Hinkenden Teufels klebte noch der edle Goldschnitt zusammen, als ich das feuerrote Lederbändchen aufschlug. Ich brachte das feine Ding dann aber um seine Jungfräulichkeit und vergaß es auch in den Mahagonischrank zurückzustellen, wo es wohl nie jemand vermißt hat. Auch freute ich mich des Buches hernach um so diebischer, da ich mich damit für den letzten Wochenlohn bezahlt machte, den mir der Baron bei meinem plötzlichen Weggang vorenthielt.

Beschäftigte sich der Alte also tagsüber kaum mit etwas Geistigem, so trieb er's nachts um so eifriger mit Geistern und ähnlichen Mächten. Ich hörte ihn einmal dem Sohn andeuten, daß etwas Großes im Gesichtskreis stehe, worauf das Barönchen eine ernste Larve schnitt und sagte: Papa, nicht beschreien! und der Alte denn auch sogleich schwieg. Seither schliff ich die Ohren und horchte schärfer hin; denn jetzt war mir erst aufgefallen, daß ich den Alten immer um halbzwei Uhr nachts zu Bett bringen mußte, zwischen zwölf und ein Uhr aber nicht an seine Tür kommen durfte. Ich schlich mich einmal auf den Socken hin, vernahm aber drinnen nur noch ein enttäuschtes Seufzen, das Auspusten von Kerzen, das

Wegräumen von Gegenständen und hatte alle Eile weg-
zukommen, da es eins geschlagen hatte und die geheimen
Machenschaften beendet schienen, auch an der Tür bereits der Riegel zurückgeschoben wurde.

Einige Tage hernach kam ich dem Alten aber hinter
sein ganzes Zaubergerät, das in einem sonst immer ver-
schlossenen Schrank untergebracht war. Da hing vornan
ein langer gelbleinener Mantel mit allerlei törichten Zeichen und Gebilden bemalt; am Boden des Schranks stand
eine meterhohe kegelförmige Mütze mit ähnlicher Be-
malung, desgleichen ein Stab mit hebräischen oder sonstigen geheimen Schriftzeichen; oben auf dem Schrank-
brett lag eine alte ungeheure Bibel in wurmstichige Holz-
deckel gebunden und mit silbernen Bändern verschlossen,
dabei das 6. und 7. Buch Mosis; ein drittes Büchlein wies
neben roten Sonnen- und Sternzeichen die Inschrift:

Der Schlüssel vom Zwange der Höllen
oder:
Die Beschwörung des Dr. Johannis Fausti
von der öfters geübten, göttlichen Zauberkunst.
Ex originalibus.

Hinter der Bibel standen hübsch aufgereiht Fläschchen,
Schalen, Salbentöpfchen und ähnlicher Hexenkram; darunter befand sich eine Kielfeder mit roter Spitze, die
einst in besonderer Hoffnung mit Blut geschrieben haben mochte. Ich schloß das freiherrliche Zaubermagazin
wieder ab und witschte aus dem Zimmer. Die nächsten
Nächte aber fanden keine Übungen statt, der Alte las
vielmehr, wie ich durchs Schlüsselloch sah, in der großen
Bibel, aus der er Stellen auszog, und das Zeichen des ab-
nehmenden Mondes in Messing stand auf dem Tisch,
vermutlich als dem Zauberbetrieb nicht günstig dort zur
Warnung aufgestellt.

In jenen Tagen erhielt unser Haus Zuwachs durch einen etwa zweiundzwanzigjährigen Menschen, einen Bildhauer, der mit der freiherrlichen Familie seit länger bekannt war. Sein Bruder hatte jenes Bildnis gezeichnet, das ich beim Grafen gesehen hatte; der Bildhauer aber sollte im Auftrag des regierenden Freiherrn eine Büste des jungen Barons für die Ahnengalerie fertigen, wofür mein Herr das Geld nicht hinauswerfen wollte, wie er mir sagte. Somit war ich im Haus nicht mehr der einzige Künstler und mußte mir gefallen lassen, daß der Bildhauer mich als Diener behandelte und barsch sogleich zum Lehmholen und Durchkneten befehligte. Dabei sah er mich mit so hartem fremdem Blick an, daß mich halb Staunen, halb Zorn erfaßte und ich gespannt war, wie sich das fernerhin gestalten sollte. Doch zeigte er sich kurz hernach ganz gegenteilig, nämlich offen, vertrauend, ja, fast hündisch ergeben, so daß mir's wieder vor dem raschen Wechsel grauen wollte. Er war ein hübscher Mensch mit blondem Haar, einer wohlgebildeten Stirn und einer kurzen geraden Nase, die aber meist die Nüstern wie ein erregtes Roß spielen ließ. Die hellgrauen Augen sahen zuweilen weich, fast schwermütig drein, dann standen sie wieder starr und glänzten hart wie Stahl, daß ich seinen Blick kaum aushielt. Auch hatte er bald weiche, fahrige Bewegungen, bald zuckte ihm's durch die Glieder, seine Schritte wurden rascher, der Kopf aber, steif im Nacken, flog rechts und links, wie bei einer Marionette, während die Hände einen hackenden Takt in der Lust schlugen. Der Baron ließ ihm alle Ungezogenheiten durchgehen, selbst bei Tisch ein säuisches Suppenschlürfen und Schmatzen oder das gauklermäßige Schnappen der Speisen von der Messerspitze, ja, nahm selbst schlechte Witze auf seine eigne Person ruhig hin. Mir klagte der Mensch öfter über schweren Druck auf dem Hinterkopf, wobei er dann kaum wisse, was er tue. Es seien ihm deswegen zuhaus die geistigen Getränke verboten, obschon ein Schluck Wein ihm immer den Schmerz behebe. Er kam um dessentwillen zuweilen in die Küche zu mir, und ich pflegte ihm dann ein Glas vollzuschenken, das er sich jedesmal in einem Zug hineinschüttete.

Vierunddreissigstes Kapitel

Der Baron stand immer erst gegen Mittag auf, und so konnte ich in den Morgenstunden mein Zeichnen wieder aufnehmen. Kurtkarl, wie der Bildhauer im Hause kurzweg genannt wurde, kam einigemale zu mir herauf und besah sich die Arbeiten. Er gab mir bald gönnerhafte Anerkennung, bald überschwengliches Lob, was mich beides verlegen und mißtrauisch machte, da ich immer einen falschen Ton darin hörte. Einmal fügte er aber verletzend hinzu: Aus einem Dienstboten könne nun freilich nie ein Künstler werden, wenn er auch noch so begabt wäre, und so würde ich am besten tun, meine hohen Pläne in den Kamin zu schreiben und Gevatter Küchenmeister zu werden. Diese pellegrinischen Reden gaben mir den Entschluß, ihm wo immer möglich auf die Zehen zu treten und zu zeigen, daß ich mich mit ihm wohl messen mochte. Und es sollte sich dazu auch bald Gelegenheit bieten.

Seine Büste des Barönchens nämlich, die nach den ersten zwei Sitzungen schon fast fertig oder wenigstens sehr ähnlich war, büßte mit der weiteren Arbeit, die er ohne das Modell vornahm, mehr und mehr an Ähnlichkeit und Frische ein. Da bat er mich um ein Urteil. Ich nahm ein Stück Lehm, verteilte ihn im Gesicht der Büste, wo ich die größten Fehler sah und riet ihm, die Arbeit zu unterbrechen und sie mit frischen Sinnen wieder aufzunehmen. Er beschloß, meinem Rat zu folgen, aber erst, als er nach zwei Stunden weiterer Arbeit alles noch gründlicher verdorben hatte.

Diesen Entschluß nun teilte er bei Tisch dem Baron mit, wobei er erzwungene Witze machte und allmählich spitzer und bitterer wurde, besonders, wenn ich gerade am Tisch beschäftigt war. Ich merkte sogleich, daß er alles das auf mich münzte. Schließlich kam er gar, obschon der Alte kaum hinhörte, mit törichten Vergleichen, wobei er die Bildhauerei die einzig wirkliche und die edelste Kunst hieß, während die Poesie, besonders aber die Malerei Schwindel sei; feinerer Schwindel zwar, aber immerhin Schwindel. Und machte solch alberner Reden mehr, bis ihn der Baron bat, dieses Gespräch zu verlassen, da er kaum Zustimmung finden werde. Er aber erwiderte: Er bringe nur seine eignen Ansichten vor; was ein Pfannenfeger, wie ich, denke, kümmere ihn nichts; dergleichen Leute zählten nicht mit. Hier erhob der Baron sein Messer und gebot Frieden, und Kurtkarl schwieg auch augenblicklich. Plötzlich aber stand er vom Tisch auf, ging ins Nebenzimmer und schlug mit einer klatschenden Ohrfeige die Büste vom Bock herab. Hierauf setzte er sich wieder, verlangte ein Glas Wein und sagte, nachdem er es getrunken, er arbeite nicht an einem Kunstwerke weiter, woran ein Dienstbote seine Finger versucht habe. Ich schritt gegen ihn vor, und er stand auf; der Baron aber beschwichtigte uns für diesmal noch. Das war der erste böse Zwist, der mich tiefer von ihm schied; gleichwohl verstand er es, vorübergehend wieder gut Wetter bei mir zu machen.

Jenen Tag wurde ich aber noch auf andere Weise in Unruhe versetzt. In einem Zeitungsblatt, das unser Krämer zum Einwickeln benützt hatte, gewahrte ich den Namen Tessas, groß gedruckt und schwarz umrandet. Im ersten Augenblick dachte ich an eine Verwechslung oder an einen Spuk meiner Sinne, fand dann aber den Namen von Vater und Schwester darunter und daß die Anzeige ihres Abscheidens aus den letzten Tagen war. Sie war einer Lungenentzündung erlegen, zweifellos den Folgen jener Nacht, wo der Alte sie aus dem Haus getrieben, und war nicht daheim gestorben, sondern bei Verwandten, gar nicht weitab von meinem Dorf. In einer der letzten

Nächte war sie mir noch im Traum erschienen, und jetzt war ich abergläubisch genug und bildete mir ein, sie habe noch im Sterben ihre Gedanken auf mich gewandt.

Was ich in derlei Dingen für mich gelten ließ, nahm ich dagegen bei andern nicht gleicherweise hin. Kurtkarl, der von dem Zauberbetrieb des Barons Kenntnis bekommen, schlug mir nämlich vor, dem Alten einmal einen Schabernack zu spielen, um ihn von seinem Aberglauben zu heilen. Nach allerlei Plänen, die wir immer wieder verwarfen, einten wir uns dahin, durch Klopflaute und Stimmen den Geisterbeschwörer zu ängstigen oder in besondere Erwartungen zu versetzen. In einer regnerischen, unruhigen Nacht, als der Baron eben mitten in seinen Machenschaften sein mochte, schlich ich in den Keller, wo ich mich im Dunkeln so sicher wie in meiner Hosentasche auskannte, und stieß etwa alle zwei Minuten mit einer Stange gegen die Decke, so daß der über mir die unterirdischen Mächte unter seinen Sohlen spüren mußte. Kurtkarl aber hatte sich an das Fenster gemacht, an dessen Rahmen unten eine kleine Blechröhre nach außen führte. Diese diente seinem Gemurmel als Trompete jedesmal, wenn er im Keller meine Klopfarbeit vernahm. Doch hatten wir dies keine fünfmal vollführt, da kam er ans Kellerfenster und rief: Herauf, herauf! so schnell wie möglich! Und ich schoß die Treppen empor und saß bereits auf meiner Dachkammer, als der Alte außer Atem heraufgehumpelt kam und in seinem Zauberstaat zu mir herein und auf mein Bett hinfiel, wie ein Kasperl auf der Puppenbühne. Er konnte mir eben noch durch Gebärden weisen, ich solle hinuntereilen, dann lag er wie ohnmächtig da; ich aber rannte in langen Sätzen ins Zimmer hinab und kam gerade noch zur rechten Zeit.

Denn wie sah es da aus? Von fünf brennenden Kerzen lagen zwei am Boden, deren Wachs ausfließend kleine

Flammenseen bildete; eine davon hatte bereits den Teppich der Fensternische angesengt, und eben begann auch der schwere Vorhang zu brennen, den ich aber sogleich herabriß, um die Flamme zu ersticken. Ich scheuchte die letzte Gefahr, indem ich das Waschwasser des Barons herbeiholte und über den Teppich ausgoß. Und jetzt beschaute ich mir auch das Zauberfeld genauer, wobei mir die drei brennenden Kerzen hinreichend leuchteten.

Inmitten eines Linienwerks von Kreisen und Vierecken, das mit Kreide auf den Boden gezogen war, lag aufgeschlagen die große Bibel, darauf ein Pergament, mit Zauberzeichen bedeckt und rot unterschrieben; die fünf Kerzen waren jede auf einem Zauberzeichen gestanden, nämlich Jupiter, Saturn, Sonne, Merkur und Mond, um die herum ich die Zahl 20.000 las, beim Bibelschemel aber 100.000, die auch das Pergament, und zwar in römischen Zahlzeichen wies. Obenan standen, wieder neben Geisterschnörkeln, die Namen Ahitophel, Uriel und Mathon, die wohl zur Beschaffung der schönen runden Summen angerufen waren, dabei aber, wie es schien, um ihren Lohn geprellt werden sollten; denn die Rückseite des Pergaments zeigte in den Ecken ganz klein ein Kreuzchen, darunter die Worte: »Christe, salva me. Amen! Amen! Amen!« Damit hatte ich im gröbsten das Zauberfeld geprüft, wo das angebrannte Bodenwachs wie eine Teufelsspur herausstach, und eilte nun, um nach dem Zauberer selber zu sehen. Kurtkarl, den ich an der Treppe traf, war nicht zu bewegen, mit dabei zu sein.

Der Alte lag in Ohnmacht, und es wurde mir nicht leicht, ihn wieder ins Bewußtsein zu rufen; mit Schütteln, Reiben und Zuspruch gelang es nicht; ich begann, ihn mit Wasser zu bespritzen; auch das half nichts. Und erst, als ich schließlich Kirschwasser heraufholte und ihm Schläfen, Hinterkopf und Brust gründlich damit wusch, wobei ich mir auch zuweilen eins eingoß, hatte ich Erfolg; aber die ganze Flasche des feindüftigen alten Wassers war dabei draufgegangen.

Der Baron erholte sich zwar von dem Anfall wieder, aber, wie mir schien, doch nicht völlig, und wir hatten mit unserem törichten Scherz also seine Gesundheit auf dem Gewissen. Sein Gebaren war seither zuweilen halb kindisch; er bruttelte noch mehr in Selbstgesprächen vor sich hin, wenn er nicht mit dem Kursblatt wie der ewige Jude herumwanderte; auch war sein Gedächtnis brüchig und er selbst noch minder gasdicht als bisher. Kurtkarl nahm sich heraus, ihn einmal nach Ursache und Sinn dieses Benehmens zu fragen, worauf der schnurrige Aeolus lachend seine Gesundheit als das Maß aller Dinge vorschützte. So habe er sogar einmal ein königliches Jagdpicknick durchdüftet, wobei er sich damit zwar sehr rücksichtsvoll auf den Kuckucksruf eingestellt, aber doch ein bißchen nachgeklappt habe. Von da an habe er keine gesundheitsschädlichen Rücksichten mehr nehmen müssen und könne sich jetzt nach Gutdünken und Laune aufführen, wennschon sein Kammerdiener einen so empfindlichen Windfang habe wie kaum ein königlicher Bracke. Das war auf mich gemünzt, und das Barönchen und Kunstkarl lachten denn auch schadenfroh; ich aber erwiderte dem Alten zornig, meine Nase sei zwar nicht durch adlige Abkunft, aber doch durch gute Erziehung so fein geworden, worauf er denn nichts mehr zu sagen wußte; wenigstens schwieg er und sah weg; ich aber war von Stund an entschlossen, wegzugehen, sobald ich den nächsten Lohn noch erhalten hätte. Ich kam dann freilich unter andern Umständen und auch günstiger von ihm weg, als ich je hätte erwarten mögen.

Die Büste des Barönchens war unterdessen neu erstanden, wenn auch nicht so rasch wie das erste Mal; denn Kurtkarl ging jetzt sorgfältig, ja, fast ängstlich zu Werke;

ich sah ihm immer nur so im Vorbeigehn zu, verschmähte auch, ihm über die Arbeit ein Urteil zu geben, obschon er mich einigemale darum bat; und wenn ich mich für seine frühere Unverschämtheit hätte rächen wollen – was ich ja wirklich wollte –, so wäre mir dies mit nichts besser gelungen als mit meinem Achselzucken und ablehnenden Schweigen. Ich merkte wohl, wie hart dies seine Eitelkeit traf; er verbarg zwar fürs erste seinen Groll darüber, doch aus den schießenden Seitenblicken, die ich manchmal erhielt, merkte ich nur zu deutlich, daß aus seinem zusammengeballten Rachegewölk bereits die ersten Blitze zuckten.

Ich zeichnete in jenen Tagen zur Erinnerung an die tote Tessa, der ich über ihrem traurigen Schicksal alles vergeben hatte, ihr Bildnis wieder, da ich das andere ja bei meiner Flucht zurückgelassen hatte, und fertigte zugleich ein Relief des Barönchens, ebenfalls aus dem Kopf, übungshalber. Hiervon mochte Kurtkarl Witterung bekommen haben, wahrscheinlich durch das hinterlistige Füchslein von Sohn selber, das wie der Alte überall herumschnoberte. Wenigstens kam der Bildhauer seither öfter zu mir herauf, obwohl ich ihm nicht grün war, und fragte und förschelte, was ich plane und treibe. Je nach meiner Antwort, die bald ausweichend, bald anmaßend und selbstbewußt lautete, ging er dann freudig und erleichtert weg oder wortkarg mit grollenden Blicken und machte sich desto eifriger an sein Werk. Seltsamerweise wurde dieses immer mehr dem jugendlichen Johannes eines florentinischen Meisters ähnlich, den Kurtkarl besonders schätzte, statt dem Barönchen, das zwar zart und schwächlich war, aber doch eben nicht so schwermütig dreinsah wie der angehende Täufer, der im Geiste schon sein Haupt in der Schüssel der tanzenden Jüdin schaute. Dies äußerte eines Tages auch der Baron, worauf Kunstkarl unwillig die Arbeit einstellte und die Büste in feuchte Tücher einschlug, aber dann über solchem Müßiggang nur in größere Unruhe und Erregung geriet. Und ich brauchte damals, um dem armen Menschen den Kopfdruck zu scheuchen, mehr Gläser Wein, als ich vor dem knickerigen Baron je hätte verantworten mögen.

In eben jenen Tagen kam er auch einmal wieder auf meine Dachkammer, wo ich zeichnete. Er war in besonders verdächtiger Erregtheit und ging spürend und forschend umher, so daß nichts vor ihm sicher schien. Er nahm den Spiegel von der Wand und besah ihn von rückwärts, hob mein Skizzenbuch hoch, als könnte was darunterliegen, dann meinen abgelegten Rock auf der Truhe, deren Deckel er ebenfalls hochschlug; hierauf zog er die Lade des Nachtkästchens auf und fragte schließlich, anscheinend heiter und harmlos, was ich denn nur Geheimnisvolles im Schrank habe, da ich ihn immer so ängstlich verschlossen hielte. Ich sagte, es seien Diebsklauen im Haus, und lachte; doch liege mir wenig daran; denn was man mir stehlen könne, möge man nur heute gleich nehmen, und wer neugierig sei: Hier ist der Schlüssel! sagte ich lachend und gab ihn ihm. Er aber schwieg, lehnte sich an mein Bett und schaute nach dem Fenster, war jedoch, wie ich im Spiegel sah, nicht in der ruhigsten Verfassung; seine Augen schossen wie Weberschiffchen hin und her, um den Mund zuckte es wetterleuchtend, und die Nüstern gingen wie der Flügelschlag einer Möwe im Sturm. Um so ruhiger blieb ich; denn kam es diesmal zu einem Ausbruch, so standen wir nicht unterm Gebot des Barons, und Kurtkarl sollte an mir seinen Mann finden.

Ich begriff bei alledem nicht, was er an mir bescheidnem Künstlerlein, von dem er kaum ein paar Skizzen kannte, zu beneiden fand, noch wie er seinen Ehrgeiz dareinsetzen konnte, mich niederzuhalten oder an die

Wand zu drücken, da vorläufig meine äußeren Umstände dies doch wirksam genug besorgten. Auch war ich vielleicht kommenden Tags schon seiner Mißgunst entflohen und seinem hemmenden Einfluß entrückt: Was wollte er also? Aber während ich über solchen Gedanken ruhiger und im Herzen fröhlicher wurde, gingen, wie ich bemerken konnte, die Machenschaften seines Gesichts nur noch ungezügelter, und es wäre zum Erstaunen gewesen, wenn er sich nicht hätte Luft machen wollen.

Er schritt denn auch endlich vom Bett weg zur Türe. Ich gehe jetzt! sagte er und schien einer Antwort von mir gewärtig. Ich stand auf, drehte mich nach ihm herum und schob meine Zeichnung beiseite. Da trat er von der Tür weg und kam heran.

Solches Zeugs mögen Sie meinetwegen machen! sagte er und klopfte mit der Faust auf die Zeichnung; aber ich rate Ihnen: Pfuschen Sie mir nicht ins Handwerk!

Damit wandte er sich weg und ging; doch schaute er mich dabei an: Sein Blick allein schon hätte mich töten können.

So war mir denn von Kurtkarls Gnaden mein Schaffens-
bezirk angewiesen und hübsch freundlich mit engen
Schranken umzogen und eingehegt. Ein Gleiches hatte
zwar auch schon der Großsprecher Pellegrini mit mir
versucht, nur nicht so streng und befehlerisch, sondern
mit schnurriger Aufschneiderei, die nur ihn selbst in meinen Augen heben, mich aber sanft und gemütlich entmutigen sollte; bei Kurtkarl dagegen sah ich flackernde Eifersucht und Ehrneid am Werke, den Gleichstrebenden
niederzuringen, mochte er nun wirklich oder bloß in der
Einbildung gefährlich sein. Der arme Kerl bedachte nicht,
daß es genügte, das eigene Streben zu erhöhen, um zum
Ziele zu kommen, statt daß er fremden Willen einzu-
schüchtern suchte, obendrein auf eine Weise, die mich
zum Widerspruch und Gegenschlag aufrief. Ich erkannte
denn bereits auch seine Schwäche in dem überhirnten
Vorstoß gegen mich und konnte mir diesen nur durch
den wenig erfreulichen Fortgang seiner Arbeit erklären.
An Schlimmeres dachte ich vorläufig nicht. Und doch saß
uns bereits das Unglück im Haus.

Es mußte diesen Nachmittag zwischen dem Baron
und Kurtkarl einen Zusammenstoß gegeben haben. Der
Alte war seit einigen Tagen brummiger als sonst und wahrscheinlich über den langsamen Fortschritt der Büste un-
gehalten; auch mochte er wohl den launisch-aufgeregten
Bildhauer, von dessen Witzen und achtungslosem Gebaren er zu leiden hatte, nicht gerne mehr um sich sehen;
wie es überhaupt zu verwundern war, daß die beiden
schrulligen Gesellen sich so lange vertragen hatten. Nun
waren im Zimmer einige kurze, aber scharfe Reden gefallen, worauf der Baron vor sich hinmurrend heraustrat
und aus dem Haus ging; ich fand den andern eifrig bei

der Arbeit, aber merkbar aufgeregt. Neben der Büste lag ein offener Brief, den er bei meinem Eintritt rasch zu sich steckte. Dabei sprach er immer vor sich hin und schien sich gegen einen Vorwurf zu verteidigen, und zwar mit Ausreden, recht nach Art von Menschen, denen etwas nicht gelingen will. So brachte er zuerst sein Kopfweh vor, bei dem kein vernünftiger Mensch was leisten könne; dann mußte der Lehm herhalten: der war zu kurz und ließ sich schlecht verarbeiten. Am schlimmsten aber verfluchte er die unzureichende Beleuchtung des Zimmers, wo er arbeitete. So trug er versuchshalber die Büste in eine andere Fensterecke, dann kopfschüttelnd in die vorige zurück und endlich gar ins andere Zimmer hinüber, in die Zauberstube, wo er sie erst links vom Fenster, gleich darauf aber rechts aufstellte. Freilich konnte er so alle Zimmer und Fenster durchprüfen, das Bildnis wurde darum nicht besser. Plötzlich riß er da in jähem Zorn den Vorhang herunter, befahl mir aber auch unverweilt, ihn wieder hinaufzumachen. Ich tat es für diesmal; da lag er auch schon zum zweitenmal am Boden. Und jetzt half kein Befehlen noch Großmogulieren, auch kein wildes Anfunkeln mehr; ich ließ ihn bei seinem Tonkopf stehen, griff ruhig nach der Türklinke und verließ das Zimmer, ohne mich umzusehen. Und hierbei kam mir zum erstenmal der Gedanke, einzugleisen und ihm die Arbeit abzujagen; ja, es hätte mir in diesem Augenblick Freude gemacht, wenn sie ihm mißraten und einem andern Künstler, womit ich natürlich mich selber meinte, übertragen worden wäre.

Zugleich aber begann mir ein Licht aufzugehen, das mir zeigte, wie die Dinge hier für mich standen und daß meines Bleibens im Hause nicht länger sein konnte. Nur die Furcht vor dem Betteln hatte mich einst hier hineingetrieben und mich meine unwürdige Stellung und die lächerliche Abhängigkeit vergessen lassen. Und ich sah, welche Gefahr in meiner Botmäßigkeit gegen Menschen lag, deren Launen und Schrullen mir am Ende das letzte bißchen Menschenachtung nahmen, das mir nach den Erfahrungen meiner Wanderfahrt noch verblieben war. Denn ich hatte ohnehin Anlagen, das Lächerliche jeder Art, wie es sich im kleinen Interessenspiel des Lebens so rasch bei den Menschen vordrängt, nur allzu leicht zu entdecken; und doch war mir die Achtung vor meinen Mitmenschen wie vor mir selbst ein Bedürfnis, ohne das mir das Leben minder wert als eine taube Nuß und häßlicher als ein stinkender Sumpf erschienen wäre. Ich besann also mein nächstes Vornehmen und kam nach kurzer Abwägung aller Umstände zum Entschluß, mir den Weg in die Hauptstadt und von dort aus, wo ich meine Kräfte neu am Leben messen wollte, auch zu meinem Vater wieder frei zu machen. Und damit meine Entschlüsse, wie am Ende zu befürchten war, und meine besseren Gefühle nicht eine Pellegrinerei wurden, schrieb ich sogleich an den Untersuchungsrichter und bat um Mitteilung, wann und wegen welcher Sache ich vor Gericht zu erscheinen habe. Ich fügte bei, seit einiger Zeit sei ich hier oben im Gebirg in Stellung, doch könne ich aus mancherlei Ursachen mich jetzt nicht wohl in der Hauptstadt selber stellen. Daß ich vor seiner Vorladung ausgerissen war, verschwieg ich vorläufig als belanglos. Zum Jesuiten hat eben jeder, wenn es Not tut, so ein bißchen Begabung.

Als ich von der Post heimkam, fand ich weder Kunstkarl bei der Büste noch diese selber an der Stelle, wo er sie hingebracht hatte. Ich suchte sie und entdeckte sie schließlich auch, und zwar in der dunklen Ecke neben dem Bücherschrank, aber so verstümmelt, daß es einen erbarmen konnte. Zuerst dachte ich, das Barönchen könnte es getan haben; denn er haßte die Sitzungen; allein die Zerstörung war mit so grausamer Berechnung und gewissermaßen mit solchem Sachverständnis vollführt, daß es schien, man habe da mit besonderer Wollust an der Person Rache nehmen wollen. Die Augen waren haargenau den Lidrändern nach herausgeschnitten; die Nase mit zwei Hieben im stumpfen Winkel abgehackt, so daß ich in die schwarze Höhlung des Kopfes sah; der Mund aber querdurch aufgeschlitzt, als hätten alle Zähne mit herausgefegt werden müssen. Mich faßte ein Grauen beim Anblick des Kopfes, und ich stellte ihn tiefer in die dunkle Ecke zurück. Dann ging ich ins Zauberzimmer zu dem Vorhang, der noch am Boden lag, und untersuchte, wie er haltbar wieder überm Fenster zu befestigen war. Der Baron hatte mir's nämlich befohlen, wohl oder übel, mit der Begründung, er wolle bei Licht nicht in seiner Stube sitzen wie in einer Stall-Laterne.

Ich saß in der Küche, in etwelchen Gedanken über meinen neuesten Entschluß, der mich nun bald aus diesem Haus und dem Gebirgsgau wegführen mochte, und schnitzte einen Holzpflock zurecht für den Vorhanghaken, der beidemale mit herabgerissen worden war und in der ausgebröckelten Wand nicht mehr haften wollte, da schlurfte der Baron herein mit einem Brief in der Hand. Er forschte zuerst hinter der offenstehenden Tür, dann hinter dem Küchenschlank, ob nicht einer dahinter versteckt sei, nämlich Kurtkarl, worauf er herausrückte: Da habe er einen Brief von seinem Bruder, dem Freiherrn, der ungeduldig nach der bestellten Büste frage. Und was denn nun da zu machen sei? Kurtkarl habe sich nämlich für seine Arbeit nur eine ganz kurze Frist auserbeten, die nun aber schon zwei- oder dreimal überschritten sei. Doch sende er weder das Bildnis noch gebe er Antwort auf die Anfrage des Freiherrn, was doch schließlich die einfachste Höflichkeit geboten hätte. Und was er denn nur mit dem Menschen anfangen solle? fügte er jammernd hinzu. Ich aber stand auf dem Punkt zu fragen, wer hier Herr im Hause sei, etwa der Koch und Kammerdiener? da man mich um solche Dinge fragte.

Denn ich hatte wahrlich wenig Grund, auf Kurtkarls Wohl zu sinnen, nach alldem, wie er mir bisher begegnet war. Und doch empfand ich's peinlich, dem jammernden Alten Kenntnis vom wahren Stand der Dinge geben zu müssen, gerade jetzt, wo der Bildhauer so gehetzt und aufgeregt schien. Denn ich nahm nunmehr seinen Zustand als eine Folge der drängenden Anfrage des Freiherrn, auf die der arme Mensch nichts Befriedigendes zu melden wußte. Statt zu antworten, zuckte ich also vorläufig die Achseln; da der Baron aber Rat von mir wollte, legte ich mein Schnitzwerk beiseite, stand auf und führte ihn ins Zimmer vor das verstümmelte Bildwerk.

Hier wäre mir's ein Leichtes gewesen, den Baron, der wie ein altes Weib wieder in ein Kopfschütteln und Gezeter ausbrach, zu überzeugen, daß der Künstler in seinem gegenwärtigen Zustand schwerlich das Werk bald beenden werde und hätte so mit geschickten Machenschaften leicht sein Wasser auf meine eigne Mühle lenken können. Doch hatte ich schließlich hier im Hause kaum noch was zu schaffen und ließ also den Gedanken. Der Baron aber schimpfte und ließ sich aus über das unzuverlässige Künstlerpack, von dem einer nur Undank, Verdruß und Plackerei habe, wenn man es fördere und unterstütze. Als ob er das wirklich getan hätte! Und er werde sogleich dem Freiherrn schreiben, daß er Kurtkarl noch eine kleine Frist gewähren, ihm aber zugleich mit der Ablehnung der Arbeit drohen solle, wenn sie nicht genau nach der Vereinbarung abgeliefert werde. Ich wandte dagegen ein, es sei zu befürchten, daß der Freiherr mit einer solchen Maßregel bereits gedroht habe, woraus denn die Erregung Kurtkarls zu begreifen wäre. So werde er denn besser tun, diesem mit Ruhe und Geduld zuzusprechen und ihn zur Arbeit zu ermuntern, den Bruder Freiherrn aber so gut wie möglich zu beschwichtigen. Ich riet ihm dies in aller Wohlmeinenheit und ohne daran zu denken, daß ich im Herzen selber bereits nach der lohnenden Arbeit geschielt habe. Aber wie der Baron zu spät kam mit seiner Frage und seiner Drohung, so auch ich mit meinem guten Rat; wir planten und schwatzten und ahnten beide nicht, daß der Künstler nicht dazu bestimmt sein sollte, das verstümmelte Bild, das da vor uns stand, zurechtzurichten und auszuführen.

Der Baron war in den Garten gegangen. Ich aber hatte mich ans Werk gemacht, die Vorhangstange überm Fenster wieder anzubringen, stand auf der Leiter, fast an der Zimmerdecke oben und untersuchte die Haltbarkeit des Pflocks, in den ich jetzt den Haken eintrieb. Dann nahm ich die Stange auf, zog die Vorhangringe samt der Zugschnur darüber, steckte als Abschluß den messingenen Pinienzapfen daran und prüfte eben den Gang der Leine, als ich Kurtkarl, den ich außer dem Hause vermutete, aus dem Nebenzimmer kommen sah. Er war nicht gerade in Gala, stand vielmehr barfuß und in Hemdärmeln in der Tür, schien jemand zu suchen und sah jetzt auch nach mir herauf, und zwar mit einem Blick voll feindseliger Drohung, wie ich trotz des sinkenden Tages erkennen konnte. Hierauf schaute er ins Nebenzimmer zurück, wo die Büste stand, und ein grausames Lächeln kam auf sein Gesicht und schien sich dort versteinern zu wollen. Doch belebten sich die Mienen wieder; er zuckte mit den Mundwinkeln, lächelte dann leicht und nickte einigemale würdevoll, gleich als gäbe er sich zu einem Gedanken gnädige Zustimmung; dann ließ er plötzlich die Augen schießen wie Irrlichter, trat von der Schwelle ins Zimmer, äugte umher, lispelte etwas Unverständliches und sagte dann, er suche Arbeit und wolle das Barönchen sprechen. Dabei sah er mich an, daß mir hätte Angst werden können.

Wo steckt der Spulwurm? fragte er herumsuchend. Augenblicklich fort mit dir zum Alten! befahl er. Er soll ihn herbringen, den windigen Setzling. In meinem Namen sag ihm's. Ich will Sitzung halten. Vorwärts; herunter! und in Trab!

Es klang nicht eben gemütlich, und es war mir auch nimmer ganz geheuer in meiner Höhe oben, als ich den Menschen da unten ansah, der da so bonapartisch befehlshaberte. Und ich dachte mir und nahm vorläufig den Hammer vom Pflock, wo ich ihn hingelegt hatte: Wenn er nicht vom Wahnsinn schon gepackt sei, so stehe er doch dicht davor. Was dabei aber herauskommen mochte, lag für mich außer aller Berechnung. Und so gedachte ich eben zu gehorchen, um ihn nicht weiter zu reizen, nahm auch meinen Hammer fester in die Hand, als Waffe für alle Fälle, und wollte herabsteigen, da sprang er, der zuvor wie starr gestanden, an die Leiter heran: Muß ich dir Füße machen, Sklave! rief er und zog rasch am untersten Sproß, so daß die Leiter mit mir und dem Vorhang ins Gleiten geriet, ich aber im völligen Fallen noch auf alle Viere kam. Im selben Augenblick aber stand ich wieder auf den Füßen, mit dem Hammer in der Hand gewärtig, was der Gegner des weiteren unternehmen werde. Der war für's erste, wohl in Erwartung meiner augenblicklichen Rache, scheu ausgewichen; dann sprang er in einem mächtigen Satz in die Fensternische hinauf und stand dort im Faltengewühl des mit der Leiter herabgestürzten Vorhangs, aufrecht und hochmutig wie ein junger König, dem der Purpur niedergeglitten um die Füße liegt, nur daß sich ihn mein Gegner erst anzumaßen schien, als frecher Kronstreber, der seine barfüßige Dürftigkeit damit zu verhüllen suchte.

So dachte ich und war doch in meiner Lage selber nicht besser daran. Auf den schwachen Alten, den ich eben draußen auf dem Gartenkies vorbeischlurfen hörte, war nicht zu zählen; sein Sohn, der Hilfe hätte holen können, nirgends um die Wege. Aber bis dahin wartete der Gegner auch nicht, und bereits fand ich mich mit der gefährlichen Lage eines Bändigers ab, der im Käfig von seinem Tier angenommen wird. Denn jener stieg aus der Fensternische herab, schleichenden Schritts und zwei- oder dreimal ins Nebenzimmer äugend, als könnte ihn dorther einer anpirschen, rückte dann in fast tanzender Geschmeidigkeit plötzlich vor bis zu dem schwarzen

Brandfleck aus jener Beschwörungsnacht, dann duckte er sich zum Sprung gegen mich; und ich konnte nichts tun, als ihn mit erhobenem Hammer erwarten; und angesichts der Gefahr ersehnte ich die Entscheidung.

Wie ein Panther schnellte er auf mich zu. Mein Schlag ging zwar fehl, und der Hammer entflog, aber der Angreifer war mir in die Arme gesprungen, zu einem gefährlichen Empfang. Denn ich hielt ihn darin wie in einem Schraubstock fest, mußte aber dabei seine wütenden Faustschläge ins Gesicht wie auch auf Kopf und Nacken leiden, die mir sogleich wiesen, woran ich mit dem furchtbaren Gesellen war. Doch konnte ich ihn vom Boden heben und trug ihn nun in vier oder fünf Schritten gegen die Fensternische, ließ ihn dort am Tritt über seine eigenen Hacken stolpern und kam bei seinem Sturz auf ihn zu liegen, der sich am Boden oder vielmehr auf dem Vorhang, wohin ich ihn geworfen hatte, mit Beißen und Kratzen und Treten und Schlagen wahnsinnig wehrte und eine ganz unmenschliche Kraft zutage brachte. Und ich wäre, wer weiß, vielleicht verloren gewesen, wenn er sich nicht mit einem Arm in den Fallen des Vorhangs gefangen hätte; denn jetzt glückte mir's, ihm dessen Ende um den Kopf zu werfen, und mein ganzer Plan geriet. Ich rollte ihn nämlich auf dem Vorhang aus der Nische herab und wickelte ihn ein, wie die Spinne einen wilden Brummer, der ihr unverhofft ins Netz gerät. Dann zog ich die starke Schnurleine, die mit in die Umhüllung gekommen war, stärker an und schnürte mit dem überstehenden Ende die zuckende und strampelnde Masse zusammen, daß es kein Entrinnen aus der Zwangsjacke gab. Und eben war ich mit meinem Paket, wie ich rascher, aber auch gefährlicher nie eins gefertigt hatte, zu Ende, da kam der Baron herein, den unser Ringen gerufen haben mochte; denn der Wahnsinnige hatte es zuletzt nicht an Brüllen und

Schreien fehlen lassen, als ich ihn mit dem übergeworfenen Vorhang zu ersticken drohte.

Es war uns zu unserer Sicherung wie zu seiner eigenen nichts anderes übriggeblieben, als den Kranken, der in seiner Umschnürung schrie, johlte, pfiff oder brüllte, je nachdem es sein Seelenzustand ihm gebieten mochte, in einige stärkere Stricke zu fesseln und den kommenden Tag abzuwarten, wo wir ihn im nächsten Städtchen im Krankenhaus oder sonst einer Anstalt unterzubringen hofften. Im Dorf nämlich hatte sich niemand dazu verstanden, ihn aufzunehmen, und trotz dem Verlangen des Barons verweigerte der Bürgermeister auch das Ortsgefängnis. Das sei kein Narrenhaus, sagte er, und wir sollten den Irren nur bei uns behalten; da sei er am besten untergebracht. So behielten wir ihn denn und legten ihn in seiner Umschnürung auf einen Divan, wo er sich bald etwas ruhiger zeigte, wenigstens insoweit, als er, statt zu brüllen und zu schreien, Tierstimmen nachahmte, vor allem die unterschiedlichsten Vögel, deren Sang er bis zu vollendeter Täuschung mit rührender Kunst wiedergab. Dann sprach er wohl wieder zwischenhinein, lachte bald fröhlich, bald kreischend und irr; aber selbst wenn er harmlos lustig kicherte, war der Bruch in seiner Seele erkennbar. Er redete von allem Erdenklichen, indes meist ohne rechten Zusammenhang, nur selten so vernünftig, als wäre er seines Geistes wieder völlig Herr. Mit vorrückender Nacht ließen wir ihn allein, schlossen die Türen seines Raumes ab und, nachdem ich auf Befehl des Barons noch an die Eltern des Kranken geschrieben, sie möchten ihn heimholen, auch den Brief noch zur Post gebracht hatte, suchten der Baron und sein Sohn ihr Bett auf; ich aber blieb im Nebenraum angekleidet auf dem Sofa, um sogleich zur Hand zu sein, wenn sich was ereignen sollte. Zwar begab sich nichts Gefährliches mehr, aber meine Ruhe sollte fragwürdig genug sein. Denn wenn mich bei zeitweiligem Einschlummern nicht schwere Träume wieder aufweckten, die sich alle in schreckenden Bildern von dem Kranken und unserem Kampf bewegten, so erwachte ich an seinem Reden und Sinnieren, das selten aufhörte, oder an dem immer wechselnden Vogelgesang, womit das arme Menschenpaket mich so schauerlich wie bemitleidenswert unterhielt.

Am folgenden Morgen fanden wir Kurtkarl ruhiger, aber noch nicht in festen Gleisen; der Anfall war zu wild und zu heftig gewesen. Er redete noch irr, kam aber doch schon zu Gegenständen seiner Tätigkeit zurück, während er zuvor in alle erdenklichen Gebiete abgeschweift war und mit Kronen, Allmachten und jeder Art Schöpferwerkzeug so unbedenklich gespielt hatte wie bei gesunden Sinnen etwa mit seinen Modellierhölzern oder einem Klumpen Lehms. Er sprach einigemal von der Büste und bedauerte ihre kranken Augen, die er durch goldene ersetzen wolle; aber der böse Arzt müsse weg, der ihm so törichte Mittel gegen sein Kopfweh verordnet habe, nämlich Hufnägel in den Hinterkopf. Dafür wolle er ihm mit ebensolchen die Fußsohlen spicken und glühende Eisen aufschlagen, daß das verbrannte Fleisch bis zum Herrgott hinaufstinke. Einigemale bat er auch, und zwar halb singend, um Lösung seiner Fesseln, und begann zu weinen, als wir dafür keine Neigung zeigten. Wir wollten ihn nur nicht zu seinem Vater lassen, sagte er, und ihn gefangenhalten. So wechselte sein Zustand zwischen Ermattung und Erregtheit und schien noch am günstigsten, wenn der Arme sich mit seinen Vogelstimmen unterhielt; wir ließen ihn schließlich allein, und das feine Gezwitscher oder das vollere Geflöte mischte sich in das Brutzeln meiner Pfanne und das Brodeln des Suppentopfes, ja, bald wollte mir scheinen, es gehöre dazu.

Nach dem Essen traf sein Vater ein, um ihn heimzuholen. Ich wäre am liebsten dem Mann ausgewichen, aber der Baron schob mich vor, ihm stückweise die arge Wahrheit mundgerecht zu machen; denn brieflich hatte ich sie ihm kaum angedeutet. Es war ein mittelgroßer einfacher Herr mit einem graugemischten Vollbart und einer goldenen Brille. Bei aller Fassung, derer er sich bemühte, begann er zu zittern, als bald der Baron, bald wieder ich mit einem Brocken herausrückten und so die Vorgänge der letzten Tage zu einem dunklen Bild zusammenfügten. Dann führten wir ihn mit dem Arzt, den er mitgebracht hatte, zu dem Sohne selbst.

Glücklicherweise wurde dieser bei der Zurede des Vaters, den er zu erkennen schien, fast völlig ruhig, war aber um so mißtrauischer gegen den Arzt, obwohl dieser riet, ihm die Stricke zu lösen. Ich tat es unter dem Widerspruch des Barons, und der Kranke ließ sich geduldig aus der seltsamen Hülle herauswickeln, wobei die messingenen Vorhangringe wie Ketten klirrten; darauf trug ich das Zeug weg, eben als der Mann eine erste Träne hinter der Brille fortwischte.

Vom Kammerfenster aus sah ich dann, wie sie weggingen. Der Arzt hatte zwei Wärter in den Garten gerufen, die harrend dastanden. Jetzt kam, ganz ruhig, Kunstkarl am Arm des Vaters, neben ihm der Arzt; die Wärter schlossen sich an, und als sie jetzt abrückten, schlich noch das Barönchen hinterdrein wie ein verlorener Leidtragender. So verließen sie den Garten. Ich aber glaubte, nie etwas so Trauriges gesehen zu haben wie dieses Menschentrüpplein, das sich langsam ins Dorf hinein verzog.

Noch waren sie kaum weg, so verspürte der Baron Lust, sich über die aufregenden vergangenen Stunden auszusprechen und hieß mich, als der Kaffee aufgetragen war, am Tisch Platz nehmen, was bisher nie vorgekommen war. Er erzählte zuerst einiges Allgemeine über die Familie, der der Kranke angehörte, und kam dann auf einen Vorfall zu sprechen, dessen geheimnisvolle Seite den abergläubischen Geisterbeschwörer besonders anziehen mochte. Danach hatte ihm der Bruder Kurtkarls, der Maler, der das Bildnis des Barons gezeichnet, während jener Arbeit folgendes erzählt:

Als er auf der Kunstschule gewesen sei, habe er aus Neugier einmal eine Wahrsagerin aufgesucht, die großen Zulauf gehabt habe, und zwar nicht bloß vom abergläubischen kleinen Volk, wie üblich, sondern auch von gebildeten Kreisen; von Beamten, Gelehrten, ja, selbst von Ministern, die über ihre Zukunft oder über noch wichtigere Dinge Bescheid haben wollten. Zweifelsüchtig, wie er immer gewesen, habe er das Weib aufs Eis zu führen gesucht und zu diesem Zweck zuerst gefragt, ob er Soldat werde, während er doch schon gedient hatte.

Die Frau beschied ihn: er sei bereits Soldat gewesen; sie sehe ihn im Waffenrock und Helm und mit einem seltsamen Namenszug auf den grünen Achselklappen. Auf diese erstaunlich zutreffende Antwort habe er sie über seine Aussichten in einem Liebeshandel befragt, schließlich auch noch über seine Familienangehörigen und dabei erfahren: Seinem Vater sei noch eine schöne Reihe von Jahren gegönnt, hingegen kränkle die Mutter bedenklich; von den fünf Kindern, die sie in einer Reihe aufgestellt schaue, seien vier gesund; das jüngste dagegen sehe sie als Schatten, es sei also gefährlich krank, doch ganz ohne die Zeichen frühen Todes. Darob sei der Maler stutzig geworden, da gerade der jüngste von ihnen, nämlich Kurtkarl, sich guter leiblicher Gesundheit erfreute und habe die Frau verlassen, halb ungläubig, aber doch mit geheimem Grausen über einen solchen Bescheid. Nun sei wirklich die Mutter nicht eben lange hernach gestorben, auch in seiner Liebesangelegenheit alles eingetroffen, wie die Frau es vorausgesagt; im Schicksal des jüngsten Bruders aber habe sich noch nichts Ungünstiges gewiesen; und so dürfe man, seiner Meinung nach, die fernsehende Gabe der Frau füglich anzweifeln, habe der Maler damals beigefügt.

Nun sei die Frage – fuhr der Baron fort –, ob mit diesem Anfall Kurtkarls nicht doch die Aussage jener Frau, die als Hellseherin zu nehmen sei, wahr geworden und die Zweifel nur der Kurzsichtigkeit des Malers, der sich gegen übersinnliche Dinge immer als engherziger Vernünftler und Kümmerer zeigte, zuzumessen seien.

Diesen Ausführungen reihte der Baron weitere von Gelehrten beschriebene Fälle der Wahrsagerin an, nach deren Treiben er sich auf die Erzählung des Malers hin erkundigt und alles, wessen er dabei innegeworden, zusammengetragen habe. Und er brachte ein Bündel Zeitungsausschnitte herbei, die er mir zum Durchlesen überließ. Da mir hier zwei Berichte meiner Eltern über Fernwirkung einfielen, woran ich keinen Grund zu zweifeln hatte, gab ich sie auch zum besten, und der Alte war von meiner Erzählung so eingenommen, daß er mich ermunterte, sie in einer Zeitschrift für Geheimwissenschaften bekanntzugeben. Ich stand nie zweiflerisch vor diesen dunklen Dingen, deren Möglichkeit zu leugnen ein dürftiges Gemüt offenbart, und der Baron freute sich meiner Kameradschaft auf diesem Felde, derer er sich gerne durch seine neulichen Erfolge im Geisterbannen würdiger gezeigt hätte. Ich aber war ein Schalk und ließ es gellen, worauf er meinte: Er sehe an mir einen guten, gelehrigen Schüler seiner Sache; und gescheite gläubige Menschen seien so selten, daß man sich ihrer um so mehr freuen und sie um desto höher schätzen müsse, weil die dummen Gläubigen gar so dicht gesät seien.

Hierauf hieß er mich wegen der Büste an seinen Bruder schreiben, und bei seiner Verlegenheit fiel es mir nicht allzu schwer, ihn zu überzeugen, daß ich selbst der Nachfolger Kurtkarls werden müsse, wenn anders der ungeduldige Freiherr bald in den Besitz des Tonkopfs kommen solle. Ich schrieb diesem denn auch in solchem Sinne und glaube, ein Anwalt oder selbst ein Schriftsteller hätte mir die Sache auch nicht trefflicher gemacht.

Ich übernahm wirklich das Erbe des Bildhauers, das in seiner Verstümmelung die ersten traurigen Anzeichen vom Wahnsinn seines Schöpfers wies, und begann unverweilt, die Beschädigung zu heben, um die Arbeit so rasch wie möglich zu Ende zu führen. Denn man hatte mir dazu nur vierzehn Tage Frist gegeben. Nach Verlauf zweier Vormittage hatte ich sie so weit, daß der Baron mit der Ähnlichkeit ziemlich zufrieden war und mir riet, die Arbeit nicht wie mein Vorgänger durch vieles Bessern und Basteln wieder zu verderben. Das heimlich gefertigte Relief, das, wie das Barönchen mir jetzt gestand, Neid und Eifersucht Kurtkarls erregt hatte, kam mir sehr zustatten; ich konnte fast ohne das Modell arbeiten und pflegte dieses meist nur während des Essens oder der Nachhilfestunden mit der Büste zu vergleichen, der Nachbesserungen wegen. Als ich zur Beendigung der Arbeit aber doch einmal eine Sitzung verlangte, war das Bürschchen nur auf Befehl seines Vaters und nur mürrisch dazu bereit; so bequem war er, oder so sehr zeigte er sich eigensinnig und ungefällig gegen mich.

Dies tat er nun, wie ich bald merkte, bloß, um mir das Haus zu verleiden und mich zu vertreiben. Schon als Kunstkarl noch da war, sah ich ihn nämlich öfters mit der weggelaufenen Haushälterin reden, und er ließ auch einigemale bei Tisch verlauten, daß die Alte gerne unter jeder Bedingung wieder beim Baron dienen würde und daß er selber, nämlich der junge, sehr dafür wäre. Doch lehnte der Baron vorerst ab, und da das Bürschchen merkte, daß er so leicht mich nicht vertreiben könne, gewiß nicht, solange ich an der Büste arbeitete, versuchte er es auf schärfere Weise. Es glückte ihm denn auch schließlich, nur lief es für ihn nicht so glimpflich ab, wie er sich's als hochmütiges Baronskräutchen gedacht haben mochte.

Ich konnte die Büste für fertig ansprechen und wollte Manuel nur noch einige Minuten zu einer letzten vergleichenden Sitzung haben, als er sich dessen weigerte, ja, blöderweise den Zornigen spielte, vielmehr schauspielerte: denn eines ehrlichen Zorns war das blasse Pflänzchen nicht fähig. Er sprang nämlich vom Stuhl auf, ergriff sein Federmesser und suchte das Gesicht der Büste damit zu bearbeiten. Ich konnte das Schlimmste abwenden, jedoch einen Riß durch ihre Backe nimmer verhindern, der indes nicht viel verdarb; denn der Lehm war schon lederhart. Da faßte ich denn das Männchen ordentlich unsanft an seinen Spinnenärmchen, stellte es ebenso unsanft vors Zimmer hinaus, daß ihm das blasse Köpfchen scheppern mochte, und verschloß die Türen, bis der Schaden an der Büste getilgt war. Diese selber nahm ich jene Nacht vorsorglich in meine Obhut.

Bevor ich sie andern Tags zum Töpfer brachte, um sie hart brennen zu lassen, prüfte der Baron noch ihre Ähnlichkeit.

Sein Bruder solle nicht für sein teures Geld ein untaugliches Werk bekommen, sagte er. Er befahl Manuel zu einer geringfügigen Nachbesserung herbei, der störrisch und mürrisch antrat. Doch hielt er, sobald der Alte weg war, nicht mehr ruhig, machte sich vielmehr an seine Schulaufgaben, und ich mochte zusehn, wie ich zum Ziel kam. Als ich dann schließlich die Arbeit für fertig erklärte und sie wegtragen wollte, schlich sich das Bürschchen heimtückisch hinter mir drein und bespritzte mir aus seinem Tintenfaß die Hose, die ich eben erst ein paar Tage trug. Da stellte ich denn sein Abbild auf den Boden, holte mir das Männchen her und verhieb ihm dermaßen sein windiges Knochensäckchen, daß er sich jämmerlich krümmte und rieb und das Haus vollschrie, bis der Baron herbeikam und nach der Ursache des Gejammers forschte.

Ich aber in meiner Erregung gab gar nicht weiter Bescheid, sondern nahm die Büste auf den Arm wie ein Heiliger sein Marterzeug und trug sie aus dem Haus und durchs Dorf zum Töpfer. Und war entschlossen, nicht eine Nacht länger beim Baron zu bleiben, wenn das Söhnchen sich nicht, trotz der Hiebe, die ich ihm verabreicht hatte, bei mir entschuldigte.

Aber damit brauchte ich nicht zu rechnen. Ich kam ins Haus zurück, um für alle Fälle meine Siebensachen abzuholen, da trat mir der Baron heftig entgegen, keifte mich an und schalt mich, daß ich mich unterstanden hätte, sein Fleisch und Blut mit meinen Dienerhänden zu berühren, wollte auch keine Rechtfertigung hören, sondern verlangte, daß ich unverweilt mein Zeug zusammensuche und das Haus verlasse. Als ich Ersatz für die besudelte Kleidung forderte, herrschte er mich an, diesen bei den Gerichten zu heischen, so auch den letzten Wochenlohn, den er mir unter keinen Umständen freiwillig gebe. Darauf packte ich denn als Ersatz jenen feinen Hinkenden Teufel, den ich einst aus dem Bücherschrank genommen, in mein Bündel, schwang mir dieses auf den Rücken und stieg aus meiner Dachkammer herab. Und wie ich das Haus einst betrat, nämlich mit beschädigter Hose, so verließ ich es jetzt mit verdorbener und bekleckster, und nicht viel reicher als beim Einzug. Unterm Gartentürchen aber ging ich an dem Kümmerer von Barönchen vorbei, der die bretterne Haushälterin wieder ins Haus führte. Und er sah mich mit schadenfrohem Blick an, aber doch mit Augen, die noch vom Heulen rot waren.

Ich zog ins Wirtshaus und hatte noch länger im Dorf des Barons zu bleiben, als ich mir erwartet hatte. Denn die Büste blieb volle acht Tage im Ofen des Töpfers, und als ich dann den Freiherrn von der wohlgeratenen Vollendung benachrichtigte, weigerte er die Zahlung, bis er erst das Werk gesehen habe; er wolle die Katz nicht im Sack kaufen, schrieb er mir. Aber mir tat das Geld bitter Not. Das bißchen nämlich, das ich vom Dienst her noch besaß, ging für die neue Hose drauf, die ich mir machen lassen und bar hatte bezahlen müssen. Glücklicherweise schickte mir der Baron auf den Brief eines Anwalts hin die Schneiderkosten, und so konnte ich mit der Büste auf das Schloß des Freiherrn fahren. Aber auch hier mußte ich mich noch tüchtig auf die Hinterfüße stellen; denn der Freiherr wollte mir einen Teil des Geldes abziehn, da vielleicht Kurtkarl für seinen Teil Arbeit auch was fordern könnte. Da fand ich mich denn wieder und wußte, ich war kein Kammerdiener mehr; ich wies ihm den Brief und sagte, der Auftrag sei an Herrn Arnold Lohr und nicht an Kurtkarl So-und-so gerichtet, der obendrein in seiner gegenwärtigen Verfassung schwerlich was fordern werde. Worauf ich augenblicklich mein Geld erhielt, aber ziemlich kurz und ungnädig abgeschubt wurde, vermutlich als lästiger dürftiger Künstler, den man am besten getan hätte, nie über die Schwelle zu lassen.

Aber noch ein zweiter Brief trug in diesen Tagen die Aufschrift: An Herrn Arnold Lohr! Er kam vom Grafen; unverhoffterweise. Dieser hatte nämlich bei Gericht, wo er in der Kistenfegerei als Zeuge gefragt wurde, erfahren, ich sei bereit zu erscheinen, dabei aber den Untersuchungsrichter überzeugt, ich käme bei den Fälschungen nicht in Betracht, worauf der Beamte seltsamerweise ein Einsehn gehabt und die Absicht, mich zu verfolgen, aufgegeben habe.

Diese Nachricht war nun bloß der Anfang des Briefes, der mich natürlich froh beruhigte; ich sollte aber im weiteren Inhalt einen feinen scharfen Stachel spüren, obschon mir der Graf die Worte gar höflich hinsetzte, ja, mich zuguterletzt liebenswürdig auch wieder zu sich einlud. Woran lag das nun? O, nicht an dem Vorwurf, daß mein Schweigen auf seinen letzten Brief mich um einen reichen Auftrag gebracht habe, den er mir darin habe übermitteln wollen! Aber er erinnerte mich mit zwei Wörtlein an unser erstes Zusammentreffen, und die zwei Worte waren ein großer Name; und wenn ich jetzt die muntere Frage des Grafen, wieweit ich jenem nachgefolgt sei, scherzhaft las, wie ernst war die Antwort, daß mir der große Lothringer zwar noch der hellste Stern sei, ich aber, nach wirklichem Verdienst an ihm gemessen, noch kaum eine Silbe seines Namens gelte. Doch war mir schon die Mahnung des Grafen wie ein eignes neues Gelöbnis, und leichteren Gemüts konnte ich an die Fortsetzung meiner Wanderung denken, als ich jetzt den Brief einsteckte und auf meinem Herzen barg.

Aber auch von Kurtkarl und seinem Schicksal sollte ich auf meiner Reise zum Freiherrn noch einen Abschnitt erfahren. Darnach hatte er sich vom Vater und den beiden Wärtern, die der Arzt ihm beigegeben, ruhig bis in den Eisenbahnwagen geleiten lassen, dort aber plötzlich im Wahn, man wolle ihn nicht nach Hause lassen, sondern entführen, die nichtsahnenden Wärter überfallen und in ihrer Überraschung derart mißhandelt, daß sie seinen übermenschlichen Kräften nichts entgegenzusetzen und den Wilden nicht abzuwehren vermochten, während er seltsamerweise dem Vater kein Härchen gekrümmt habe. Dann sei er aus dem fahrenden Zuge, ohne Schaden zu nehmen, entsprungen und ins Feld hinausgerannt, wo er sich in währendem wilden Lauf Stück um Stück der Kleider entledigt, bis er splitternackt ein Dorf betreten und dort durch seinen Anblick zuerst Staunen und Gejohle, bald aber, als sein Zustand erkannt wurde, Schrecken verbreitet habe. Und seine Bändigung sei nicht ohne Striemen und Beulen abgelaufen, bis man ihn schließlich mit übergeworfenen Stricken und Schlingen wie ein wildes Tier gefangen habe. So führte man ihn des Weges, den er gekommen war und durch die abgeworfenen Kleider deutlich bezeichnet hatte, zurück und übergab ihn dem Vater und den Wärtern, die dem auf offner Strecke haltenden Zug entstiegen waren, um die Fährte des armen Menschen aufzunehmen. Für seinen Zustand aber habe sich's glücklich gefügt, daß ein Irrenhaus nicht fern von jenem Ort gelegen und ihn zur Pflege aufgenommen habe. Wenn denn ein solcher Unterschlupf mit dem Begriff einer glücklichen Fügung überhaupt in Verbindung zu bringen sei, fügte der Erzähler hinzu.

Ich hatte im Dorf des Barons noch zu tun, nämlich dem
Wirte die Rechnung zu zahlen, und so nahm ich meinen
Weg über den Ort, als ich vom Freiherrn mit dem Ertrag
meines Kunstwerks wegging. Auch lenkte mich wohl eine
Art Dankespflicht dorthin für die neue Freiheit, die ich
mir da erobert hatte; denn auf meiner ganzen Zigeunerfahrt war mir nie so leicht und heiter im Gewissen gewesen, wie seit der Abwerfung meines Dienertums, das mir
die Verhältnisse und allerdings auch mein Leichtsinn auf-
genötigt hatten. Draußen vor dem Dorfe auf einem Hügel, über den die Straße führte und wo man einen umfas-
senden Blick über die Gegend genoß, überantwortete ich
mein nächstes Schicksal oder vielmehr die Richtung meiner weiteren Fahrt dem Zufall; ich drehte mich mit geschlossenen Augen mehrmals auf der Stelle und warf
dabei meinen Bleistift in die Luft; wo nun seine Spitze
hinwies, das sollte meine Richtung bleiben. So abergläubisch ist der Mensch oder so macht er sich Zeichen, feierlich und töricht, die ihm die Wege weisen sollen, wenn er
sie aus geheimer Furcht oder andern Gründen sich nicht
frei zu gehn getraut!

Dem Rückblickenden zeigten sich vom Hügel aus noch
einmal alle Gebirgshäupter, an denen er jüngst vorbeige-
wandert war, in festlicher Versammlung, wie der Rat einer Stadt, der sich von seinem Fürsten verabschiedet; die
kleinen Seen, die in der Ferne wie lichtblaue Edelsteine
in der rauhen Fassung der Berge lagen, flimmerten in der
Sonne, und Glast und Dunst woben einen wundersamen
Schleier, der mir das Zurückliegende gütig deckte. Ich
stieg schließlich vom Hügel langsam hinab, betrat das
Dorf und nahm beim Wirt meinen Abschiedstrunk. Und
es war mir, als ginge ich nicht einmal gerne von dem Orte

weg, der mir jetzt so wundersam vertraut vorkam. Der Baron saß in seinem Schlafrock und dem goldgestickten Fez am gewohnten Fensterplatz, mit dem Kursblatt in der Hand, ohne mich zu sehn; das Barönchen aber mußte mich bemerkt haben; wenigstens pfiff mir jemand gellend nach, als ich vorbeiging, und ich kam mir vor wie ein Schauspieler, der von der Bühne geht und seine Rolle nicht nach jedermanns Wunsch gespielt hat. Doch schwenkte ich lachend dem Hause den Hut zu, wo mir neben meiner Demütigung so Kleines, so Schnurriges und so Trauriges begegnet war, wie es das Leben nun einmal auf seiner Meßbude dicht nebeneinander feilzuhalten liebt.

Einige Stunden Wanderns nur, und ich mündete unversehens auf eine mir bekannte Straße ein, die mich vor Monaten in die Hauptstadt geführt hatte. Bald fand sich auch das Dorf und in diesem der Kramladen wieder, wo ich mich damals im gröbsten ausgestattet hatte. Die dicke Krämersfrau saß hinter dem Ladentisch und strickte; ich kaufte etwas und fragte sie, ob sie mich noch kenne. Aber sie gab mir heraus: Da müßte einer ja, sagte sie, jedem Vogel, der im Dorfmist einmal ein Korn picke, auf den Schnabel schauen. Mit diesem Denkwort verließ ich den Kramladen und wandte mich dorfaus. Der leicht überzogene Himmel öffnete sich langsam, heiterte sich gegen die Abendseite auf und verhieß für morgen einen schönen Tag. Auch in mir wurde es heller, wie von einem Widerschein aus diesem silberigen Weltsaal; doch sollte mir auch über dieses Himmelsfeld noch ein Wolkenschatten geschoben werden.

Die Sonne neigte sich, und ich wanderte einem Dorf entgegen, da sah ich auf den eben eingefahrenen Zug einzeln und in Gruppen die Leute zulaufen; es sah sich an, wie wenn über eine große Raupe eine Ameisenschar herfällt. Als ich eben den Bahnhof erreichte, sah ich dem

Zug entlang vom letzten Wagen her einen Landjäger eilen; einige Bahnarbeiter aber trugen etwas ins Gebäude
hinein, das die Leute neugierig umstanden. Ich erfuhr, es
sei beim Einfahren des Zuges eine überfahren worden;
ein noch junges Mädchen; wer sie war, wußte niemand;
dann aber verlautete, der Landjäger habe sie gebracht; sie
sei ihm aus dem Zug entsprungen und dabei wahrscheinlich unter die Räder gekommen. Der Zug pfiff und fuhr
langsam weg; ich aber wandte mich ins Dorf hinein, wo
ich zu nächtigen gedachte; das Weiterwandern war mir
für heute verleidet.

Den andern Morgen, als ich in aller Frühe weiterzog,
sollte ich aber erfahren, wer mir da unerkannterweise
noch einmal den Weg gekreuzt hatte; der Landjäger, der
gestern dem Zug entstiegen war und mit mir eine Viertelstunde lang den nämlichen Weg ging, sagte mir's. Er
hatte droben im Amtsstädtchen das Mädchen übernom-
men, wo sie wegen eines kleinen, in der Not verübten
Diebstahls einige Wochen abgesessen hatte, und sollte
sie auf dem Schub in ihre Heimat bringen. Ein Gleiches
sei ihr schon früher in der Hauptstadt, wo sie als Dirne
gelebt habe, angedroht worden; dem habe sie sich damals
aber durch freiwilligen Luftwechsel noch entzogen, für
diesmal aber schon im Gefängnis wiederholt geschworen,
sie sorge dafür, daß sie nicht auf den Schub zu ihrer Familie komme. Natürlich schenke man solchen Drohungen, die bei derlei Weibervolk im Schwang seien, keine
Beachtung; aber da habe man nun die Bescherung. Es sei
freilich ungewiß, ob sie nur aus dem Zug habe entsprin-
gen und flüchten wollen, wobei sie unglücklich zu Tod
gekommen sei, oder ob sie Selbstmord beabsichtigt habe.
Die Tote stamme aus einer einst wohlhabenden, jetzt aber
verarmten und zugrundegegangenen Familie, die seit einigen Jahren in Zürich wohne, wo der Vater, man wisse

nicht von welchen dunklen Unternehmungen lebe. Der Mann sei noch gestern Nacht von dem Unglück verständigt worden und habe heute schon in aller Frühe Nachricht gesandt, daß er die Tote heimbringen lassen wolle.

Das sehe ihm ganz ähnlich, und so was habe er bei seinen traurigen Verhältnissen gerade noch nötig.

Damit schied der Landjäger von mir, als wenn er mir eben genug mitgeteilt hätte, um mich alles weitere sicher erraten zu lassen. Ich wanderte vor mich hin, einsam und nachdenklich, und indem sich mir alle unsere Begegnungen wieder vors innere Auge stellten, sah ich mit stillem, nicht verstehendem Grauen, wie das Leben uns einander sinnlos zutreibt, einige Zeit durcheinandermischt, uns zusammenkettet oder nicht minder sinnlos auseinanderreißt, als wären wir nur zu einem Marionettenspiel für dunkle Mächte zusammengestellt worden, zu einem vorläufigen, unverbindlichen Versuch, ob wir zu dem Spiel taugen oder einander nur im Weg umgehen und auf die Zehen treten. Aber indem ich so vor mich hinging und diese schwermütigen Fragen wälzte, durch die immer wieder, wie auf einem dunklen Grund, die Gestalt der lichtblonden Golly hindurchschien, schlich sich, anfangs kaum bemerkt, bald aber merkbar und immer überredender der ziehende feine Ton eines Vogelgesangs in mein Ohr. Ich sah mich allmählich in das wache Leben zurückgelenkt, das den Tod verblassen ließ, war er auch nahe und dunkel genug mit seiner blonden Beute an mir vorbeigegangen.

Mein Weg drang allmählich abwärts durch gewundene Täler und ließ die Bergs hinter mir tiefer sinken, so daß nur noch die höchsten Kuppen wie Nachthauben hervorschauten, die meiner Wanderung voll Neugier nachsahn. Und bald sah ich mich auch wieder auf alten Pfaden in der Schweiz, wo die Schneeberge schimmernder auf den kleinen Wanderer herabblickten und die

Sehnsucht nach ihren blendenden Firnen mächtiger aufriefen. Wie von der Kälte ihres hohen Königtums angehaucht, war das kleine Wurmleid, das mir in der großen Stadt und eben noch auf der Wanderung den Pfad gekreuzt hatte, zurückgewichen, und ich ging freudig das breite Flußtal entlang und suchte das Dorf, in welchem ich bei jenem Schneesturm die Herberge mit ihren Bütteln und ihrer Wirts- und Hausiererseele aufgesucht hatte. Den andern Tag durchschritt ich das alte Schulstädtchen wieder, wo meine Zigeunerfahrt begonnen hatte, und kam noch selbigen Tages, als die Sonne längst hinab war, auf den Hof, der noch Licht in der großen Stube zeigte. Ich brachte den Hund, der mich beim Betreten des Hofraums wütend verbellte, durch Anruf zum Schweigen; er kam sogleich wedelnd und mich umspringend heran und bewies solche Freude, daß ich ihm das frohlockende Bellen und Knurren verbieten mußte, damit es dem Vater nicht den unverhofften Kömmling verriet. Ich trat von der Gartenseite her ans Fenster. Der Vater stand im Kerzenschein am Tisch und sah sein Wirtschaftsbuch durch, ruhig und gütigen Gesichts, wie wenn das, was er da rechnete, meinem Wohl eher gelte als dem eignen. Und das mochte wohl so sein; und ein besonderer Umstand bewies mir's auch sogleich. Neben ihm nämlich – wie kam das Bildchen dahin, wenn er's nicht selber geholt hatte? – hing in der Fensternische das Bildnis Tessas, das ich bei meiner Flucht in der Wohnung zurückgelassen hatte.

Da schlich ich mich vom Fenster weg zur Haustür, geführt vom Hund, und stand auch schon im dunklen Flur vor der Stube. Aber als ich jetzt öffnete und eintrat, sah mein Vater her, als traute er einem täuschenden Gesicht nicht; dann legte er das Buch weg und sagte auf meinen Gruß nur: Ei, du bist's?

Und kam auf mich zu.

NACHWORT

> Wußte denn der Dichter selbst auch, was er
> geschildert hatte, während er vielleicht nur
> die Torheit eines Menschen zu verspotten
> glaubte?
>
> *Arnold Lohrs Zigeunerfahrt*

Leichen säumten seinen Weg: Wenn man wollte, könnte
man Heinrich Ernst Kromers ersten, im Jahr 1913 veröf-
fentlichten Roman mit solch markigen Worten auf dem
Buchmarkt positionieren, denn Tote gibt es in der Tat
zuhauf in diesem Text, der dennoch alles andere als ein
Thriller ist. Der Titel und schon die allerersten Worte,
die die Streiche des Protagonisten ankündigen, weisen
Kromers erste große Prosaarbeit denn auch eher als Er-
ben des pikarischen Romans aus. So ist es nur von ironi-
scher Folgerichtigkeit, daß der Held zu Beginn der Erzählung, »...einige Monate vor Abschluß der Schulzeit...«,
mit dem Ziel Spanien aus seinem an der Schweizer Grenze
gelegenen Vaterhaus entläuft und sich auf eine Reise be-
gibt, die ihn freilich nicht auf die iberische Halbinsel,
sondern – aus Geldmangel – lediglich in eine deutsche
Großstadt bringt. Hinter dieser Stadt verbirgt sich, wie
der Erzähler andeutet, München, wo Kromer selbst, gegen den Willen seines Vaters, der ihm eine künstlerische
Laufbahn empfohlen hatte, vier Semester lang Jura stu-
dierte. (Später versuchte er, in Schwabing als autodidak-
tischer Zeichner, Maler und Bildhauer Fuß zu fassen und
pflegte Kontakte zu zahlreichen Künstlern, so etwa zu
Arnold Böcklin, Hans Thoma und Wilhelm Trübner.)
Die Lage in der Nähe der Alpen, der stellenweise ange-
deutete Dialekt ihrer Einwohner und selbst noch ein

»...blauer Gasthofswagen, der mit seinem Schimmel zufällig die Landesfarben vorstellte...«, geben im *Arnold Lohr* die bayerische Metropole zu erkennen. Fern von Spanien, am Gestade der Isar, sieht sich der Protagonist gleichwohl in der Lage, wie die Erzählung mehrfach signalisiert, den Kampf gegen die sprichwörtlichen Windmühlen aufzunehmen und »Don Quichoterien« zu begehen. Da fügt es sich gut, daß ihm ein adliger Gönner eine dreibändige, in Leder gebundene Ausgabe von Cervantes' Hauptwerk schenkt, die dem Helden des Romans später sogar das Leben rettet, als er nächtens von einem Zuhälter angegriffen wird. Eines der drei Bändchen, das Lohr in seine Brusttasche gesteckt hat, fängt den Messerstich seines brutalen Gegners ab; die Waffe wird just an der Stellte gestoppt, »...wo der fahrende Ritter von seiner Pflicht redet, Bedrängte zu schützen und Willkür und Unbill der Gewalttätigen abzuwehren«.

Doch Kromer beschränkt sich längst nicht darauf, einen modernen Schelmenroman zu erzählen. Ganz im Gegenteil baut er vor unseren Augen, wie in einem narrativen Labor, eine komplexe Versuchsanordnung auf, denn *Arnold Lohrs Zigeunerfahrt* spielt mit einer Vielzahl literarischer Gattungsmuster: mit dem Bildungs- und Entwicklungsroman zum Beispiel, dem Künstlerroman, dem Kriminalroman, dem Liebesroman, dem Großstadt- und Dorfroman; selbst die Tradition des Fauststoffs gerät noch in den Blick. Das Spiel mit den unterschiedlichen Genres und Typen, das Heinrich Ernst Kromer betreibt, ist alles andere als selbstgenügsam. Vielmehr setzt der Autor die genannten literarischen Muster so gegeneinander, daß sie sich wechselseitig konkurrenzieren, ironisieren und zum Teil auch ad absurdum führen. Arnold Lohr, der aufbricht, um zu lernen und zu studieren, um vor allem in der Welt der Kunst zu reüssieren, ist kein zweiter Wilhelm Meister. Auch wenn Abgesandte der heimatlichen Sphäre in der Münchener Künstlerszene als eine Art moderner Turmgesellschaft zu operieren versuchen, bleiben sie doch erfolglos. Arnold Lohr erscheint so eher als ein enger Verwandter und Nachfahre von Gottfried Kellers Heinrich Lee, den er in seinem künstlerischen Scheitern beinahe noch übertrifft, wenn er freiwillig-unfreiwillig in die Machenschaften von Kunstfälschern verstrickt wird und bisweilen ins Rotlichtmilieu absinkt oder sogar zum Mörder aus Notwehr wird.

Kromer zeigt, daß die traditionellen Romangattungen gewissermaßen an ihr Ende gekommen sind und demonstriert zugleich, daß die Lebensentwürfe und Sinnkonstruktionen, die sie transportieren, inzwischen selbst fragwürdig erscheinen. Lohr muß erleben, daß er in der Großstadt unterzugehen droht und auf Handlangerdienste beim Schneeschippen oder als Kopist angewiesen ist, um sich sein tägliches Auskommen auch nur einigermaßen sichern zu können. Die Stadt erweist sich nicht »...als ein immer heiteres Paradies...«, sondern entpuppt sich, ganz im Gegenteil, als »Untier«, als »Menschenmeer«, das über ihm zusammenschlägt und ihn mit der Gefahr schnellen gesellschaftlichen Abstiegs konfrontiert. Daß Arnold Lohrs Aufenthalt in München unter keinem glückhaften Stern steht, signalisiert bereits sein Logis: Lohrs Wohnung liegt zwar einerseits in der Nähe der Gemäldesammlungen, andererseits aber blickt man von ihr auf ein Grabsteinlager und einen großen Friedhof. Das sind wahrhaftig ernüchternde »Aussichten«. Von einem adligen Mäzen und einem betrügerischen Händler abgesehen, interessiert sich in München niemand für Lohrs Zeichnungen, so daß er, trotz großer Begabung und beachtlicher Leistungen, künstlerisch und materiell scheitert. Gleichwohl fällt auf, daß Kromer den

Plot, der sich aus Lohrs Verwicklung in eine Serie von Kunstfälschungen ergibt, sehr schnell wieder fallen läßt. Ganz offenbar unternimmt der Autor, versiert und mit großem erzählerischen Raffinement, erfolgreich den Versuch, das Interesse und die Aufmerksamkeit des Lesers auf andere Aspekte der Erzählung zu lenken. Ähnlich verfährt der Text auch mit den erotischen Eskapaden des Protagonisten. Nach kurzem Anlauf löst sich der Liebesroman, in den der Protagonist verstrickt wird, in nichts auf und mutiert rasch zu einer tragikomischen Posse um Prostitution und Zuhälterei, an deren Ende mehrere Tote auf der Strecke bleiben. Auf Arnold Lohrs Irrfahrt durch allerlei Gasthäuser, Absteigen und Spelunken wird Liebe als Abenteuer der in der Stadt stationierten Soldaten, als Flirt oder derber Seitensprung mit einer überhitzten »Brünhilde« anvisiert. Eine Bemerkung am Rande: Gerade bei solchen Szenen wie der zuletzt genannten wird deutlich, daß Heinrich Ernst Kromer über ein großes stilistisches Spektrum und eine höchst differenzierte erzählerische Klaviatur verfügt: vom zarten, wie hingetupften impressionistischen Bild bis zur expressionistischen Drastik und zu derben Szenen, die unmittelbar der spätmittelalterlichen Schwankliteratur entnommen sein könnten. (Die Figur des »baron pétomane« ist in toto ein Zitat aus der zuletzt genannten Sphäre; Faust- und Schwankmotivik kommen in ihr zusammen.)

Kurz vor dem Ersten Weltkrieg erschienen, präsentiert der Roman ein buntes Gesellschaftspanorama, eine Welt im Übergang: die Gleichzeitigkeit des Ungleichzeitigen. Hier die abgelegenen, weltabgewandten Dörfer und Kleinstädte in Süddeutschland und in der Schweiz, dort die anonyme Großstadt mit Handel und Wandel, mit ihrer Bohème, mit ihren Massenmedien und ihrer Werbeindustrie, bei der sich Lohr zeitweise verdingt.

Das Pferdefuhrwerk begegnet der Eisenbahn, dem welt-
gewandten Flaneur wird der verarmte Landadlige gegen-
übergestellt, der als »baron pétomane« und dörflicher Sonderling all seine Hoffnungen auf alchimistische Praktiken
setzt, die zu Beginn des 20. Jahrhunderts selbstverständ-
lich längst ausgedient hatten. Kromers Roman wird nicht
nur von jungen Leuten, die das Glück in der Kunst suchen, und Vätern, die sie gerne am heimischen Herd in
Sicherheit wüßten, bevölkert, nicht nur von Unterneh-
mern, Geschäftsleuten und liquiden Adligen, sondern in
gleicher Weise von Prostituierten, Zuhältern, Engelma-
cherinnen, Dieben und Betrügern. Und unübersehbar ist
das nahezu omnipräsente Militär, das das am Horizont
aufziehende Unheil des Ersten Weltkriegs schon anzu-
kündigen scheint.

»München leuchtete. Über den festlichen Plätzen und
weißen Säulentempeln, den antikisierenden Monumen-
ten und Barockkirchen, den springenden Brunnen, Palä-
sten und Gartenanlagen der Residenz spannte sich strah-
lend ein Himmel von blauer Seide…« Thomas Mann hat
wenige Jahre vor dem Erscheinen von *Arnold Lohrs Zigeunerfahrt* seiner Wahlheimat in der Erzählung *Gladius Dei*
ein glänzendes Zeugnis ausgestellt, das noch heute werbe-
wirksam vermarktet wird. Demgegenüber zeichnet Kromer ein anderes Bild: Es ist das Portrait einer urbanen
Gesellschaft, in der der einzelne wenig gilt, in der viele
darben, hungern, frieren und nicht wissen, woher sie das
Geld für die Miete nehmen sollen. Der Roman schildert
uns eine Bohème zwischen Erfolgshoffnungen und bitterer Armut, zwischen Kunstwollen und Kriminalität,
Ästhetik und Alkohol. Die einstmals statischen gesellschaftlichen Schichten sind in Bewegung geraten: Ein
Dienstmann steigt zum Galeristen auf und stürzt jäh ab,
ein Baron verarmt, ein Graf betätigt sich als spendabler

Mäzen, und sein Diener versucht sich als profitorientierter Kunsthändler.

Arnold Lohrs Zigeunerfahrt ist sicherlich, neben allem anderen, auch ein Schlüsselroman, nur fehlt uns derzeit der Code, der es uns erlauben würde, die Tür zwischen der fiktionalen Handlung und der Wirklichkeit, auf die sie sich bezieht, zu öffnen. Für den Schlüsselcharakter des Werkes spricht u. a. die genaue Zeichnung der wichtigsten Protagonisten, sprechen aber auch die autobiographischen Züge des Textes. Bei aller karikierenden und satirischen Schärfe, die der sorgfältig komponierte Roman besitzt, verzichtet er doch sehr bewußt auf eine schlichte Schwarzweißzeichnung und sträubt sich gegen einfache, einlinige Lesarten: Er ist vielschichtig, komplex und nicht leicht auszuloten. Mit Blick auf die Hauptfigur kann man Kromers Debüt in der großen Form, das von Marginalien einmal abgesehen, auch zu Beginn des 21. Jahrhunderts noch ganz und gar unverstaubt und frisch daherkommt, als eine süddeutsche »Education sentimentale« lesen, als eine Erziehung des Herzens im Durchgang durch Leichtsinn, Schuld und Erkenntnis.

Aber auch in anderer Hinsicht erinnert *Arnold Lohrs Zigeunerfahrt* von ferne an Gustave Flaubert und dessen Konzept einer idealen Literatur. Ich habe bereits darauf hingewiesen, daß der Autor all seinen Kunstverstand darauf verwendet, Spannung zunächst aufzubauen und den Knoten zu schürzen, nur um die Handlung alsbald wieder ins Leere laufen zu lassen. So verpufft der Skandal um den Kunstfälscherring, die Tötung des Zuhälters bleibt letztlich ohne Folgen, und der Liebesroman um Tessa und Arnold wird auffällig rasch fallengelassen. So rasant der Roman erzählt ist, so gründlich er uns das Scheitern und die Mißerfolge des Protagonisten schildert, so erscheint die Handlung doch über weite Strecken hinweg zugleich auch als ein narratives »Alibi«: als ein

Mittel zum Zweck, als Medium für eine Erzählung über Stadt, Natur, Landschaft und die Wanderungen des Icherzählers, über die Poesie des Alltags, des Augenblicks und über das Vergehen der Zeit. Wie ein Seismograph verzeichnet der Text scheinbar ganz nebensächliche Dinge mit beeindruckender Genauigkeit und sprachlicher Schönheit: »Der Tag dämmerte schon. Irgendwo in der Tiefe des Hauses krähte ein paar Mal der Hahn und ein früher Wagen knarrte auf der Straße.« So wird Kromers erster Roman – ganz im Sinne Flauberts – auch zu einem Buch über nichts, zur Chronik der ganz und gar unspektakulären täglichen Ereignisse und zu einem Buch, das zuletzt versöhnlich schließen kann; denn Lohr kehrt am Ende ins Elternhaus zurück und wird vom Vater, in dessen Stube inzwischen die Portraitzeichnung seiner verstorbenen Freundin hängt, mit wortkarger Freundlichkeit willkommen geheißen – als ob nichts geschehen wäre. Der Held scheint nun sogar als Künstler gerechtfertigt, und der Roman präsentiert sich in einer Schlußvolte nochmals in einer neuen Perspektive, nämlich als eine moderne und zeitgemäße Variante der Erzählung vom verlorenen Sohn.

Arnold Lohrs Zigeunerfahrt ist ein Roman von bemerkenswerter Qualität. Kein Wunder also, daß er mehrere Auflagen erlebte. 1936 erschien der Text ein weiteres Mal: unter dem Titel »Der Ausreißer«. Möglicherweise war der Begriff »Zigeunerfahrt« unter den obwaltenden politischen Bedingungen jener dunklen Jahre nicht mehr durchsetzbar gewesen. Habent sua fata libelli. Seit vielen Jahren ist das Buch nicht mehr greifbar. Bleibt zu hoffen, daß die Neuausgabe, die nun zu Beginn des 21. Jahrhunderts erscheint, Kromers Werk die Aufmerksamkeit und die Wertschätzung zuteil werden läßt, die ihm gebühren.

JÜRGEN GLOCKER

1866 Heinrich Ernst Kromer wird am 26.9.1866 in Rie-
dern am Wald (Landkreis Waldshut) geboren.

1887 Abschluß des Gymnasiums in Konstanz. Bekanntschaft mit Emanuel von Bodman, Ernst und Karl
Max Würtenberger, Emil Gött, Emil Strauß, Wilhelm von Scholz, Karl Henckell und Emil Thoma.
Beginn des Studiums der Germanistik in Heidel-
berg, das Kromer nach zwei Semestern abbricht.

1888 Wechsel nach München und Aufnahme eines Jura-
studiums.

1890 Abbruch des Studiums, um sich ganz der Malerei
zu widmen. Bekanntschaft mit Arnold Böcklin,
Wilhelm Trübner, Hans Thoma, Anton Pruska
und Max Doerner.

1892/3 Zurück in Konstanz (Münzgasse 24). Kromer ver-
faßt mehrere Theaterstücke und Kurzgeschichten.
Um seinen Lebensunterhalt zu bestreiten, verziert
er Holztruhen mit Brandmalerei.

1893 Publikation des Gedichtbandes »Schauen und
Bauen« auf Vermittlung von Richard Dehmel.

1897 Kromer verlegt sich auf kunsthandwerkliche Tä-
tigkeiten in Konstanz.

1898 Kromer betreut als Redakteur »Stern's Literari-
sches Bulletin der Schweiz« in Zürich. Es erscheint
seine Novellensammlung »Die Mittendurcher«.

1900 Kromer wechselt seinen Wohnsitz häufig zwischen
Konstanz und München. Bekanntschaft mit Ernst

Kreidolf, Robert Weise, Hans Buck und Wilhelm Schäfer.

1905 Kromer zieht nach Braubach in die Nähe von Köln und arbeitet redaktionell bei der Zeitschrift »Die Rheinlande« mit.

1906 Kromers Wohnsitz wechselt wieder zwischen München und Konstanz.

1911 »Gustav Hänfling. Denkwürdigkeiten eines schlesischen Porzellanmalers« erscheint unter dem Pseudoyum Karl Heinz Amann in der Zeitschrift »Die Schweiz«.

1913 Der Roman »Arnold Lohrs Zigeunerfahrt« erscheint im Verlag Rütten & Loening in Frankfurt.

1915 Kromer gibt im Insel Verlag J. P. Hebels »Schatzkästlein des rheinischen Hausfreundes« heraus. – »Gustav Hänfling. Denkwürdigkeiten eines schlesischen Porzellanmalers« erscheint als Buch im Leipziger Insel Verlag.

1919 Kromer gibt J. P. Hebels »Alemannische Gedichte« im Insel Verlag heraus.

1928 Kromer versucht sich in Zürich als Restaurator.

1934 Das Anekdotenbuch »Von Schelmen und braven Leuten« erscheint im Staackmann Verlag.

1935 Kromer gibt im Staackmann Verlag das Buch »Die Amerikafahrt« seines Vaters Dorus Kromer heraus.

1937 Kromers »Alemannisches Geschichtenbuch« erscheint im Staackmann Verlag.

1942 Kromer lebt von nun an bis zu seinem Tod im Marienhaus, dem Altersheim der Stadt Konstanz.

1948 Heinrich Ernst Kromer verstirbt am 5. Mai.

EDITORISCHE NOTIZ

Der vorliegende Roman erschien erstmals 1913 in der
Literarischen Anstalt Rütten & Loenig (Frankfurt a.M.)
unter seinem ursprünglichen Titel »Arnold Lohrs Zigeunerfahrt«. Im Jahr 1936 unternahm der L. Staakmann
Verlag (Leipzig), der inzwischen das literarische Werk
Kromers betreute, eine Neuauflage des Buches und gab
ihr den Titel »Der Ausreißer«. Jene Ausgabe weist einige
Kürzungen gegenüber der Erstauflage auf. Die vorliegende Edition folgt der Originalausgabe. Bereits 1931
war im J. P. Bachem Verlag in Köln eine Lizenzausgabe
des Romans unter dem Kurztitel »Zigeunerfahrt« erschienen.

Orthographie und Interpunktion der jetzt erfolgten
Neuedition wurden behutsam aktualisiert und auf den
geltenden Stand der bewährten Rechtschreibung vor 1996
gebracht. Druckfehler der Erstauflage wurden stillschweigend korrigiert.